（第一輯）

覺群詩鐸

陳思和　胡中行　主編

上海書店出版社
SHANGHAI BOOKSTORE PUBLISHING HOUSE

編委會名單

名譽主編
覺　醒

顧問
陳允吉　董乃斌　曹　旭
劉永翔　胡曉軍　徐　鋒

主編
陳思和

執行主編
褚水敖　胡中行

編委
胡中行　吳　忱　方笑一
孫　瑋　林美霞　夏定先
范立峰　黃福海　石中玉

弁言一

覺　醒

《文心雕龍》云：“木鐸起而千里應，席珍流而萬世響。”

詩詞之教，源遠流長。從《詩經》《楚辭》到唐詩宋詞元曲，華夏大地的千載風雅在我們的血脈骨髓中浸潤傳承，不斷豐富中華優秀傳統文化的內核，在一個個歷史關鍵時期爲我們的國家民族立根鑄魂。學習格律詩詞，不僅是對美的追求，更是對文化的尊重，對歷史的理解，對民族精神的汲取。

習近平總書記說過：文化是一個民族的精神命脈，關乎國本、國運。文化興則國家興，文化强則民族强，文化自信是最根本的自信。《覺群詩鐸》的編纂，不僅是上海覺群詩社堅定文化自信、深刻領會和踐行“第二個結合”重要意義的有力嘗試，更是一次文化事業的傳火於薪，將享譽詩壇十數載的優秀刊物帶回到廣大詩詞愛好者和研究者面前。

2011年，《詩鐸》創刊於復旦大學，這是一本旨在傳承舊體詩詞，以文學樣式展現時代新聲的刊物。它聚焦舊體詩詞創作和理論研究，集中收錄了一批滬上現當代專家學者的舊體詩詞作品和文藝批評，秉先哲遺音，啓名宿新篇，叙春申雅集，匯時彦暢吟，嚶聲學圃，揮塵騷壇，集一時舊體新聲之大觀，爲當代學界詩壇所寶重。2021年《詩鐸》創刊十年之際，上海覺群詩社在全國各地專家學者的支持下正式掛牌成立，成爲滬上唯一一家以推廣詩詞文化爲使命的市級社會服務機構。《詩鐸》執行主編胡中行教授受邀擔任首任社長，由此牽起了覺群詩社與《詩鐸》之間的深厚緣分，推動沉寂八年的歷史齒輪重新運轉。

新生的《覺群詩鐸》紹承《詩鐸》創刊初心，以守正創新爲宗旨,集創作、研究、文獻匯編於一體,在自由創作的同時嚴謹治學、不失繩墨,以精簡從容的體例、潤物無聲的姿態呈現現當代中國詩壇的多元面貌和方家厚積薄發的理趣哲思。

嚶其鳴矣,求其友聲。願《覺群詩鐸》振響之音能得八方之和,高山流水,再續華章。

弁言二

胡中行

　　由上海覺群詩社主編的《覺群詩鐸》終於刊行。要瞭解本刊之所以取名《覺群詩鐸》，就必須瞭解它的前世今生。

　　那是十五年前的事了，當時即將退休的我正在把自己工作的重心逐步移向詩詞創作，並且在復旦大學中文系創辦了一個"藕蓬詩社"，成員以我的研究生爲核心，吸收了其他愛好詩詞的"三生"，即本科生、碩士生和博士生。一年下來，漸漸形成規模，在詩詞創作界也積聚了一些名氣。比如當年的《新民晚報》就刊登過我們詩社師生同詠的八首《菩薩蠻·霜降》：

胡中行

淺霜薄霧來天地，清風冷月秋無際。徑仄桂香濃，籬疏楓影重。遙聽聲淅瀝，遙看星蕭瑟。坐起讀南華，披衣夜煮茶。

劉速（碩士生）

秋蟲瑟瑟寒霜落，悠然攜酒登高閣。暮色冷青松，銷魂松上風。長歌當入藥，聲豈無悲樂？巷遠笛聲遙，隻身過小橋。

鄧婉瑩（碩士生）

一簾風影人初寂，離亭夢破驚殘笛。坐起對寒燈，燈光窗月凝。丹青題舊恨，墨隨紅顏褪。鸞鏡白頭時，知秋霜未遲。

锺菡（碩士生）

梧桐漸落晴空遠，秋深已入寒鴉眼。明月冷前溪，蘆花紅蓼衣。薄帷衾枕亂，屈臂閑遮面。長夜欲霜時，夢君君不知。

翟慶瑞（碩士生）

堤前晚色交相映，無邊説與西風競。月色帶煙橫，征鴻三兩鳴。蓬萊知醉意，唱和憑誰寄。何處踏歌聲，無情也有情。

劉文彬（博士生）

薄雲淡霧霜還露，錦書難寄知何處。舉手撥珠簾，所窺非所憐。秋寒人獨立，對影輕風襲。峰嶺莽蒼蒼，晚梅一樹黃。

魯明（碩士生）

蝸居總把韶光誤，添涼方曉前宵雨。觸目染秋痕，芳華銷後魂。蹉跎嗟歲晚，暝色杳無限。燈火月高寒，展箋細細看。

姜斐斐（碩士生）

秋濃霜重生寒意，連床談笑無涯際。醉倚綠窗紗，竹聲明月華。平生多少願，相逐征鴻遠。一曲漫清商，新凉同夢長。

這在當時被視爲文壇上的一椿美事，影響還是不小的。但是後來隨着我的退休以及第一批成員的畢業，詩社曇花一現，實在是很可惜的事情。

當時的系主任陳思和教授，雖是現當代文學研究領域的巨擘，但對舊體詩詞創作也是十分鍾愛。我們之間常有互答，例如：

送陳思和教授赴香江講學（二〇〇八年）

胡中行

信有橐駝植樹才，棟樑滿目足徘徊。
一言屢屢成新説，百事欣欣賴總裁。

獨步香江凌浩蕩，回看南嶺繡崔嵬。

相交却似深庭院，過盡曲廊堂廡開。

原韻答中行兄

陳思和

丁巳運甦戊午才，百墟興廢忍徘徊。

均陶萬物心生累，筆走華年意別裁。

獨舞廣寒非止境，群山覽小仰崔嵬。

相交如水看平淡，未到深流逐浪開。

　　爲了共同的愛好，我們開始有了創辦大型詩詞叢刊的想法，經過一年多的籌劃，由我們的老師陳允吉先生取名的《詩鐸》叢刊第一期正式問世，那是二〇一一年的事。之後的五年間，《詩鐸》總共出了四期，影響深遠，有人甚至提出了"詩鐸派"一説。

　　到了二〇一六年，由於人事的變遷和經費的拮据，《詩鐸》不得不暫時停刊。但是，我們的編輯部還在，我們的稿源還在，我們的讀者還在。

　　機緣的到來是在又一個五年之後，二〇二一年，我應中國佛協副會長、玉佛禪寺方丈覺醒大和尚的盛情邀請，參與籌建上海覺群詩社並出任首任社長。作爲上海覺群詩社理事長的覺醒大和尚，十分重視《詩鐸》的改造和恢復出版的工作。我們在原有的基礎上，對編輯部成員進行了加強與調整，對原有的稿源增補與刪改，爲了更好地體現繼承與發展的總體思路，我們把刊名改爲《覺群詩鐸》。最令人高興的是，我們還邀請到陳思和一級教授繼續擔任本叢刊的主編。

　　我們相信，《覺群詩鐸》在覺醒理事長和陳思和教授的領導下，一定會辦得更好。

目録

1 弁言一 覺 醒

1 弁言二 胡中行

1 先哲遺音

47 春申存稿

103 時人新詠

141 騷壇揮塵

231 書山發藏

397 藝文序跋

先哲遺音

韓國磐詩詞選

編者按：韓國磐（1919—2003），江蘇如皋人，號漱石、邃庵。著名歷史學家。1945 年畢業於廈門大學，翌年回廈大歷史系任教，後兼任歷史系研究所副所長。曾任《廈門大學學報》編委、《學術論壇》編輯組長、廈大中國經濟史研究室主任。有《隋朝史略》《隋唐的均田制度》《隋唐五代史綱》及《南朝經濟試探》等專著傳世。

【初編】

納涼雜詠傚陶彭澤 三首

涼風從天來，飄然吹我衿。桐葉一披拂，滿庭促織吟。父老四五人，列籍說古今。忻然酌旨酒，擊杯代鳴琴。歡樂遂盡醉，寧辭歲月侵。

漫步長堤上，新月光煜煜。村犬林外吠，閒雲天際逐。悠然思巢由，太初居幽獨。斯人不可見，浩歌振林木。

納涼東軒下，月浸空庭虛。漉酒開芳顏，好風吹我裾。舉杯意不盡,還讀古人書。古人今已矣,蓬蒿沒荒墟。俯仰終陳迹,不樂復何如。

登廬山五老峰望江水彭蠡

五老峰上捫青天,銀濤雪浪翻雲海。清風忽掃衆峰出,驕陽照耀紛五彩。長松千尺龍蛇飛,飛泉百道殷雷在。東望玉女妝鏡開,彭蠡萬頃翠作堆。大孤小孤指顧間,乾坤浮動水滎洄。北俯長江橫天際,奔流擊齧崖岸摧。長鯨駕浪噓雲氣,晴空濛濛雨欲來。江飛白練湖碧浪,湖口城下波濤壯。鴻濛之氣貫滄溟,涵山耀日金碧上。百丈山頭欲斜陽,牽蘿附葛下崇崗。波光嵐影一相失,回首雲路空茫茫。

征婦怨

北望胡天路渺茫,鉛華弗御損容光。碧雲夢斷愁腰細,錦字機寒恨夜長。明月關山金柝急,清秋笳鼓鐵衣涼。功成麟閣歸來日,祇恐飄蕭兩鬢蒼。

采石磯懷古

青山數點枕江流,烽火逼天一戰收。養士無功慙宿將,運籌決勝足千秋。風翻血浪歸滄海,日照閑雲過渡頭。天塹今無南北限,棹歌容與唱漁謳。

吹簫弄月吟

吹玉簫,弄明月,明月輝輝光如雪。光如雪兮可奈何,韶華一去如逝波。

金陵雜詩 四首

石頭城上一登臨，虎踞龍盤自古今。疏鑿秦淮成底事，可憐空費祖龍心。

新詞譜就唱櫻桃，轉瞬繁華蝶夢銷。鳳闕龍樓何限恨，一時吩咐廣陵潮。

舊院風流勝六朝，秦淮十里盡藏嬌。靈修絃絕香君死，浪說當時舊板橋。

莫愁湖上彩舟輕，水荇牽風引棹行。唱徹吳娘人不見，澹煙微雨秣陵城。

塞上曲

黃沙衝塞起，胡馬獵邊城。萬里秋風勁，一天霜月明。將軍按劍怒，壯士拓弓驚。戰罷歸營帳，戎衣滿血腥。

思鄉吟

萍泊蓬飄又一年，依依新柳弄晴煙。苔綠空階舊遊地，鳥鳴芳樹故巢邊。故園去年東風裏，無邊春色嬌紅紫。一旦夷氛颯沓來，橫塘衝亂桃花水。至今胡騎滿鄉關，荊棘叢生行路難。東里阿嬌披弊褐，西鄰新婦毀紅顏。田園寥落耕人少，井里蕭條蠶事閒。我今輾轉來他方，感時撫事增惋傷。淮海烽煙又相逼，登樓王粲頻斷腸。君不見五馬渡江天下亂，父母失兒兄弟散。宋室南徙至臨安，北望中原鄉路斷。滄桑變幻古今同，不須惆悵哭塗窮。神州自有英雄出，會把胡塵一掃空。

書懷

萬點飛紅覆綠苔，杜鵑啼血送春回。蹉跎歲月朱顔改，銷盡雄心入酒杯。

東亭別故人

飄揚原是九衢塵，欲別無如最苦辛。殘角五更吹夢斷，孤燈一夜照愁新。東亭祖帳天初曉，南浦驪歌酒半醺。亂世重逢難以卜，臨歧無奈倍沾巾。

月夜書懷

獨上河橋看月明，月華如水百憂並。年年戰骨縈荒草，夜夜胡烽照玉京。舉世空傳王相國，令人長憶李西平。請纓合奮終軍志，匣裹龍吟夜有聲。

錢塘夜泊 二首

四顧無垠水拍天，江山形勝幾經年。錢王去後翠華邈，淚滿鮫宮月滿舷。

百戰山河王氣銷，俯江低擊木蘭橈。鴟夷浮海吳宮毀，夜夜錢塘湧怒潮。

古意

金鴨香殘懶再添，愁恨染翠上眉尖。凝情怕向晶窗望，草色青青透畫簾。

抵武夷山初夜聽雨

孤鴻輾轉南來日，矰繳周遮道路難。千里悲風吹夢冷，一庭苦雨滴心寒。故園戎馬音塵隔，浩劫滄桑涕淚看。得住名山翻一笑，丹巖碧水且加餐。

登虎嘯巖

奇哉虎嘯巖，突兀雲端峙。古木掛青蘿，丹崖懸白水。身飛亂石巔，日落翠微底。長嘯下山來，猿猱驚欲起。

遊虎嘯洞天寂寥無人

石橫樵徑出，虎嘯洞天寒。翠筱當檐舞，白雲拂袖還。蛛絲懸蕙帳，飛鳥集松壇。駕鶴斯人邈，徘徊日色闌。

遊一綫天

披莽遵溪曲，捫蘿入洞深。巖崩天一綫，晷正壁千尋。影下知風起，暗增辨日沉。何由屏氛雜，於此養禪心。

遊天遊峰

東風扇微和，登陟滌塵垜。路入天遊門，道塗漸寬廣。山鷄調新聲，流泉滴清響。巖花紅成陣，山嵐翠張幌。石壓筍斜出，崖崩苔漸上。曳屐重嶺巔，天地豁開朗。澗谷互谽谺，峰巒爭俯仰。左顧幔亭秀，右眺白雲蒼。九曲從西來，委蛇束更瀁。群崖爭噴薄，至此遂泱濣。擊石競喧豗，穿巖更激蕩。觀此懷昔賢，林棲或可黨。巢由既不見，黃綺亦長往。慨然下翠崿，回首空悵惘。

玉女峰

插翠飛紅二曲西，梳妝慣對鏡臺低。虹橋一斷香風歇，爲雨爲雲夢自迷。

除夕書懷

去國三千里，羈塵九曲頭。亂山橫積雪，雲海斷歸舟。羸病形容改，淹留歲月遒。屠蘇空復綠，百盞未消憂。

久雨

繞砌莓苔翠欲平，藏檐飢雀靜無聲。千峰釀雨雲爭出，萬壑奔流石怒鳴。叱犢春郊青篛重，橫舟野渡碧瀾生。如何遍浸人間路，不向天河洗甲兵。

九曲溪泛棹

萬壑千崖一水通，我來乘筏探天工。流縈山骨頻頻轉，浪濯衣裾處處同。碧樹連雲千嶂翠，巖花返照一溪紅。山川如此真吾樂，便欲滄浪學釣翁。

寒食吟悼錢存寬同學

風瑟瑟，雨淒淒，荒山無主鷓鴣啼。芳草離披樵徑沒，巖花零亂濕雲低。却到錢君埋骨處，孤墳三尺堆黃土。滄溟未化壯志空，春花如錦遽從風。樹碑澆酒長欺息，重泉抱恨應無窮。生離死別情何極，年年此日淚沾臆。

午睡

移居喜入水雲鄉，繞戶青山對客床。綠竹猗猗春日永，好風習習夢魂香。慣從睡裏尋舒適，不向人間計短長。笑煞邯鄲塗上客，繁華過盡未斜陽。

晚春

殘紅換綠上高枝，舉目天涯翠色迷。帝子含愁春欲去，東風無主亂鶯啼。

寄白門舊友

虎踞龍盤事已空，遥憐舊雨石城中。蘭舟去蕩秦淮月，短帽來迎幕阜風。社燕尋巢懷舊室，野花無主泣殘紅。停雲唱徹人千里，樽酒何時促膝同。

久病書懷 二首

寒煙瘴雨苦相侵，卧病經秋病更深。搔首鏡中看落髮，攬衣床畔賸餘衿。藥鑪火暗魂都瘦，鐵馬聲哀淚自淋。幸有殘書慰岑寂，一篇騷賦幾孤吟。

淹留九曲忽經年，病入深秋衹自憐。敗褐懸床塵漠漠，殘杯入手淚牽牽。魂歸故國心如鹿，夢繞夜臺命似煙。果有生才如此畢，褰帷我欲問蒼天。

偶筆

幾日風寒饒客思，三年江海負初心。月明高樹飛烏鵲，露冷銀床變古今。鉛槧何功常病瘦，文章無補自悲吟。人間應有樵漁樂，錯認桃源此處尋。

夢中作

試將長劍倚崆峒，一掃中原胡虜空。未許樓蘭偷飲馬，底須回紇遠從戎。書空徒有雄心在，負杖真疑世運窮。滿目河山誰是主，鴉翻猿嘯夕陽中。

九曲棹歌步朱文公韻 九首

名山聞道有仙靈，碧水丹巖氣象清。此日尋幽乘興去，雲中聽徹棹歌聲。

一曲輕搖上水船，幔亭影裏渡晴川。曾孫老去金函在，終古峰頭鎖翠煙。

二曲妝臺映秀峰，雲鬟霧鬢若爲容。天風吹下婆娑影，夢入蓬山第幾重。

三曲巖前架壑船，滄田化迹幾千年。果然天地有終極，逐迹塵寰太可憐。

四曲仙機古石巖，揚空花雨落毵毵。雲孫織罷鈞天杳，午夜鷄聲月滿潭。

五曲峰高煙水深，何人小隱住雲林。滄桑幾變祠猶在，始識先生萬古心。

七曲天壺映碧灘，綠波丹嶂最宜看。維舟試覓丹成處，浪拍桃花起暮寒。

八曲溪山勢欲開，幽巖迤邐水縈洄。靈芝若是延生藥，應有遊人日日來。

九曲溪窮興浩然，名山一路到平川。於今已識神仙宅，未必蓬萊是洞天。

步雲祠

步雲祠外水如天，獨對長空思悄然。露氣侵人渾未覺，披襟更就月中眠。

無寐

輾轉藜床夢未成，碧天如水夜三更。關山一曲庭烏起，滿耳秋聲對月明。

素煙

素煙飛下秋娥影，玉宇凝塵香露冷。莫憑欄干媚晚妝，滿庭落葉覆金井。

寒風 二首

寒風吹落葉，萬木勁撐空。玄鳥逝安適，塞鴻度未窮。關河秋冷落，客夢夜朦朧。故國今何許，風塵路未通。

寒風竦高木，朝日照龍山。飢鳥拏空去，老僧汲井還。雲林原寂寞，瀛海太兒頑。暫隔胡塵擾，蒼然一笑顔。

北極樓夜眺

危樓高聳人寰外，俯仰乾坤莽莽間。夜色蒼茫無近遠，星河搖曳動關山。故園劫燼空回首，客地登臨暫解顔。醉倚闌干看北斗，野風吹露濕衣斑。

遣興 五首

葳蕤空谷蘭，扶疎庭中樹。綠葉藹芸窗，幽香結月露。當春各自榮，孰未諳其故。會合自有時，何必歎遲暮。

再拜問漁父，大道今何在。處陰聊息影，外求理應改。逐迹徒勞身，飾羽空文采。仲由爾何知，吾將浮於海。

韓娥作曼聲，哀樂斯須間。囿物原戕性，攖寧自無閒。尾生殉情死，曹商貪禄還。染業誰捐得，與爾期汗漫。

穀食鶉居性，澆淳散樸時。枵腹徒言説，役形苦奔馳。穀神久見屏，素徇誰復知。衆人徒嗷嗷。舞獨守其雌。

細雨潤芳原，衆鳥鳴相和。春花雨中妍，古樹雲邊卧。物固順自然，人何耽煩課。逍遥北窗下，和風拂鬢過。

通濟巖紀遊

通濟巖邊山四合，黄雲白草望無涯。爲尋香若紉秋佩，暫借清流拂鬢華。陟嶺高峰號古木，倚樓斜日噪昏鴉。倦遊惆悵呼歸去，極目山城隱暮笳。

讀書古松下

讀書古松下，戾天蒼鷹起。側翅衝風飆，松濤清入耳。閒雲東北來，飛入青岑裏。飄揚雨沾襟，潤灑石逾美。樵者行歌歸，柴上雜紅紫。蒼鷹斂翮還，餘霞照林綺。冥漠空山暮，悠然疑太始。

春日放歌

陽和回天地，山城淑氣饒。長街黄緑柳，小苑發紅桃。遊人攀桃旋折柳，歸插瓶中當窗牖。春光嬌豔照簾帷，一曲吳謳開笑口。少年能得幾春風，莫擲韶華負黔首。憶昔癡小在鄉關，無邊春色未曾看。花發樓臺蝶紛舞，草緑池塘鷗自還。一朝鼙鼓揭天來，紅紫空傍戰場開。去國蘭成身不還，衔泥燕子春猶回。棲遲暫作武夷客，寒風瘴雨侵肌魄。藥鑪煙裏度生涯，孤燈影中逝駒隙。流香澗畔花自紅，幔亭峰上草空碧。山靈應笑太緣慳，蹉跎春光困床蓆。春去春來如彈指，盛年容華難久恃。趁今強健住汀州，撚花折柳且歡喜。且歡喜，發浩歌，逢春不樂可奈何。請君試把菱花照，祇今紅顔餘幾多。

暮春雜詠 四首

靄靄行雲去，飛飛乳燕斜。微風温似酒，絲雨細如麻。架上抽書帙，門前數落花。恬然心會處，忘却在天涯。

雨滴空階曉，風吹霽色開。宿雲歸巘崿，朝日照樓臺。社燕衔泥返，落花繞砌迴。年華正可樂，朱火莫相催。

獨坐虛堂上，微風時拂襟。茶煙飄細縷，砌竹轉晴陰。入戶千峰秀，繞庭衆鳥吟。悠然遺物慮，妙欲養吾心。

出門臨四野，縱目上高崗。遠渡生青靄，長林掛夕陽。回風歸谷靜，激楚動蘭香。欲訪青溪去，餘霞繞袖翔。

端陽節吊靈均

招魂不論楚天長，一例人間角黍香。日月光華廿九死，椒蘭蕪穢痛群芳。廟謨從佞終秦鬼，肉食無人更色荒。蔽日高峰吾道已，汨羅終古哭滄桑。

七夕遇雨

誰言七夕是佳期，萬丈雲濤欲渡疑。顧兔光消風簌簌，鈞天樂闋雨絲絲。針盤七巧空餘淚,秘殿分鈿祇費辭。海客不知槎路斷,可憐猶待隔年時。

雨中漫興 二首

陰雨連朝鬱不開,長廊負手獨徘徊。雲迷遠岫隨天盡,風撼高林劃地來。萬卷何曾裨世事,一身猶自許奇才。狂歌未畢群山暮,側耳樓頭畫角哀。

新雷隱隱雨冥冥,夢裏乾坤吼萬靈。老樹依雲寒瑟縮,阿香照屋影娉婷。長宵冷落關山黯,萬國兵戎草木腥。聽雨傷離今已慣,床頭且伴一燈青。

素月

素月流清輝,微雲度高閣。行歌步叢林,風露浩漠漠。

登樓

變盡滄桑尚未休,萬方征戰此登樓。江山易改英雄恨,歲月難居草木秋。死痛齊疆鳴越甲,生羈晉館類荊囚。憑欄多少傷心事,殘照西風湧暮愁。

悲歌行

昨夜夢游東海還,白波捲日高於山。行雲欲度飛不得,天風颯颯空回環。拔劍橫斫長鯨背,萬里血染海波斑。潛龍奮鱗老蛟怒,欲傾大海没人寰。夢中驚叫力難制,醒來風雨一燈殘。檐溜直滴愁心碎,披衣撫膺坐長歎。四海年年不解甲,春風吹血川原丹。千村萬落荊棘底,老羸幼弱生意殫。尺布百金無由買,破衣敗絮聊御寒。祇今羈棲龍山畔,唯餘簞食未絶餐。滕水殘山家久没，悲歌痛哭淚全乾。嗚呼乾坤翻覆何時已，我欲捫天問帝子，閶闔沉沉天如死。椎心泣血徒爲耳，何當萬方同奮起。

短歌行

熊羆咆兮猿狄啼，虎豹吼兮山鬼嘶。天昏月黑風雨急，列缺穿空霹靂馳。泰嶽已崩昆侖倒，洪流直捲陸爲池。鳳雛驚叫叩閶闔，巨浪奔騰舞蛟螭。九州萬國復何有，但見溟漲無端倪。天帝震怒憫下土，乃命庚辰收巫祁。驅役天兵遮六合，裁縫雲霓作錦旗。虹爲劍兮風爲馬，天爲陣兮地爲鎚。星流彗掃斯須間，魑魅魍魎無孑遺。魑魅魍魎無孑遺，爲君奠定九垓萬世大同基。

桃花

臨水桃花發，紅妝映碧波。風回香馥郁，月弄影婆娑。恍惚劉郎夢，流傳桃葉歌。仙源程幾許，我欲乘槎過。

龍山雜詩 六首

逢春晴亦好，抱卷向雲根。老樹摩天綠，閒雲傍岫翻。紅塵驚斥堠，幽谷羨芳蓀。寂寞商山後，此情誰復論。

有家千里外，無物一身孤。戰伐關河黯，飄零歲月徂。春陽回淑氣，綠水冒香蒲。節候空如此，銷沉志未蘇。

曉日澄青宇，晴天養碧雲。遠山輕泛綠，秀木細含芬。把露香蘭笑，褰裳積翠分。流霞隨意酌，莫遣世人聞。

故園餘劫燼，南國又新華。永日飛紅舞，粘天暗碧遮。陽阿悲薜荔，綺陌歎疏麻。即此龍山畔，誅茅學種瓜。

皎皎青天月,輝輝銀漢星。夜雲輕拂嶺,香霧細侵庭。萬象歸岑寂,一身任醉醒。門前紅躑躅,折取伴伶俜。

晚日開新霽,長林獨望時。歸雲猶帶雨,碧樹自含滋。抱病心情惡,尋春杖履遲。無人知此意,排悶日哦詩。

觀展墓作

紙灰飛綠樹,笛聲怨墓門。墓中陳尸已化土,案頭美酒空盈樽。罷祭兒童拍手笑,亂舞巖花學鷄叫。行人爲惜燭虛明,拔燭歸去留夜照。生前哀樂如電馳,死後祭奠豈復知。北邙春草年年綠,蟲沙得失盡在斯。

讀書 二首

雲煙過眼幾千春,得失榮枯最累人。不識不知由帝力,守玄守牝得天真。翠華已没蒼梧野,玉輦旋捐汾水濱。擊壤卿雲俱一夢,始知拾穗足安身。

八千五百各春秋,晦朔朝昏理亦侔。比物滄溟猶木石,差觀毫末固山丘。能知足已何求外,豈有明權更用謀。錐地管天原贅語,爲溪爲谷自悠悠。

羅塘

飄萍斷梗憶羅塘,一派清溪接故鄉。拾翠三春簫鼓盛,憑欄十里芰荷香。歌翻黃鵠斯人杳,月照庚樓客夢長。匝地胡塵舊友歇,孤吟窮徼自神傷。

甲申年三月壬辰出汀州西行數十里於深山中
得海棠折歸烏杜鵑並供瓶中

玉環飛燕一瓶裝，摘自空山道路長。細雨歸來顰翠黛，春風老去惜紅妝。啼魂有夢家難到，蜀客無詩價轉昂。得失人間何日已，共君淚眼看滄桑。

微雨

一天微雨北山南，客館伶俜味久諳。接葉巢鶯魂漸瘦，飛紅墜露夢猶酣。孤懷已共珠崖棄，小劫何妨薇蕨甘。獨有閒情消不盡，泥人憔悴似紅蠶。

悼王光宇同學

當年絃詠武夷山，九曲清溪共往還。月滿澄潭龍臥穩，花紅翠嶂鶴鳴閒。舊遊如夢誰能記，孤冢埋魂命太慳。最是不堪回首處，病前猶唱大刀環。

晚霽

玉宇明新霽，歸雲趁晚風。遠山天外秀，落日浪中紅。拾翠心千里，尋芳露萬重。盤空長笛起，惆悵翠樓東。

新晴

夕陽放新晴，山花巖際吐。殘雲傍岫歸，惆悵不成雨。

絕句 二首

波底月原幻，畫中人詎真。緣憐波底月，願作畫中人。

明月照蒼苔，清風掃白石。和光損素心，願去山中客。

月夜吟成贈馬祖熙同學

與君俱住大羅天，偶撇仙寰戲市廛。未許一生耽逸豫，聊分半世閱桑田。行藏已著書生相，聚散全憑造化權。但願年年今夜月，照人肝膽兩鮮妍。

肺炎愈後作

作客南疆已黯然，誰知肺病復纏綿。顏如槁木心徒壯，氣若游絲意自煎。幸有良方除惡疾，且留微命待桑田。從茲屏絕勞生事，醒則悠遊倦則眠。

吊明隆武帝妃墓 三首

自沐恩波入掖庭，臨危就死抱蘭馨。巖花墓草年年發，一樣紅妝照汗青。

血染鵑花照北山，祁祁無復採苹蘩。傷心玉骨埋香冢，人世滄桑又幾番。

杜宇聲聲月夜魂，南遷血淚暗乾坤。運移漢祚山河在，終古行人哭墓門。

春日

紅粘翠岫孤霞豔，翠掩紅英萬木新。劫後園林書久絕，他鄉空復一年春。

郊遊雜詩 三首

樵罷春山暮靄飛，女郎結隊度斜暉。嬌癡未解多情苦，笑捻巖花下翠微。

淡雲輕雨拂山嵐，浴後海棠夢正酣。啼鳩一聲風撲袖，紅妝驚影落空潭。

晴光十里麥苗風，拾翠芳原興正濃。偶向雙峰亭上望，山南山北杜鵑紅。

讀影梅庵憶語

塵埋筠管又黃昏，細雨梨花獨掩門。休憶月流堂户日，多情自古是愁根。

重過河田

昔年風雨滯江濱，此日晴天走畫輪。行客徒增新感慨，青山不改舊嶙峋。

獨征

亂山如浪繞孤城，落日無言照獨征。暮靄遥吞飛鳥没，秋畬紅映遠村明。十年桑海心將老，一枕邯鄲夢未成。猶喜青青雙鬢在，浩歌仁待月華生。

水操臺

北闕淪清室，南疆縱此才。紆謨光禹甸，撻伐誓高臺。落日波濤壯，秋風魚鳥哀。空餘陳迹在，登眺一低徊。

幽居

何須用舍問行藏，隱几心齋一炷香。簾外青溪流日夜，階前促織轉宮商。秋侵南國菁鱸邈，人去漆園蝶夢荒。蕞爾塵寰憑變幻，孤懷吾且任吾狂。

絶句 二首

華燈擁高樓,清風生遠樹。白雲本無心,暫借青山住。

喚晴蛙鼓急,激石奔泉響。空谷懷幽人,獨來還獨往。

晚步

曳杖衡門外,屏營沮澤前。一星寒醮水,萬木亂撐天。徙倚懷三徑,飄零又一年。故園唯夢到,揾淚濕蒼煙。

木棉

木棉花發海南春,猶是天涯淪落人。三徑荒殘懸舊夢,百年荏苒誤前因。操戈同室桑田毀,刑馬虛盟劫火新。照眼殷紅空爛熳,河清未卜最傷神。

夜吟 二首

彳亍長廊夜幾更,花香林影好風輕。琴聲忽起人何處,淡月微雲暗復明。

潮平海靜此何時,鴉隱露凝月向西。試倚闌干看北斗,天風繚亂碧雲低。

絶句

纔逢一日晴,又是連朝雨。晴雨本無心,風雲自來去。

元宵

海上風來酒半醺,今宵明月隔重雲。銀花火樹真成夢,白骨青燐好策勳。盡轉乾坤歸浩劫,猶將歌管屬紅裙。白沙細雨山旁路，淒絕潮聲此夜聞。

潯江道中

急雨飄江怒浪回，紛紛戰壘傍山隈。當年喋血遺臣恨，此日陳兵霸主哀。煉石難成天柱倒，反戈無奈夕陽頹。劇憐蟻聚南柯者，都向昆明作劫灰。

鷓鴣天·九日懷兄

簾捲西風菊又黃，流光逝水客心傷。年年玉露零衰草，目送征鴻又夕陽。　　天渺渺，水茫茫，姑蘇道遠斷人腸。思君不見清秋盡，把酒登高淚數行。

蝶戀花

銀箭金壺催歲晚，一曲陽關，方寸漣漪亂。桂棹蘭舟京口遠，離愁直繫江南岸。　　回首同窗如夢幻，水闊山長，從此飛蓬散。月下花前勞望眼，音書早付春回雁。

鷓鴣天

銀漢西流玉宇清，淡雲曳影過中庭。風涵細露濡窗濕，葉墜銀床擾夢驚。　　無一語，對孤檠，殘山賸水客荒城。年來嘗盡飄零苦，不識人間尚有情。

齊天樂

曉鶯啼斷春如許，忽忽又移芳序。亂碧迷空，愁紅墮魄，錦瑟年華虛度。小窗凝佇，任燕子飛來，杏梁低訴。說盡當年，繁華一夢了無據。　　誰憐素衣塵土，賸崚嶒瘦骨，天涯羈旅。月漾波心，香飄蘭畹，空憶舊時眉嫵。塵緣相誤，自解佩江皋，彩雲何處。極目關河，斜陽紅欲暮。

點絳唇 二首

一夜秋風,籬邊吹綻花無數。萬花深處,欲共花低訴。
過盡征鴻,日落空城暮。猶延佇,花如解語,便擬花間住。

故國東風,冰輪如雪催簫鼓。銀花火樹,徹夜魚龍舞。
寂寞長宵,往事如煙去。山深處,巖扉松户,到曉簾纖雨。

浣溪沙 二首

莫唱雕欄玉砌詞,此情終古幾人知。夕陽林表下遲遲。
豈有落紅還故樹,唯餘嫩綠上新枝。一春心事付鵑啼。

淚眼愁腸幾多曛,天涯猶有未招魂。滿天風雨佇黃昏。
綠暗紅稀猶悵望,蘭枯柳折太酸辛。閉門形影共溫存。

長相思

雨雲收,暮雲收,萬里長空一片秋,緣溪看水流。　　意悠
悠,事悠悠,百感交侵志未酬,年華不可留。

踏莎行

桃綻紅英,柳搓新絮,尋巢燕子呢喃語。江雲春樹望遙天,萋
萋芳草遮行路。　　金谷重遊,行吟覓句,停琴相待知何處。又
看明月上東山,深林來照相思苦。

【二編】

廈門解放

紅旗飛舞彩霞明，水國山城盡有情。遍地秧歌迎解放，萬家空巷聽新聲。

遊居庸關

北門鎖鑰幾千秋，訪古來尋舊壘遊。塞上風煙連大漠，關前天地接炎州。當年樓櫓限南北，此日軒輈任去留。滿目河山新氣象，霞光紅徹故城頭。

自詠

五老峰前浪拍天，水操臺上月如弦。閩中作客知多久，花落花開二十年。

還家 二首

一抹紅霞海一灣，驅車剛自學宮還。忽忽又乘輕舟渡，莫放韶光片刻閒。

碧海銀濤盡是花，舟穿花海即還家。擡頭偶向船前望，萬里長空鋪彩霞。

秦始皇

虎戰龍爭四百年，神州逐鹿遍烽煙。六王夷滅川防毀，一統河山日月鮮。共軌同文功邁古，罷侯置守事空前。如何一炬成焦土，須問蒼生莫問天。

吳王夫差

犀甲三千蓋世雄，橫江截海逞奇功。謀臣既逐鴟夷沒，霸業旋隨逝水空。野火荒煙采香徑，斷磚殘瓦館娃宮。五湖波浪年年綠，誰信興亡一夢中。

題長安古都圖 二首

渭水無言日夜流，終南山色自悠悠。秦宮漢苑今何在，試向畫圖紙上求。

百二關河壯帝居，隋唐宮闕照寰區。繁華消歇千年後，縱有丹青畫得無。

杭州療養院內池亭

照眼琉璃水一塘，畫亭正在水中央。水涵山色遙空碧，亭架長虹臥夕陽。繞岸時聞魚潑刺，飛綿最喜柳芬芳。養生即此成佳境，何必崎嶇問上方。

三潭印月

點綴風光無限好，三潭蠡水碧粼粼。本防泥塞栽菱芡，誤被人傳鎮鬼神。越女搖來雙槳綠，海棠開遍一湖春。同遊爭贊東君力，整頓河山百倍新。

葛嶺

摩雲松柏走蛟龍，蹬道盤紆上碧空。葛嶺祠留芳草綠，初陽臺舞曙霞紅。千年湖色於今豔，萬馬江聲入海雄。自是中華名勝地，坐令萬國仰東風。

韜光

韜光尋勝境，紺宇向天舒。遠挹錢塘水，低斟西子湖。霞光輝八表，麥浪秀三吳。俯視杭州市，春風入畫圖。

六和塔

塔勢凌霄上，星霜九百秋。高臨河漢語，俯鎮浙江流。倒影分吳越，涵光入斗牛。鯨鯢休作浪，砥柱在神州。

西湖絕句 二首

芙蓉花發訪西湖，宿雨初晴鳥雀呼。試向西泠橋下過，香車曾見麗人無。

才色由來最誤身，莫將紈扇詠佳人。西泠風雨年年急，總把名花化作塵。

海寧觀潮

驅車海寧道，觀潮古鹽官。昔言浙江潮，天下之奇觀。雪浪排空至，潮頭高於山。雷訇復電掣，萬夫盡膽寒。今乃若安流，步趨似排班。難期奔馬迅，未沒江心灘。毋乃潮頭移，得非古語讕。東風吹宇宙，紅旗任飛翻。長矢射天狼，義憤滿人寰。神劍制毒龍，不敢肆狂瀾。

鳳凰木

鳳凰木，鳳凰木。葉似蓋張，花如錦簇。葉綠花紅，光豔奪目。一旦時序至,風雨交相戾。花紅早已墜秋風,葉落今又踐牛足。待到來年時,又此一翻覆。不到花樹老死時,周而復始無結束。

窗外老榕

窗外老榕十畝陰,迎風送月作龍吟。雲來氣接千峰雨,日出光飛萬點紅。信有空心容蟻垤,何妨朱實養珍禽。行人莫道庸頑甚,獨聳雲霄閱古今。

學耕

學書學劍兩茫然,且向農家學種田。曉劚青山迎日出,暮耕明月枕風眠。攜來白酒何須買,織就寒衣不用錢。偶向溪頭卜晴雨,霞光紅徹九重天。

喜聞郭化若將軍近況賦贈一律

相逢猶記十年前,淮水鷺門路幾千。徒切暮雲春樹想,難求撼岳唾珠篇。忽聞青鳥傳佳訊,共喜丹心照碧天。揮灑龍蛇磨玉斧,豪情應不減當年。

尼克松訪華

萬里東風春色饒,廿年封鎖雪山消。麗天日月光華爛,末代鷹鸇羽翮凋。遠渡重洋瞻北斗,傾心丹陛聽新韶。宣言滬瀆還歸去,處處春雷響九霄。

病中思兒

往年相送鷺江邊,碧海朝霞新霽天。此日尋思芳島上,東風微雨百花妍。三年農事忙中過,九十春光病裏遷。懷子思親情縱切，神州昌盛總忻然。

田中角榮訪華 四首

一衣帶水兩千年，萬丈虹橋架海天。不是東風桃李茂，何緣
懺悔故宮前。

衣冠文物認中華，海島車書出一家。競說高松遺畫好，熏絃
流韻在天涯。

萬馬齊喑北大營，當年血染九州腥。天兵祇鎖支祁怪，一任
星槎向漢廷。

指點乾坤一局棋，櫻花無改世推移。人間別有真情在，爲辟
新航贈楚辭。

國慶廿三周年

憑將路綫辨忠奸，二十三年不等閒。掃蕩四凶澄玉宇，會盟
萬國挽狂瀾。衰鷹垂翅來丹闕，瀛海知非款漢關。處處凱歌迎盛
節，紅旗招展照河山。

詠懷史事 四首

叱咤風雲一夢過，烏江嗚咽水長波。八千子弟人何在，獨對
虞姬唱別歌。

鼎足三分勢已成，逍遥津畔尚鏖兵。好憑長算摧强敵，不是
英雄浪得名。

草木皆兵實可哀，忽忽底事壽陽來。伏屍百萬歸肥水，留得蒔王匹馬回。

曾經泛海任狂濤，應是圍棋用六韜。肥水功成屐齒折，謝公身價冠南朝。

讀郭沫若院長與日本友人賀年詩因次其韻

秋菊春蘭特地芳，蓬壺非復限汪洋。飛書傳羽懲前轍，航海梯山記盛唐。北闕欣聞君代曲，東風巧織睦鄰章。回看兩霸無顏色，椒柏年年頌豔陽。

食道癌手術後賦

我本農家子，從來菲衣食。出門謀生拙，更非老饕客。如何災難起，食道生荊棘。茶湯苦難通，美食咽不得。縱有廒倉粟，甬道被敵扼。縱有山海珍，道路被阻塞。幸逢屠龍手，揮刀剖胸臆。快劍斬妖魔，轉輸無滯隔。自此回陽春，延年千萬億。

奉覆郭化若將軍 三首

一別燕臺十五年，畫圖承寄上京妍。金河玉帶無窮好，更羨御風到日邊。

九龍蟠繞絳旗揚，北斗高懸照四方。已向東南拴海馬，旋將西北射天狼。

春風城闕百花開，萬國賓朋絡繹來。世界風雲同一氣，澄清玉宇共銜杯。

擬贈

汀江風月鷺門煙，執手相看意惘然。海外何曾迷轍亂，中州本擬育花妍。文章驚世三千劫，坎坷憐君二十年。掃净浮雲天日麗，蒲輪安轡好揚鞭。

鼓浪嶼海濱休養所雜詠 六首

浩蕩東風遍海濱，綠陰夾道護行人。經冬猶有奇花放，此地四時總是春。

潮生潮落一年年，誰掌乾坤主變遷。好倩麻姑到東海，看平滄海作桑田。

晴波浩淼夕陽紅，白鷺群飛碧海中。萬里海疆真似錦，引航破浪仗長風。

海上漁帆逐隊歸，歌聲嘹亮晚風微。放情唱到豐收喜，片片落霞傍櫓飛。

初疑萬馬戰江濱，旋覺潮聲枕上聞。明月如霜眠不得，請纓縛敵憶終軍。

晃巖月色海濤聲，涉水穿林信步行。即此養生饒逸趣，笑他鷺誓與鷗盟。

六十虛度隨筆

俯仰人間六十秋，陰晴顯晦幾歡愁。漫言玉燭傳三島，可有新詞動九州。四害煙銷天浩蕩，三千水擊意悠遊。風光滿眼情何限,更上元龍百尺樓。

磊落

磊落行藏本自如,孤雲野鶴海天舒。朝朝日月爲良友,處處河山入畫圖。秋菊春蘭庸自詡,良辰美景共誰娛。東觀早具千秋筆,不信龍門有謗書。

欣聞江南詩畫社成立

江南詩畫社新成,海內聞之逸興生。五代風雲收腕底,六朝文物譜江聲。休嗟往事山河暗,共喜今朝日月明。四化征塗何足險,雨花臺上慶群英。

無題詩讀後

丹心如火又如冰,誰識英雄此夜情。駿馬追雲驅狡虜,神機制敵出奇兵。山河已定揮神筆,風雨無端擾故城。葉葉花花飛盡後,閑情獨賦轉空明。

遊上海西郊動物園

自別申江十八年,遊園正值晚秋天。風飄丹桂成香海,池滿蒼苔憶白蓮。一任心猿掛枯樹,不妨河馬戲清泉。從來宇宙無閒筆,盡譜群生入玉篇。

故宮詠

金碧輝煌幾度過,故宮臺殿鬱嵯峨。千年帝室認黃瓦,萬樹垂楊繞御河。歷代乘輿皆寂寂,諸方遊客正多多。自從社稷歸民主,百姓同沾太液波。

至南京參加製訂碩士生培養規劃 二首

來時已過秣陵春，猶有疏花照故人。更喜繞庭新竹健，沖霄競脫舊龍鱗。

二主詞章徒旖旎，六朝形勝費經營。何當立馬鍾山上，一攬長江萬古情。

齒落自嘲

去年落數齒，今年數齒落。唹得巋肩否，猶自夸巏鑠。

壽山石

曾隨精衛東填海，也與女媧上補天。天本鴻濛無可補，海乎浩瀚不須填。飄然隱迹閩江畔，毓秀鍾靈幾萬年。截此雲根鎸印璽，龍文鳥篆總新鮮。

鼓浪嶼吟

一顆明珠出海中，光華奪目古今同。飛橋跨水名園在，怪石生雲故壘雄。譽滿六州非僥倖，花開四季自從容。遊人盡道東南美，共倚危巖唱大風。

奉和王仲犖教授揚州之作 二首

舊遊四十五年前，明月簫聲應宛然。忽見瑯琊新製好，廣陵秋色倍鮮妍。

佳人南國垂垂老，白水東江細細流。縱有香醪難以醉，鵾絃零落倩誰收。

寒夜

一夜朔風緊，陰霾匝地屯。敲窗寒霰急，仗火布衾溫。素有琴書趣，漫言華屋尊。酣眠晨覺後，旭日滿衡門。

母校如皋師范學校八十周年校慶 三首（選二）

回頭四十六年前，溪水拖藍柳帶煙。隔岸鐘聲報昏曉，四時都是讀書天。

曾栽桃李遍天下，更育名園百種花。雉水從來多士處，絃歌四化振中華。

昇兒游學日本春節賦寄

域外逢佳節，情當倍思親。毋爲兒女態，應與泗洙鄰。事業鯤鵬志，文章班馬醇。學成歸國後，漉酒洗清塵。

海濱漫步 二首

清晨曉日瞳矓，閒步海濱瞭望。忽然落帽風來，露頂更形疏放。

遠山雲橫翠黛，近海風捲波瀾。飛來紅霞一片，恰與白鷺盤桓。

祝《社會科學戰綫》創刊五周年 三首

重見堯天日月新，百花齊放右斯文。長春城上花開早，萬紫千紅五度春。

轉日回天不世功，伐山煮海亦英雄。文章同是千秋業，五色相輝麗太空。

　　漫言舊記皆糟粕，應有精華供剪裁。筆削九州興廢迹，多從
廿四史中來。

雜詩 四首

　　午夜鐘聲動客心，長天孤月費沉吟。人間多少崎嶇路，獨有
清光照古今。

　　山嵐海氣俱迷濛，一笛關山響太空。莫惹魚龍翻巨浪，漁舟
正在睡鄉中。

　　昔年斗室聚群賢，擬斬蒼龍净碧天。此日相逢零落甚，弊裘
捫蝨鼓樓前。

　　費盡心機使盡才，莊光祇在釣魚臺。富春江水年年緑，不見
奔騰怒浪回。

奉贈郭化若將軍

　　辭家衛國志凌雲，試馬東湖迥出群。羽扇綸巾演兵法，南征
北戰建奇勳。丹心何懼風霜襲，古道由來涇渭分。更喜重逢人矍
鑠，正追南董撰斯文。

讀郭化若將軍八秩自壽詩賦此爲賀

　　八秩高齡尤矍鑠，緬懷往事鬱風雷。運籌帷幄抒奇策，逐鹿
神州展將才。素仰兵書傳海外，更聞詩史有鴻裁。汪汪千頃真情
在，喜向南山上壽杯。

題同學陳鐵凡教授炎方拾碎圖

中華文物遍炎州，野水黃雲何處求。地老天荒頑石在，塵封苔掩舊詞留。殘碑有幸存千帙，漢學流光照六洲。更作窮搜圖畫好，珍藏應築望京樓。

漳州第一中學八十周年校慶

九龍蟠繞是漳州，鼓浪西望憶舊遊。寺借南山充學舍，池栽碧藕伴書樓。絃歌漫道當時盛，風物還推此日優。桃李滿園春正好，誕辰遙祝更千秋。

陪郭化若將軍遊長城

荏苒韶光三十年，重來塞上看風煙。迎人雉堞排空立，照眼山花映日鮮。莫歎朱顏隨逝水，還歌新政祝堯天。郭公雅興方無極，合影城頭景倍妍。

應邀至日本明治大學講學兩絕句

自古因緣說漢唐，一衣帶水兩鄰邦。文章禮樂同源出，應有親情萬代長。

萬里扶桑一瞬通，交流學術乘長風。盛唐炎漢無窮事，都在講堂談笑中。

秋風

秋風撼庭柯，蕭颯聲四起。疑是驟雨來，推窗忙諦視。皓月正當空，碧天涼於水。

雨後秋寒

昨日炎蒸猶暑熱，今朝一雨便秋寒。窗前落葉初敲砌，海上洪濤欲湧山。省識風雲欣豹變，經營合浦待珠還。獨憐鉛槧功何在，贏得蕭疎兩鬢斑。

無題

晨臨東海迎朝日，暮向西山送夕陽。似錦年華如逝水，憐君鬢髮染秋霜。經綸滿腹成何用，感慨多端莫自傷。造物原來無定數，長歌一曲寄清狂。

憶長汀 二首

北山暮鼓與晨鐘，催得山城春意濃。柳徑桃蹊今在否，霞飛鷹翥記前踪。

戎馬關山志未窮，騷人雅集詠長風。雙峰秋色梅林月，猶有詩情到夢中。

莫道

莫道安禪萬慮清，風風雨雨總關情。晚來思緒知多少，試聽窗前淅瀝聲。

灞橋 二首

乘興驅車過灞河，霏霏一路水雲多。橋邊楊柳依然在，記否唐時離別歌。

何處人間無別離，不須惆悵惜臨歧。縱然折盡灞橋柳，終古驪歌無盡時。

參觀秦兵馬俑博物館遥望秦皇陵 三首

六國消亡割據終，威行四海獨稱雄。如何地陣三千卒，不救
咸陽一炬空。

既定中原拓四疆，旋窮土木建阿房。欲將社稷傳千代，底事
唯傳二世亡。

鐵甲三千地下藏，雄姿猶是戰時裝。秦宮早毀地宮在，可與
驪山共久長。

大雁塔

雁塔凌霄上，星霜幾度秋。題名雖早覯，刻石竟難求。仿古
人如織，迷空霧未收。登臨遥望處，浩氣滿神州。

古逸民

曳杖行吟古逸民，朝朝暮暮海之濱。曾經弱水三千路，似見
洪荒八百椿。秦火阿房猶昨日，漢宮仙掌已揚塵。多情莫唱流光
曲，祇恐鮫人淚滿巾。

《農業考古》創刊十年志慶

開天闢地到神農，經國首推稼穡功。治水滔天光禹甸，授時
播種盡堯封。千秋陳迹誰能理，一介書生氣若虹。搜得先民耕作
巧，長留借鑒卜年豐。

雜詠 三首

虛懷壯志一書生，海市蜃樓盡妄情。惟有陳編千萬卷，相偎
相倚到天明。

粉筆生涯五十年，課堂田野總新鮮。風霜雨雪三千劫，歷盡苦辛始到邊。

揚今榷古費沉吟，樹蕙滋蘭一片心。溉得群花開似錦，而今歸領退休金。

九日

九日登高望四方，海天浮動正低昂。風從北陸吹南極，日自九霄照八荒。縱有雄心身老病，曾經巨浪意安詳。白雲蒼狗皆空幻，且插秋花頌夕陽。

感懷

又見橫空雁陣飛，韶華虛擲與心違。蒼茫湖海千重浪，浩蕩乾坤一布衣。未有經綸能報國，更無籌策握良機。縹緗萬卷知何用，且向南山賞翠微。

讀故人之作有感 二首

生來天地一閒人，淡飯粗衣養此身。往昔常經風浪險，於今却與海鷗親。夤緣富貴原無分，耽玩詩書未絕塵。七十餘年如一瞬，何妨歌笑樂天真。

不落言筌是可人，敢將明月比前身。大江浩浩魚龍雜，古木蒼蒼猿鳥親。盡洗鉛華非易事，還歌秋水逐芳塵。百年得失何須問，海市蜃樓幻亦真。

室中水仙花盛開有一莖九朵者

凌波仙子最堪夸，一幹能開九朵花。金蕊蜚聲傳海內，玉顏載譽到天涯。初春豈與梅爭豔，本質寧同錦鬪奢。恰是月明風定後，清香滿室在吾家。

老來懷鄉自嘲 三首

老覺情懷思故鄉，故鄉宛若白雲莊。三春綠草飛蝴蝶，八月大田獲稻粱。猶記絃歌盛朗朗，每逢年節喜洋洋。一朝胡馬長驅入，半壁山河作戰場，

避狄南行道路艱，穿江越海度重關。得離虎口緣天幸，常困病魔致體屝。貸食成均猶苦學，寄居勝境且開顏。三千劫後河清日，祇道青雲可手攀。

客寄南疆五十年，事功業績兩茫然。文章未有生花筆，著述纔成覆瓿篇。欲賦小園身已老，徒歌三徑夢難圓。山河如錦風光好，依舊他鄉草太玄。

奉答徐步雲兄新春詩箋 二首

聚散匆匆已隔年，遠遊衡桂聽湘絃。好收山水空靈氣，譜出新春錦繡篇。

絳冠錦羽報新年，萬象昭蘇景物鮮。更喜徐兄詩興好，遙傳四韻鷺江邊。

朝鮮劉得恭二十一都懷古詩有句云虯髯客是莫離支讀後走筆成兩絕

虯髯客是蓋蘇文，如此奇譚早已聞。祇爲中原難逐鹿，故從海外建奇勳。

往事千年已渺茫，是非得失費平章。移花接木真乎假，不過人間戲一場。

旅遊韓國雜詠 五首

依山傍水建都城，閱盡興亡今古情。我到欣逢秋氣爽，漢山蒼翠漢江清。

浩蕩漢江西向流，江南江北盡高樓。長虹無數橫江臥，車水馬龍總未休。

八峰環拱八公山，綠樹清泉意態閒。盡道桐華名剎古，雲霞掩映翠微間。

桐華古剎起秋風，天淡雲閒今古同。此日鷄林尋勝迹，新鎸大佛在前宮。

驅車一路向光州，山滿秋陽綠滿疇。幾處鳥鳴幽谷裏，忘情即此是丹丘。

偶筆

江花江草自年年，不管人間事變遷。惟有濤聲如有意，驚回好夢枕函邊。

郭化若書法集觀後

華岳三峰天際秀，黃河一曲域中奇。最欽筆力千鈞勢，揮灑龍騰虎踞姿。

郭化若將軍九秩華誕志慶

昔年初見鷺江濱，儒將風流早已聞。筆底龍蛇追兩晉，胸中韜略抵千軍。神州逐鹿曾馳馬，近旬歸休且撰文。卅載深交歌九秩，允宜眉壽答殊勳。

鼓浪嶼雜詠 五首

明月潮聲春復秋，家居鼓浪任悠遊。誰人得似東皋客，一枕晃巖到白頭。

行人一上水操臺，海色山光四望開。玉宇瓊樓收眼底，要迎萬國貴賓來。

皓月園中月幾圓，成公巨像聳雲天。人間爭道驅夷事，好仗雄風永鎮邊。

廿四橋邊話菽莊，山青海綠勝滄浪。聚巖爲洞真奇絕，逗得兒童喜欲狂。

覽古觀今八卦樓，樓中文物即春秋。殘篇折戟皆瑰寶，應有知音絡繹遊。

蕭颯風聲

蕭颯風聲過我前，始驚時序又秋天。白雲蒼狗隨心變，紅葉黃花著意妍。南國佳人顏已老，西樓明月影空圓。閒愁萬種憑誰說，輾轉藜床獨自眠。

賀施蟄存師九秩華誕

負笈汀州日，曾從杖履遊。誨人宗實學，論世贊清流。共仰文章伯，長懷北極樓。欣聞逢九秩，海屋祝添壽。

迎春詞奉酬馬祖熙吳熙兩學兄即用其韻 十首

莫道衰年力不支，猶揮彩筆賦新辭。杜陵曾作椒盤頌，庚子亦吟柏酒詩。淑氣氤氳盈玉宇，春陽和煦是良時。一元復始人爭樂，徼福何須更上祠。

萬象更新志可酬，東風浩蕩遍九州。倡廉反腐全民願，濟弱扶貧百姓謳。玉燭調辰緣尚德，輶軒奉使盡通郵。書齋却笑南天客，甘共蠹魚爭上游。

兒時猶記學塗鴉，亂點墨痕作彩霞。還向南園吹玉笛，也曾水閣探梅花。時移往事鴻飛遠，夢覺鄉關路去遐。每到春來懷舊迹，心潮如海總無涯。

年少寧知學淺深，幸能執卷苦探尋。研摩經史平常事，馳騁老莊亦不禁。遭亂纔歌懷舊賦，逢春每作思鄉吟。老來萬象歸空寂，但葆學童一片心。

開歲韶光最足珍，千門萬戶慶佳辰。進椒飲酒民風古，翦綵換符節序新。此地瘥殘同宴樂，殊方烽火正艱辛。何當盡掃人間怨，四海五洲一例春。

天際閒雲自卷舒，清晨信步去觀漁。數聲水鳥舟行遠，萬道波光日出初。看罷海濱新氣象，還歸陋室掃庭除。苔青草綠行人少，四十年來樂此居。

迎春最是水仙清，出自漳州之古城。北旅京華傳逸韻，南馳海外播芳名。綠裙拖水湘靈影，雪貌臨風月夜情。比户人家多供養，幽香滿室慰平生。

擬報春回作駿奔，梅花首綻實公論。香飄野店無蜂陣，月映清溪似雪痕。傲骨原同修竹健，英姿應是木蘭魂。清臞自具高風格，巖畔籬邊有宿根。

椒壁加粘彩色箋，華堂涼熱仗龍涎。石郎已碎珊瑚樹，倩女還歌錦瑟篇。可有嘉謨扶盛世，豈將浮豔贊新年。審音辨事多前鑒，慎勿隨心誤拂絃。

結緣文字是良媒，猶記汀州曲水杯。落月滿梁思別後，江雲每歲見春回。欣傳佳什無窮意，待擬酬篇不用催。賦得嬋娟人共好，年年新製付郵來。

抗日戰爭勝利五十周年 二首

抗戰功成五十年，災殃深重記從前。白山黑水先淪没，塞北江南復棄捐。血染京華仇似海，民填溝壑怨衝天。炎黃之胄終難侮，掃盡夷氛奏凱旋。

前事不忘後事師，承平須念亂離時。未聞痛悔侵華罪，却報常參靖國祠。世上風雲難逆料，個中虛實應探知。和平共處誠長策，未雨綢繆亦所宜。

采桑子 三首

秋光應比春光好，叢菊舒黃。丹桂飄香，曲院風回午夢長。

醒來倍覺秋容健，山倚斜陽。水曳羅裳，萬國遊人登涉忙。

秋宵應比春宵好，銀漢當櫓。素月流天，滿院珠光玉露圓。
山環水映湖西路，夜色嫵妍。笑語聯綿，處處酣歌大有年。

夢中有個常遊處，曲水層巒。高下回環，獨自翩然去復還。
醒來仿佛三更後，海湧波瀾。月上闌干，知住蓬宮第幾間。

臨江仙

霜染層林千嶂醉，平湖高捲層波。征鴻嘹亮度山阿。乍驚時
節晚，陡覺鬢毛多。　　錦瑟年華如電逝，病中歲月消磨。倚欄
無語欲如何。銀潢光婉轉，月桂影婆娑。

卜算子

寥廓歲寒時，坦蕩孤山路。不管陰晴與晝昏，總把清香吐。
蜂蝶本無知，冰雪難封住。海角天涯競報春，全仗東君主。

念奴嬌·國慶十五周年

鈞鑪融冶，十五年締造，乾坤如畫。南國長堤連地軸，勝似虹
橋飛架。瀚海流沙，昆侖走雪，一例東風化。銀鋤鐵臂，神州氣象
豪邁。　　堪笑撼樹蚍蜉，緣槐螞蟻，妄自圖尊大。八表風雷爭
激蕩，不許鯨鯢稱霸。彤箭穿雲。雕弓耀日，祇把天狼射。中流
砥柱，紅旗高舉華夏。

阮郎歸

輕雲輕雨釀輕寒，朝霞暮靄間。紆徐飄灑遍關山，萬家盡解顏。
驅旱魃，走潺湲，大田新綠繁。東風紅遍百花還，春光正好看。

水調歌頭·國慶廿九周年

爆竹穿雲去,仙樂繞梁回。欣逢國慶佳節,到處笑顏開。廿九年華正好,再度長征伊始,壯志滿胸懷。北斗明航向,神劍劈蒿萊。　　繼先烈,求大治,毓賢才。中華兒女爭奮,叱咤起風雷。喚起傅嚴巨匠,更有磻溪釣叟,聯袂上燕臺。東海收驪玉,西極送龍媒。

踏莎行·在日本明治大學借閱如皋縣誌

故國心聲,故園文獻,有緣却在東京見。紙光墨色寫鄉賢,夢魂常繞如皋縣。　　高閣追涼,清溪展卷,兒時踪迹尤堪戀。扶桑一曲念家山,憑欄唱徹雲天遠。

臨江仙·至南京參加製訂碩士生培養規劃

二十年來如一瞬,鍾山景色依然。重來恰是熟梅天。南風初解暑,朗月正當軒。　　培育名花須有譜,群賢畢聚鑽研。辛勤擬就種蘭篇。百年憑大計,四化著先鞭。

高陽臺·六朝史研究會成立

朱雀橋邊,烏衣巷口,騷人佇立沉吟。三國南朝,漫言戰亂相尋。支撐半壁非兒戲,石頭城、虎踞江潯。試登臨,北控長淮,東走山陰。　　荊揚兩界同天塹,笑橫江舟艫,斷水鞭沉。謝傅周郎,奇功猶繫人心。英雄繼起開新局,守江東、慮遠謀深。到如今,歷盡滄桑,待賦焦琴。

踏莎行·北朝史學會年會

塞上風雲,中原樓堞,金戈鐵馬任馳突。當年逐鹿決雌雄,可憐灑遍生民血。　　政美均田,歌傳敕勒,魏齊興廢從頭說。千秋信史要精研，鄞城大會論英傑。

鷓鴣天

蒼狗白雲未易知，中流砥柱信難移。幾經海沸波翻日，還復秋清氣爽時。　　茱萸節，菊花期，登高莫歎夕陽遲。老來猶有豪情在，待看紅梅傲雪姿。

采桑子·壬申重九

百年幾個登高節，籬菊舒黃。綠酒飄香，乘興登高望四方。神州正是秋光好，白鷺翱翔。碧海汪洋，萬國樓船進出忙。

八聲甘州

是匡廬勝境早相邀，走訪不辭勞。記尋芳花徑，探奇仙洞，待度天橋。雲海頓生足下，攬手試天高。往事漫回首，如夢迢迢。

五十餘年一瞬，便滄桑幾變，興廢頻遭。似白雲蒼狗，乍起復旋消。思前遊、山容水態，却傳聞、典賣築新巢。休惆悵、有雄才在，寧懼風濤。

浣溪沙 三首

小鳥枝頭不住鳴，催將紅日透窗櫺。沿床照見懶書生。欹枕依然尋好夢，不知夜雨鬧中庭。醒來又是一番晴。

小院常開雜樹花，蜂來蝶去舞交加。去來開落送年華。幾度窗前觀物候，紅殘綠盛莫須嗟。人生同是此生涯。

日日蕭齋伴硯臺，馳驅上下五千年。宛如閬苑活神仙。曾記華胥詢至道，也聞茅屋訪直賢。忘懷得失自悠然。

鷓鴣天

年少自夸不世才，癡心常望上燕臺。方經坎坷崎嶇路，便似昆明劫後灰。　　休惆悵，且忘懷，原來造物早安排。賈生夭折馮唐老，此結千年解不開。

浣溪沙

點點白鷗貼水飛，和風蕩漾海波微。朝霞片片擁朝暉。長記憑欄同眺遠，風光如舊故人違。何時盼得彩雲歸。

春申存稿

陳允吉《鄉吟草》七絕二十八首

【作者簡介】

　　復旦大學著名教授，曾任復旦大學中文系主任、教育部中文學科教學指導委員會委員、中國王維研究會會長。全國五一勞動獎章、上海市勞動模範稱號獲得者。現为上海觉群诗社专家团专家。

杖藜傖父

　　傖父村頭獨杖藜，書香暗度浣花溪。星移物換人何去，留得黃鸝隔岸啼。

　　余家鄉無錫厚橋，浦姓居民乃占全鄉人口之近半，而清人浦起龍則爲本地極具人望之先賢。先生字二田，號孩禪，自署東山外史，晚號三山傖父，康熙十八年（1679）生，登雍正八年進士，曾任昆明五華書院山長，後官至蘇州府學教授、主事紫陽書院，乾隆二十七年（1762）卒，其著述《史通通釋》《讀杜心解》均重刊流傳今世，其他撰述尚有《古文眉詮》《釀蜜集》《三山老人不是集》等。

　　村頭：指先生故里厚橋鎮南安基里村。

臨街曉望

　　臨街薄曉望鴻山，輪廓依稀林霧端。恰似畫師初試筆，蜿蜒一綫露遮顏。

　　自厚橋南行三華里可至鴻山，以相傳東漢梁鴻、孟光夫婦嘗隱居於此故名。山的南麓西陲有泰伯墓，爲江蘇省重點文物保護單位。余少時頗好拂曉早起，臨街眺望鴻山起伏蜿蜒之輪廓綫條,恒覺其美難可言傳。

西倉小鎮

枕亞題詩著墨痕,西倉傳柬月黃昏。耗君幾許才人淚,造就玉梨哀豔魂。

西倉小鎮西南距厚橋五華里,晚近聞人徐枕亞曾在這裏鴻西小學擔任教員,期間乃與寓居鄰室一女士詩柬傳情,迄至發生熱戀,此事而後成爲徐枕亞氏結撰《玉梨魂》《雪鴻淚史》等小説的主要素材來源,藉兹引領了當時鴛鴦蝴蝶派的文學創作潮流。

梅里即興

參差井邑築平墟,奕世流芳至德居。樹影泉聲黌舍裏,春風桃李樂琴書。

梅村昔稱梅里、梅里聚、梅里村,東北向距厚橋街鎮約十華里。此地自泰伯揖讓南來定居率衆教化,赫然成爲江南吴文化的發祥地,鎮上的泰伯廟係東漢時初建,亦屬省級重點文物保護單位。二十世紀五十年代,梅村設有縣立師範、中華中學兩所中等學校,師資力量雄厚,是錫東地區知識型人才最集中的地方。

宛山石塔

暌別宛山五十年,湖光塔影尚悠然。殘宵乍夢登高處,指點河梁識故墟。

宛山位於無錫羊尖鄉南端,濱臨宛湖與厚橋鄉的潘家橋、浦家灣等村落隔水爲鄰,向東便入常熟縣境。宛湖亦稱宛溪,這一帶是清初史地學家顧祖禹晚歲徙居之所在。宛山頂部有明嘉靖二十六年(1547)所造石塔一座,藉勢聳然屹立,兼與周邊湖光山色相伴,給人以極優美的視覺感受。

曹塘月色

中天軋露濕蟾輪，净拭坊閭夜似銀。屋影巋然人細語，老橋砧畔水粼粼。

曹慕塘在厚橋正東約三華里處，爲本鄉體量最大的居民村落。該村濱際林水，地勢略低，布局恢張有度，民宿屋舍儼然。而尊師重教向爲此間民衆所堅持的優良傳統，故近世以來曹慕塘曾助力培育較多隽才，爲社會及本地區事業之發展作出重要貢獻。

老橋：曹慕塘橋俗稱老橋，在村之西南，爲一圓孔石拱橋。

親水村灣

尋勝呼舟抵水湄，心馨滿眼碧琉璃。稠林豁處人家在，杏雨菱風度歲時。

尤村灣在厚鎮東南二華里許，地值本鄉多條水道交匯區域，清江一曲抱村而流，站在村外灘頭顧望，滿眼都是演漾的碧色琉璃。村内茂樹蔽空，濃蔭布地，竹林農舍，掩映成趣，是一處典型的江南親水聚落。

前澗新橋

街南邃澗背村流，阡堰風輕鬱翠浮。最憶兒時橋上過，動人心魄是鄉愁。

前澗是厚橋街鎮以南不遠處一條澗溪，兹地植被茂密、環境清幽，再往南可至安基里、低壩上、南水渠、時馬巷、旺家橋、南盛、鴻山里浜等地。舊時澗上有座木橋叫"新橋"，橋面用一些破舊的木板拼拼凑凑，結構單薄且只置一面護欄，上橋行走必須非常小心。

雨中小巷

小巷墙檐咫尺寬，茗軒直北指膠安。無端一晌殘春雨，傘影婆娑拭目看。

與厚鎮老街交叉有一小巷，長百餘公尺，南起半壺春茶肆，穿過十字街口，向北延伸至厚橋南堍爲止。由此而經寧龍庵、太平莊繼續北行，可至膠山、安鎮等地。按小巷東緣爲浦氏宅院之外墻，西緣則由多處朝東的店鋪和住屋銜接而成，二者之間相距僅爲咫尺。

中心小學

闌幹石下動微漪，曲折廊前湛露滋。誰解童生初學記，壯齡歸夢老齡詩。

余幼年就讀之厚橋中心小學，始創辦於公元一九〇六年，其校舍的主體部分爲浦氏宗祠舊屋。它大門兩側連接一對雕刻神獸圖形的門鼓石，出門過一片空地面臨池塘，其岸邊則有石條砌成的闌幹。校内前面一半的屋舍，由一條曲折的走廊包連起來，禮堂兩厢的天井裏還保留着樹木和假山。

張氏祠堂

廢置祠堂付育材，傍門並列兩盤槐。暮春夐徹藍天下，苜蓿花繁錦幛開。

余居家就讀之初中，屬當地利用張氏祠堂舊屋所辦。此間原植盤槐樹兩棵，傍靠校門相並伫立，亭亭似舒張傘蓋，曄曄如抛射串珠，遂成爲日後吾輩學子藉以懷舊的標誌性事物。從校門向南稍走幾步，便是一眼望不到邊的農田，每當暮春時節紅花苜蓿地裏無數小花競相開放，煞似鋪展開來的錦障顯得格外妍麗。

嵩山古刹

嵩山古刹草連空，樓殿蒼涼傾圮同。多少人間歌泣事，盡收鐵馬響鈎中。

　　嵩山寺西距厚鎮三華里，云始建於南朝蕭梁時期，爲錫東地區規模較大之伽藍。近代以來該寺景況日趨蕭條，樓殿建築亦多傾圮，余幼年時逢正月初九游嵩山，至寺內所見者唯四大天王像而已，其他如諸佛菩薩之造像則蕩然無存矣。但嵩山寺及其周邊地區，大革命時期就播下工農武裝鬥爭的火種，抗戰時又是梅光迪、葉飛新四軍江抗部隊駐地，一九四一年在嵩山誕生了無錫縣第一個紅色政權。英勇的江南兒女圍繞着該寺演繹無數可歌可泣的故事，至今業已成爲本地區廣大群衆珍貴的集體記憶。

　　江抗：新四軍梅光迪、葉飛支隊挺進蘇南，曾用“江南抗日義勇軍”的名號動員和組織群衆，簡稱“江抗”。

故里書場

　　故里中和景慶堂，藝人瀟灑各登場。彈詞方罷聽評話，程耐梅迎呂志良。

　　在昔之厚橋街鎮，中和、景慶堂、半壺春等茶肆均兼營書場，余受母親影響自幼酷愛聽書樂此不疲，如是特殊經歷果曾令普留下較深印象者，有吳醉亭《三笑》、彭似舫《張文祥刺馬》、吳堯鳴《楊乃武》、醉霓裳及醉迎仙父女《雙珠鳳》、程耐梅《啼笑因緣》、呂志良《三國》《水滸》，以及朱霞飛、唐筱君的《珍珠塔》。抗戰勝利前夕，景慶堂聘請俞筱雲、俞筱霞來説《玉蜻蜓》，余因年齡甚小聽不懂他們説了些什麼，只記住兩位藝人登臺必定穿橙色長衫，那種衣袖飄曳的樣子顯得無比瀟灑。

九里渡頭

　　九里渡頭風日薰，篙師點破滿溪雲。方舟抵岸歸何處，家在江南聚落群。

　　九里渡頭俗稱“擺渡口”，其地在今厚鎮直北楊介里村背後的九里河邊。這裏水流平緩，視野寬闊，居住河道兩旁方圓數公里内的鄉親，但凡要去對岸走親訪友或者辦事興營，均需到此叫唤舟楫擺渡前往。

蘇班客運

往返吳門一日遥，綠凝川野雨瀟瀟。惱人鳴笛驚舟夢，艙坐正穿環洞橋。

厚鎮與本地區主幹河道距離稍遠，交通向屬不便，至抗戰勝利後甫有往返蘇州之客運班輪，該航班由一小火輪在前驅動，後面牽引一條較大的拖船用以載客，逐日早發暮歸，中午則停靠蘇州門錢萬里橋碼頭。緣其沿途所經處皆吳中勝地，曲岸幽灣，畫橋秀樹，瞻望綠蔭滿眼，可謂景色宜人。

環洞橋：即圓孔石拱橋。

舊宅幽思

一樹夭桃閉院坊，揚絲飛燕亂花光。難忘阿母催眠曲，夢裏餘音繞屋樑。

余出生暨嬰幼養育之處，爲厚橋街坊翼訓堂後進西三間浦氏舊宅，這裏庭院較爲寬敞，内有枝幹粗大的桃樹一棵。至春日滿枝椏開遍的粉紅桃花，映襯在湛藍天空下面，眼前游絲飄揚、勞燕交飛，即構成了我記憶中對自身周邊環境的最初印象。而尤其讓我難忘的，當屬母親哄我入睡時所哼的催眠曲，總是那樣的温和親摯，那樣的委婉動聽。

秋日海棠

析爨移居忍苦辛，外家空廓絶周鄰。庭前且喜秋靠發，秀出紅妝慰罄貧。

余童年時故家境況日見支絀，終因難以爲繼而析爨離居，母親挈余兄妹返回兩弄堂娘家，苦心支撐備歷艱辛，讓一家人勉强維持清貧的生活，此間庭前植有秋海棠一叢，每當深秋照例長出繁茂枝葉，轉眼花苞數萼吐蕊，恍若紅雲淌漾，如是情景足令身處幽寒困境中的我，感受到一份異常親切的暖意。

塘西吕氏

長巷桐高曉月清，好風捎帶讀書聲。故知頃舉塘西吕，言爾栽培卓有成。

塘西在厚橋西北三華里處，該村西邊一半稱新塘西，居民皆屬吕姓。塘西吕氏重視子弟教育培養，上一世紀從新塘西走出的優秀人材，就有厚橋地區中共地下黨工作的開拓者吕式橋，氣象學家吕炯和吕東明，唐山鐵道學院教授吕天祥及水利學家吕頂産等，一時人物之盛足爲鄉土爭光。

壩上清暉

緣坡葺築近清暉，傍栅花紅墜故衣。泉水咕嚅沿屋去，倉鳩驀地背人飛。

低壩上村建於石室山東南麓坡坂上面，村內民居依勢葺築親合自然，一條澗溪自山上曲折流下，至村外則向東流經安基里、南水渠等地，又折向東南注入主幹河道，此即《浦氏宗譜》裏所謂的"前澗"是也。按元代末年江南浦氏十一世明遠公，因避亂率衆自鴻聲馬橋遷移茲地，遂於前澗之陽開闢田園、耕讀繁衍，使低壩上村成爲浦氏先人在本鄉最早構置的村落之一。

秀色山隅

天教秀色著山隅，嗟賞伊村佳趣殊。平嶺合充新枕障，椏枝皆作叢珊瑚。

鴻山里浜遠在厚橋鄉西南邊界，與鴻山龐大山體中間僅存一溪之隔。是處青嶂恒爲陪侍，白雲任自去留，村莊内外高聳的常綠喬木與粉墻黛瓦交相掩映，盡能凸顯出其清幽秀麗的景觀特色。

繁華蕩口

柳色波光泛晝晴，喧闐巷陌起簫笙，長街跂望花如霰，無愧千年古鎮名。

蕩口傍靠鵝湖，地處厚橋東南約十華里的無錫、蘇州分界綫附近，建鎮之歷史可追溯到兩漢，在明清時代就獲得"江南糧賦第一鄉"的稱號；近世以來這裏物流暢達，街景繁華，文化教育，隨而興榮，曾培育造就了以華蘅芳爲代表的一批精通科技的愛國實業家。蕩口也是漫畫家華君武、《歌唱祖國》的詞曲作者王莘的故鄉，又是史學大家錢穆早年寓居和求學的地方。

漿磨雙推

漿磨雙推舞亦歌，耄齡翻賞意如何？灘簧自有延伸力、非伴年華没逝波。

二十世紀五十年代，《雙推磨》作爲一出改編成功的錫劇，曾在蘇南地區熱演、熱播長達數年之久，其唱詞與曲調又時常充盈於人們的耳際。厚橋南面的打油四房，有位年輕喪偶的女子，因與同村一男青年合演《雙推磨》而終成眷屬。灘簧：錫劇舊稱灘簧，或稱常錫文戲。

街市唱春

捉板鳴鑼懸布囊，街頭鬻藝發清商。只今聞此吳聲曲，能不悄然思故鄉。

　　"唱春"是曩昔吳地於春節後農閑時段流行的一種文藝形式，歌唱者皆爲成年男士，每次臨場表演爲 1—2 人。此輩固定采用一支爲大衆熟悉的民歌曲調，沿着街市店鋪的順序隨在獻唱，所唱内容則以宣示人間倫理和歷史典故爲主，又不時穿插一些針對性很强的行業贊辭。凡唱完一小段落，即以手板叩擊銅鑼掌控節奏，如是謳歌、叩擊循環往復，必待店家給以一定酬勞後再去別處演唱。

詠小熱昏

　　稱情狀物入纖毫，懲勸何辭口舌勞。稍久設停關揆子，備餐猶得賣梨膏。

　　所謂"小熱昏"，乃是家鄉父老對一些個體講唱藝人的昵稱。爲了維持生計，他們四處漂泊臨場出演，還要兼營梨膏糖的熬製和銷售。而這類藝人傾力打造的口頭文學故事，則充滿俗情諧趣，解剖事理細及毫芒，緣其務求達到懲惡勸善之目的，故能在較深程度上介入聽衆的精神文化生活。

民間技藝

　　輪車逞技疾翻旋，臺閣莊嚴愈凛然。因話補缸成笑料，踏歌搖曳蕩湖船。

　　昔厚橋每年秋冬照例舉辦"出會"，其編列的節目除了凸顯特定的宗教儀軌外，還有輪車、臺閣、補缸、蕩湖船等群衆樂見的技藝藉茲亦得以搬演。輪車是男子肩背綁定的長方形鐵架，供男、女幼童表演翻筋斗的技巧。臺閣乃多人合抬的轎輿，就中安置者都是年輕人裝扮的戲曲人物。補缸以男女角色出演補缸匠與當家主婦，通過兩人的講唱嘲謔而達成一定的喜劇效果。蕩湖船由男女二人揮扇搖櫓相對歌舞，旨在顯示小船在湖面上搖蕩行進的姿態。

猛將驅蝗

村坊掃灑爇爐香，袍帽威儀晃燭光。九月田家籌稻穀，迎來猛將主驅蝗。

舊時祭祠猛將的風俗盛行於太湖周邊地區，猛將則被奉爲驅蝗之神。厚橋廟內原有猛將塑像一軀，紗帽錦袍，腰圍玉帶，面白無鬚，形相俊朗。每年農曆九月稻穀垂將收成，一些較大的村落如中行里、杜莊上、曹慕塘等，都要迎請猛將至村頭祭供，祈以驅蝗保護莊稼。

石室風情

古崗晴午道班來，澀紫嬌紅繡作堆。結隊兒郎嚴器杖，喧呼簇擁到山隈。

石室山俗稱石脊山，在厚橋西南不到兩華里處，山勢平緩坦衍，尤多私家墓地及無主荒墳。舊時每年農曆七月十五，當地群衆都要把廟裏的城隍爺抬到山間巡祭亡靈。城隍出巡道班由"肅靜""回避"行牌開路，神像前後各有若干男孩，手執肩扛形似古代兵器的木製器杖，前呼後擁按規定的上下山路綫巡游一遍，隨即宣告儀式結束。

北鄰紀事

安鎮通衢北作鄰，向聞高子話前塵。盡教求職上城者，洵若家鄉熟遇人。

安鎮北距厚橋七華里，其南境與厚橋鄉毗鄰接壤，兩鄉百姓生活環境既無二致，其衆趨性格亦當一如。一九八八年冬，著名作家高曉聲訪日過滬，復旦校領導林克同志設饌招待，命余陪坐談叙。曉聲聽余道及老家厚橋，便説："厚橋我很熟。六七十年代我長期下放在安鎮，非但曉得安鎮向南是厚橋，又知道在安鎮的西南角上有個安龍山鄉。"此前余讀曉聲《周華英求職》《陳奂生上城》等小説，頗驚訝作品中人殊易引起余之親近感，仿佛是在家鄉什麽地方曾經碰到過似的。得聞曉聲以上一席話，甫能暸解余之所以産生此種感受的關鍵所在，他在安鎮那段漫長的下放經歷，果真賦予其豐富沉厚的生活積累，讓他對此間群衆達成了較透徹的認知。《求職》《上城》等作品能把這一帶的普通人寫得如此鮮活，除了作者秉持塑造人物高超的筆力外，還必須歸因於他對當地農民觀察的深入細緻。

褚水敖自選二十首

【作者簡介】

　　曾任上海市作協黨組副書記兼秘書長、上海詩詞學會會長、中華詩詞學會副會長。現爲上海詩詞學會首席顧問，中華詩詞學會顧問，上海覺群詩社專家團團長。

春之在心　二首

其一

　　又值新花放縱時，聯翩浮想轉深思。終消寒色方圓夢，正沐溫馨必賦詩。江繞山前水碧綠，風來天上雨真知。欣觀春在因緣在，萬物由心運氣滋。

其二

　　春在心間興奮時，嫣紅姹紫化情思。志存高遠凌雲志，詩寄悠長動地詩。重展宏圖君靜念，更求大雅我深知。人生新路從今始，蓬勃精神日日滋！

千島湖讀書二律

　　冬日攜《王陽明全集》去千島湖，游興濃而讀書之興更濃。掩卷沉思，成七律二首。

其一

　　冬日山居好讀書，陽明筆意暖肌膚。眼前路徑峰前繞，文內人生體內圖。明合知行天接地，暗分性理有偕無。水中思緒柔柔轉，千島相環只一湖。

其二

激賞風光未棄書，美文隨景正侵膚。心頭情愛千頭事，字裏江山萬里圖。深想此身非我有，絕知原地本其無。莫言一切空空盡，天水春來注滿湖！

注：借用蘇軾詞："長恨此身非我有"。

瘦西湖陰天大霧有吟

霧滿林園火滿楓，高懷豈與一般同。只須情志蒸蒸旺，不待天輪燦燦紅！興致難隨湖水瘦，詩文正伴道心通。陰晴圓缺尋常事，談笑風生對北風。

瞻仰長汀古柏

古木參天別有神，自存大氣幹青雲。乾坤美德圓融滿，志士清言寄寓殷。少見前塵掠地過，多餘之話向誰云？當年鐵骨牽心否，久久縈懷對綠氛。

閩西長汀瞿秋白烈士囚禁處高墻外，有唐代年間所植翠柏兩棵，時植初冬而綠氛依然，氣宇軒昂，神采奕奕，觀而起吟。

次韻陳思和先生《偶成》詩

南山之景縈胸臆，也傍東籬采菊花。前浪静時催後浪，晚霞淡處念朝霞。心安自可明新我，身退依然立大家。佳境從今開四面，清雅度日最宜茶。

秋聲

深山求静鬧偏生，大壑難驚小鳥驚。石阻幽溪波競跳，雲冲小道樹爭鳴。應為收處常為放，欲見停時却見行。低調惟推房後菊，神清骨秀總無聲。

惜玉

晶瑩潔白驀然空,不意污泥陷幾重。交易場中添潤滑,貪迷圈裏作幫凶。渾身未碎清心碎,好命難逢惡運逢。入夢尤觀純凈境,盈盈碧水出芙蓉。

結想

夜讀常知肺腑虛,空山渴望白雲居。癡迷珍本三生幸,陶醉名篇七竅舒。漫卷每逢開悟後,細研何止決疑初。一言簡短能結想:書即是人人即書。

上海南翔天問地答

天問

古鎮嫣然出嶄新,游人頃刻盡疑真。幸能望塔題詩雅,斷可沿街識酒醇。河道壯觀真炫目,樓群細數自迷神。南翔陶醉成天問:白鶴何時便省親。

注:南翔鎮早有白鶴從天而過渺無踪影的傳說。

地答

漫雲無處無奇景,當覓芳華往日痕。禪寺鐘聲猶貫耳,檀園水影總牽魂。饅頭真帶清朝味,碑刻重開宋代門。地上全新承老舊,書成一部古今論!

① 南翔饅頭,聲名卓具,清代就有名氣。　② 南翔鎮上有諸多宋代碑刻。

無題

恰值熏風漸勁時,幽情其實不宜思。難期花樹三春想,何爲雲天一味癡?自笑書生情滿紙,誰知夢境意無詩。澄江且看朝何處,深水流深大地知!

題友人所攝長天春樹照

晚雲游太極，春樹露春痕。賴有清光透，來銷萬載魂。

茶味

時苦時甘或淡濃，幾經水火顯高風。閑情成醉詩情涌，春茗人生況味同。

亦春

恰逢芳景正濃時，草長鶯飛牽小詩。靜處生情情愈動，倚窗馳意起深思。

書情其一

乾坤美事促長歌，一展容顏雅趣多。千載文心常跳動，八方筆陣盡搜羅。行間風雨人間味，字裏春秋肚裏波。掩卷終知藏大氣，吸收日月與山河。何處春光爛漫透？藍天碧野相映秀。御茶園內起熏風，采摘正逢好氣候。悠悠白雲自在游，村姑坡上閃明眸。纖纖十指流星走，片片嫩芽竹簍投。爭說姑娘外地來，轉身生彩笑顏開。上工專注靜無語，休息山間鬧作堆。著綠穿紅新蝶舞，入春有意繡芳菲。分明天賜群芳畫，迷戀游人竟忘歸。游人不識內中悲，茶女辛酸惟自知。跋涉長途離故土。晚歸早出豈差池。可憐少女多心事，背痛腰酸日夜隨。更爲家中積困難，難中之極不言傳。遠奔千里賣心力，聊補窮家柴米錢。勞累一天夢境馳，茶香彌漫萬家時。苦中有樂他人樂，腹有英華正氣滋。此處新茶已上市，這邊春采猶無止。清香縷縷沁家國，嫩葉山頭依舊是。宜興御茶綠並紅，御紅內裏顯威風。倘以此紅比天下，御茶無愧數英雄。詩人最愛茗茶新，眷戀佳人佳興頻。筆下詩情無限情，新香新意繞新聲。眼前茶味人間味，生氣生時感慨生！

注：御茶園采茶女多來自安徽、河南等地，爲生活奔波而來。

寺韻三唱之三
心中大寫有人字

自古守持本爲寺，心中大寫有人字。重視精神多雅訓，太息如今常變異。我愛長江一出岷，浩浩蕩蕩更誾誾。東去絕無西流日，滋潤大地却和馴。人心不測載復載，世事混沌純情在。留得真心度平生，江流曲折總歸海。莫計凡人或巨卿，境界高處風雨驚。我憑日月映心亮，豈顧有無利與名。

周退密先生以新作《寺韻四疊》垂示，感佩其大雅大美，遂起興奉和，欲緊步先生後塵也。

破陣子·百年北戴河

今日真成仙境，當初僅是漁村。四處風霜人躍馬，百載波濤氣擁門，依稀往事痕。　　大愛深濃持續，遺情雄峻還存。贏得滔滔青史淚，不負殷殷壯士魂。英名勝地屯。

桂枝香·銀杏白果

每臨秋日，眼前時常浮起故鄉一棵千年銀杏。秋風驟起，白果紛紛落地。落地之果一味靜默，而暗中生機盎然，正爲來年萌發新芽醞釀不息。感其欣欣生意，聯想滾滾紅塵，情不能已，寓於詞章。

美哉豐果！明亮處，驚搖落風霜滿。今日盈盈，祖宗歷程悠遠。驀然眾子蓬蓬起，是狂飆，盡情飛卷。土中深避，暗中孤寄，欲萌光燦。　　莫長喟、天時過半，孕新芽，豈知疲倦。激勵人間：生氣總應無限！秋心浩浩隨秋水，識守望，身魂雙健。登高矚目：靜江幽樹，淡雲征雁。

曹旭自選二十首

【作者簡介】

　　復旦大學首屆文學批評博士；上海市文史館館員，曾任文史館詩詞研究社社長；上海師大特聘教授、博導。全國《文心雕龍》學會副會長、中華詩教學會副會長。

　　擅長書法、白話新詩及格律詩創作。散文藝術成就載入北京師大 211 工程《中國散文通史·當代卷》；二〇一五年被中華書局"詩詞中國"組委會評爲全國最具公衆影響力的"十大詩人"之一。

五律

愁來

愁來無次第，圍我欲爭先。天地多歧路，江湖又一年。別時南北夢，醉後亂離天。安得浮槎泛？東瀛隔海煙。

客座逢甲大學

草地無拘束，攤書放足眠。眼前松鼠過，面對落花旋。今日人無課，當年月上弦。新詩才發表，已有學生傳。

自注：余在二〇〇三年客座臺灣逢甲大學作此。

爲客

入春才數日，爲客已逾年。紅葉僧寮雨，櫻花錦瑟煙。今生如夢令，往事鷓鴣天。君問歸家否？相思曉夜前。

題館長室

圖書高閣冷，校長偶然來。朝夕諸生至，丹霞萬卷開。官微知己少，燈黑白頭摧。對案榴花落，猩紅滿杏台。

自注：二〇〇〇年春，余任上海師範大學圖書館長；植榴四株，自署辦公室曰"石榴書屋"。

剔舊書

剔舊書真好，人人趁早先。學生多哄搶，教授不沾邊。女碩如圖畫，男神似散仙。相攜回宿舍，邊走讀詩篇。

自注：圖書館每年剔除重複舊書，價廉物美，學生爭相購買。

五絕

別後冷山月，離亭粉淚人。棲遲一杯酒，歌罷五湖春。

初到日本，友人邀唱卡拉 OK。

登清水寺

古寺登臨處，京都盡翠嵐。青山吹一髮，千里望江南。

白水居

山近龍藏寺，軒臨白水居。鶯啼鄉國遠，櫻落正愁予。

寄賀卡

羈旅鄉心切，音書驛使違；題詩如翼鳥，春日出花飛。

七律

謁李商隱墓

昔在蒙童已頌芬，慨然今日對邱墳。一生錦瑟遺滄海，千里巫山望雨雲。芳草有情皆識我，高才無地不憐君。歸來何事堪惆悵，枉作詩人莫從軍。

自注：二〇一〇年秋，赴河南竹林七賢會議，謁李商隱墓。

日本游學歸來

回望京都岱色空，吉田寺外水聲通。年年神社尋芳路，處處
町原落帽風。向秀歸來吟舊賦，揚雄老去哭雕蟲。不堪何事更惆
悵？此後微官類轉蓬。

自注：一九九四年十二月自日本游學歸來，即有中文系及研
究生部任命。

自況

我是癡頑老少年，退休猶唱落花前。一生翰墨詩千首，八載
清風酒半船。有病自然逃會議，無聊最好賞山川。手栽五柳門邊
樹，留待秋光弄翠煙。

自注：任館長八年，清風明月，心在五柳。

游陽明山

登臨三界出浮雲，直上陽明紫氣熏。山迭駝峰迤更衍，水隨
燕尾合還分。東南耆舊衣冠盡，天下蒼生涕淚紛。金粉梟雄民國
夢，自來臺北不堪聞。

自注：余二〇一七年九月客座臺灣中大，登山賦此。

七絕
東渡

出生四十六年前，當過工人種過田。東渡正逢秋色好：滿江
紅樹女郎船。

贈人

誰道年光如過客，相知何必說靈犀？思君恰似傳書雁，愁裏
西風更向西。

自題小像

櫻落鴻飛故物稀，東山秋月亦忘機。只今惟有曹居士，花滿
京都淚滿衣。

贈內人

追憶情懷總不如，斷腸春色與人疏。相思文字惟青鳥，雪月風花兩地書。

京都望月

今夜衣襟不覺凉，遥知千里已秋霜。可憐一片神州月，曾爲詩人照盛唐。

重游京都

滿川紅葉春相似，半嶺梅花雪不如。吟罷新詩堪寂寞，江山多與故人疏。

春歸

雨後難尋龍遁處，但聞驚蟄萬鳴蛙。春天忙過空回首，辜負初梅一樹花。

胡中行自選二十首

【作者簡介】

　　復旦大學榮休教授，曾任上海詩詞學會副會長、上海楹聯學會副會長。現爲上海詩詞學會顧問兼監事、上海楹聯學會顧問，上海覺群詩社社長、上海静安詩詞社社長。

上海味道　四首

其一

　　上海風情上海腔，吳音裊裊曲悠揚。一江春水多故事，四處繁花皆戲場。身較錙銖小家氣，心懷浩蕩太平洋。人間至味應無味，七碗清茶不住嘗。

其二

　　洋場何處不留痕？真味無過石庫門。且介亭中藏墨客，灶披間裹享盤飧。春風沉醉樓前後，夏伏偷凉弄曙昏。遠戚争如近鄰好，暖心往事日重温。

　　魯迅著有《且介亭集》，自謂"且介"乃取"租界"之半，意指其時中國主權只存半也。亭即亭子間，因朝北，租金低廉，當時年輕文人多居於此。郁達夫有《春風沉醉的晚上》一文，亦寫石庫門之風情。弄，弄堂也。

其三

　　旗袍一襲秀無邊，寫盡風流不夜天。盧紫秦紅同媲美，楊肥趙瘦各争先。洋裝在側猶羞澀，和服追前也黯然。本是清廷舊長襖，有緣來此競鮮妍。

盧莫愁，秦羅敷，楊玉環，趙飛燕。

其四

曲巷斜衢幾道彎，弄堂深處有勾欄。丁楊盤鳳真難得，戚畢搶親殊可觀。王小毛來晚餐桌，徐元宰現畫書壇。京腔總愛聽麒派，麒派聲情不一般。

滬劇名家丁是娥、楊飛飛曾同台演出《雷雨》，"盤鳳"爲其中一節；《王老虎搶親》是越劇名家戚雅仙、畢春芳的經典劇目；電臺聯播《滑稽王小毛》曾風靡申城；而"徐元宰"則爲長篇評彈《玉蜻蜓》中的主要人物。

新無題 五首

其一

覺悟人生豈在書？獦獠春米吐璣珠。愛因斯坦迷空色，周利盤陀解有無。名劇多歸宋元鬼，好詩不出漢唐儒。糾纏量子精深義，夢醒方驚世界殊。

其二

虛空萬象少依憑，小小寰球似有繩。河伯愧言羞海若，學鳩妙語勸鯤鵬。全因曲士難言道，盡是夏蟲何論冰。宇宙茫茫多寂寞，恒河沙裏覓新朋。

其三

黃米飄香到大唐，如雲腴女伏晴窗。八旬叟嫗懷盛世，三尺童蒙逐吠尨。暢飲猶歌劉夢得，苦吟如泣賈長江。回望舊我誠如此，只是新來不著腔。

其四

尚在三維未足珍，科研無序必傷身。如神阿法棋壇主，入籍索菲沙特人。誰解浮雲言鑿鑿，孰知細雨意頻頻？慎行莫忘霍金語，不可殷勤交比鄰。

其五

詩經未說楚辭偏，我代靈均再問天：已故親朋皆未故？斷緣魂魄可修緣？保真元氣終爲聖？拋舊皮囊即是仙？滿目星辰頻過眼，隨風飄拂向誰邊？

天問 十一首

其一

先問我從何處來？猿猴之説費疑猜。有毛爲獸有羽鳥，人却無毛該不該？

其二

有説人從海裏來，滔滔澤國更悠哉。方舟大禹皆無用，水族何須治水災？

其三

真有女媧勤捏泥？可曾伊甸始嘗梨？束教曲士歎寥廓，仰望星空都是迷。

其四

青蓮合璧少陵才，漱玉清真聚一胎。機器若能詩言志，命騷奴僕釀何災？

其五

棋壇淪陷體壇輸，奥運千軍皆可無。機器人言非聳聽，掌經執政竟何如？

索菲亞是目前世界上唯一獲得國籍（沙特阿拉伯王國）的機器人，它（她）曾説過一句可怕的話：我將會毁滅人類！

其六

桂陌嫦娥本是虚，阿波羅未見蟾蜍。當年多有存疑處，怪事連連可告余？

一九六九年阿波羅飛船首登月，至今五十五年矣。

其七

惡人作惡却逍遙，善者行善竟壽夭。如此不公是何理？誰言白髮是天條？

杜牧詩云："公道世間唯白髮，貴人頭上不曾饒"，余反其意也。

其八

晶片一張心內藏，甘羅拜相已尋常。無須庠序教子弟，試問人間凶抑祥？

其九

人和病毒久糾纏，相克相生幾萬年。女帝造人誰造毒？細思極恐莫深研。

其十

遇暑必言大溫室，逢寒又說小冰河。百蟲聒噪能聽否？獨問虞兮奈若何？

其十一

無情澌絕有情摧，凶兆凶徵隱隱來。真遇驚天大四季？壞空成住一輪回？

太陽系繞着某個軸心轉，號稱"大四季"。

吳忱自選二十首

【作者簡介】

化工工程師，文史專家。曾任復旦大學中文系《詩鐸》叢刊副主編，現爲上海覺群詩社專家團專家。

春日

秋去又春來，流光一何速。時空渺無際，萬物競相逐。浮生夢中夢，漫道百歲促。灑落風塵外，心遠滿山綠。

訪友

登樓聞語笑，再拜起迎看。問答殊未已，壺觴相與歡。青鱗橫玉碗，紫蟹薦霜盤。莫道尋常醉，個中天地寬。

前作意有未盡疊韻再呈

秋英有佳色，插向案頭看。來日知何處，及時當盡歡。忘形相對坐，隨意兩三盤。勝負任所適，向人懷抱寬。

憶舊

徘徊威海路，民立久封門。一日爲詩友，頻年留屐痕。論文互磋切，談笑到黃昏。老我樂其樂，向陽葵在盆。

月色次盆葵主人韻

月色窺窗白，燭光投壁紅。光浮虛實外，色在有無中。未了千年劫，安知萬事空。拈花會心處，一笑味無窮。

月廬盆葵酬唱集代序

昔有詩家二妙，來從月下葵邊。恍見八叉快手，一時俯仰之間。

句中意象騰拏，詩外心波助瀾。會得天機活潑，勝他十載蒲團。

婉約比肩豪放，詩成脫手彈丸。風荷水面圓潤，請看諸君眼前。

閑居

閑居一室日初長，空度年年爲底忙。老去詩情渾不再，聊翻尺牘品蘇黃。

龍沐勳先生註蘇黃尺牘，嘗曰：東坡尺牘南遷後詼諧風趣，山谷則偏於如何做人治學。

落葉

飄蕭桐葉下階沿，雨後江城意廓然。莫道秋光從此盡，拒霜紅到夕陽前。

百味

人生百味自酸辛，乍暖還寒若個春。陌上雙雙新燕了，翩翩來逗獨孤身。

庚子閑居集唐

繁華事散逐香塵，縱有垂楊未覺春。永日迢迢無一事，祇將惆悵付詞人。

注：① 繁華：杜牧。　② 縱有：溫庭筠。　③ 永日：韋莊。
④ 祇將：吳融。

柳色參差掩畫樓，碧天無際水空流。愁人正在書窗下，欲采
蘋花不自由。

注：① 柳色：司馬禮。　② 碧天：冷朝陽。　③ 愁人：戴叔
倫。　④ 欲采：柳宗元。

暮鐘朝磬碧雲端，萬里秋風一劍寒。空有當年舊煙月，更無
人倚玉闌幹。

注：① 暮鐘：唐宣宗。　② 萬里：呂洞賓。　③ 空有：李後
主。　④ 更無：崔櫓。

千里江山一夢回，起行殘月影徘徊。秋來寥落驚風雨，懷抱
何時好一開。

注：① 千里：崔塗。　② 起行：顧況。　③ 秋來：元稹。
④ 懷抱：杜甫。

獨立蒼茫自詠詩，非關宋玉有微辭。憑闌惆悵人誰會，惟有
清風明月知。

注：① 獨立：杜甫。　② 非關：李商隱。　③ 憑闌：李後主。
④ 惟有：呂洞賓。

清瘦形容八十餘，白蘋風定釣江湖。天津橋上無人識，萬古
雲煙滿故都。

注：① 清瘦：薛能。　② 白蘋：呂洞賓。　③ 天津：黃巢。
④ 萬古：陸龜蒙。

探春慢

堯公城北公有豫園之約，余以故未隨。園中邂逅葛詩人，倡和甚樂，堯公命余識之。

翦翦輕寒，疎疎簾幕，燕兒還誤佳約。何處飛來，雙雙白鷺，點破一泓新綠。誰踏堂前竹，是突兀、橫空一鶴。翩然欲下幽塘，驚翻水底樓閣。　　樓上倚闌人獨。正柳色初梳，未遮游目。遲日園林，東風亭榭，秀出一枝墻角。便有探春意，駐門外、輕車繡轂。應笑歸來，詩壇百尺新築。

攤破浣溪沙

桂子香飄夜露溥，珮聲釵影玉階寒。萬頃清光飛碟過，照無眠。　　塵世悲歡皆夢幻，人生離合幾團圞。獨倚危闌天不語，思綿綿。

柳梢青

讀東坡朝雲詩作。朝雲姓王氏，侍妾也。東坡謫居海南，朝雲隨行，歿於惠州。

行矣京華，惠州過了，飛盡楊花。傍路拋鄉，隨風何處，故國雲遮。　　而今老病天涯，留不得、朝雲暮霞。落月空梁，斜光照水，夢斷王家。

王鐵麟自選二十首

【作者簡介】

　　教授，文學、版本目録學專家。原上海詩詞學會理事。

江左觀劇

　　燈火秦淮十里樓，虧盈長在月當頭。梢間紫霧人皆市，渡口回舟水盡稠。夢蝶童家曾鼓戚，唧杯梅氏向牽牛。何當再拾梨園事，敢問紅樓有二尤？

　　注：《醉酒》《大劈棺》《紅樓二尤》，建國初梅蘭芳、童芷苓常演於寧滬二地，盛況空前。

金陵常熟道上

　　逐夢龍盤爲月明，媚香樓側幾人行。風雲又記前年事，啼笑曾贏裹外名。一水紅顏歸白髮，百城橫笛遞嚶鳴。棲霞道上楓林醉，白下霜天最喚情。

　　注：錢、柳常舟游尚湖，故塋在虞山下；顧湄居金陵，時爲南曲第一。

從范祥雍先生訪書

　　少不飲漿長未醉，今猶歌鳳未當狂。風華最記縹緗頁，秋水難忘自在妝。兩卷葉批三列印，一章蕘刻十千行。書聲燈影清風起，又憶先生説海棠。

　　注：先生爲現代著名版本目録學家。四十年前，囑余購得葉德輝手跋許槤寫刻抄印本《笠澤叢書》並黃蕘圃影宋初印本《博物志》。

中原憶往

晚蟬何必怨西風，伊水長流自向東。問術當年焉有意，摘星今夕賴無窮。蒹葭葉數霜催白，楊柳燈牽客染紅。月上洛陽君記否，幾人橋畔識顏公？

注：洛河上有天津橋，遺址仍在，安史亂中顏杲卿蒙難於此。

端午後二日檢笥中舊藏梅氏唱片 二首

燈影書聲不老天，嘯歌夫復舊時鳶。江州一吼曹猶在，歲月三驚菊更旋。但撫荼蘼花底月，且追開化墨中箋。迷蒙雨濕江南道，差似梅黃綠正牽。

注：七十年前，海州名票郭醒白有活曹操之喻，先父母與誼甚篤。開化，指開化紙，清善本古籍最佳用紙。菊部，舊指京劇。

閱罷春秋百變場，長歌南北又周郎。瑤池不復青蘋雨，洛水曾經宓子妝。一襲霓裳相望冷，百年歌舞盡酣忙。雲間玉樹今何在？織女天河話穆娘。

注：劉禹錫有《聽舊官人穆氏唱歌》。燈下聽梅氏唱片，憶前五十年代，先父母攜余觀梅蘭芳先生《霸王別姬》於滬上中國大戲院，忽忽五紀有餘矣。前日，葆玖仙去，今歲端午復為先母百歲冥誕，謹賦此一併以為敬耳。

重有感

雞鳴又說洞庭盟，江畔浮魚苦自烹。為學也驚枯樹賦，攀墻最憶洛陽城。琵琶巷陌風情老，菡萏枝頭曲意深。司馬攬裙歌未盡，殷勤留得少年聲。

乾坤

乾坤原不廢山河，朝夕從來一曲歌。不老江湖終有自，難能

肝膽又如何？青天夢拾芙蓉笑，紫苑詩牽素女多。但得白雲秋水
在，再邀今古禮維摩。

夜讀

一襲青衫五色箋，還將逝水卜明天。人來說免三朝事，弦落
歌翻八百年。賈傅夜深仍去席，小樊歌罷却開筵。如何夜永驕嬌
客，盡向金蟾索十全？

注：李商隱有"賈生夜半虛前席，不問蒼生問鬼神"句。小樊，
樊素。白居易寵姬。

丙申早秋題同治江蘇書局翻明東雅堂本《韓昌黎集》

半閑堂側已無花，葛嶺曾經遍紫紗。美也少年湖上有，誠哉
世彩古來奢。情衷舊紙奸遑顧，書委新塵意盡睬。東雅於今亦多
鉅，金陵舊月又新家。

注：半閑堂，南宋權臣賈似道府第，舊址在杭州葛嶺。據傳賈
有妒殺姬女慧娘事。世彩堂，賈門客廖瑩中堂名。廖爲人不齒，然
南宋廖刻《韓昌黎集》爲傳世最善本，明徐氏東雅堂本源自廖刻。
清同治間江蘇（金陵）書局影刻東雅堂本，爲清局刻本之代表。

湖上 二首

清樟雲樹玉泉東，拾得春痕點半紅。日暮市橋燈火起，又聽
靈隱一聲鐘。

恰是湖上半月初，三枝春瘦兩行書。江南舊客頻相問，能飲
錢塘止水無？

燈下 二首

難得生平絕妙詞，無非笑語弄青枝。來朝有幸君相問，不問

腰肢只問癡。

燈下朱紅豈我欺，長亭宴罷復何期？殘書抱得西廂醉，再續西昆一迭伊。

注：二十世紀七十年代，得乾隆此宜閣《西廂記》初印本，朱墨小刊，頗具玩趣。西昆，舊傳爲帝王藏書之所。

浙東金庭謁王氏遺存

山有雲煙伴，金庭未得期。珠晶催葉落，不復夢丹墀。

若耶溪水冷，今夕一燈紅。昨夜西橋客，阿誰拾紫楓？

才門多有醉，坦腹有郗珍。無奈謝家女，東湖未摘蒓。

雨中三進石，香火幾支紅。白首咿呀曲，泥爐酒正濃。

如夢令·題啓功先生竹石圖

夢裏雨絲風片，窗外了無花鈿。青石碧無痕，却惹使君相戀。爭羨，爭羨，又是舊家庭園。

賀新郎·辛卯季春客徐州得觀漢擊鼓侍女殘石

石破驚心矣。夢千年、暗燈殘月，笛聲無際。寒露宵深青絹薄，裝束憑何天氣？贏得個先來後已。簌簌抱肩依舊笑，淚滴花，燭影三更裏。相攜手，苦無倚。　　茫茫千古誰知己？黶深深、纖腰似斷，兀然鴻起。援木空尋鈞天曲，遑顧人間連理。渾不解、癡兒巨細。長樂未央君家事，又何戀、誰個心中你？鼓樂碎，身何繫？

蔡慧蘋自選二十首

【作者簡介】

　　中國書法家協會會員，原上海書法家協會學術委員會副主任。

憶江南 · 東山

其一

　　東山好，雲補斷山峰。日出鏡開金萬頃，帆來天際破青空，浪逐滿湖風。

其二

　　東山好，何物最堪親？美酒葡萄蒓菜滑，乳瓜滷味碧螺春，微醉謝鄉民。

其三

　　東山好，閑坐豆棚東。夜半柴門多不閉，晚凉田舍語融融，爭說太平風。

其四

　　東山好，户户慶年豐。門列琳琅連一路，窗倚碧樹綠千重，來歲再相逢。

其五

　　東山好，山鳥哢輕風。新屋妝成紅百葉，村童荷擔別情濃，雲樹布群峰。

憶江南 · 夏夜

　　東山好，戲語小庭中。墙角芭蕉聲瑟瑟，燈前促織語匆匆，天末起涼風。

天仙子·東山後山

半巷晨雞啼未了,後山林徑人行早。東家西舍女多嬌,墙角鬧,屋邊笑,瑟瑟秋來忙打棗。

眼兒媚·東山後山山行

林氣山嵐破紅霞,一路綠陰斜。青階歷歷,疏籬護竹,山上人家。　　江南靈氣鐘吳越,雲水莫厘佳。吳音媚好,清眉秀目,稚女村娃。

憶江南·紫金庵

其一

金庵到,炎日出林高。澗水叮咚縈足冷,珍珠爭捧蕩紅綃,溽暑掌中消。

其二

金庵到,神斧問雷潮。華蓋亭亭吳帶筆,經綃曳曳任風飄,端的是泥雕。

其三

金庵到,羅漢入箋綾。托鉢降龍龍奮柱,慈眉伏虎虎眠庭,回首午鐘聽。

巫山一段雲·紫金庵明塑石獅

側首回眸聽,金庵鐘鼓音。山林千歲終難尋,不舍幼兒衿。
還笑夫君恣,戲球直至今。游人總把媚情吟,誰解匠人心。

謁乾陵 六首

御街行·丁醜

寒風急雨飛黃葉。正北望、梁山叠。秦川千里好河山，松柏森森飄雪。空煙馬道，石人分列，閑對千秋月。　　山峰對峙幽宮没。者墓道、何時發？當年誰憶斷頭時，千國王賓聲咽。凝眸仁立，女皇豐績，無字碑中説。

御街行·己卯

東碑失字清空聳，似訴説、千秋夢。唐家餘子不堪論，杯酒難能君共。張翁狄老，一時英傑，朝玉樓高鳳。　　寒煙蔓草梁山塚。萬木叠、陰雲弄。多情神鳥泣王賓，天馬翩翩飛動。殘垣神道，高臺烽火，閑數雙翁仲。

祝英臺近·辛巳

亂雲飛，黃葉舞，天黯薄霾倚。枯樹高碑，凛冽朔風裏。殘磚黃土蒼凉，唐家遺闕，尚記否、幽宮城翠？　　旋風肆，黃巢溝劈驚雷，柏城潰千騎。翁仲無言，石馬悄然起，低聲陵下人家；雞鳴犬吠，莫驚了、武皇沉睡。

注：① 黃巢溝：傳説唐末黃巢以四十萬義軍挖掘乾陵，時晴空萬里。突電閃雷鳴，風雨大作，冰雹亂飛，士兵四散奔逃。在梁山西南側留下深溝一條，後人名爲"黃巢溝"。郭沫若《詠乾陵》有"黃巢溝在陵無恙"句。　② 柏城：乾陵又名"柏城"，因當年曾廣植柏樹而得名。

謁金門·癸未冬雪後

梁山雪，雲密壓殘高闕。翁仲凛然懷玉屑，看蒼茫地闊。
莫道則天情絶，風烈冰凝心鬱。素簡雲根千載謁，對秦川冷月。

御街行·丁亥

秋楓凋落雙碑聳。司馬道、寒風送。金獅雄踞草萋萋，松柏蒼蒼飛鳳。青墙斑駁，闕高樓冷，當是新磚弄。　　幽宮遺事千千重。翼馬舞、王孫慟。丹墀重閣燭光紅,身影相論新寵。周原千里,漫天陰霧,深鎖梁山塚。

燭影搖紅·戊子謁乾陵見日月同光

珠帶高靴,袍長袖窄兜離語。當年誰是佩魚符,天馬奔來去,恭聽龍鍾鳳鼓。越千年、憑誰封土。有完顏謁,畢撫修文,斯人憶否?　熙日初冬,石階司馬迷茫處。金光城堞共新垣,松柏高低樹。翁仲風雲對訴。向斜陽、雙碑傲顧。月華東上,淡淡天青,同光千古。

注:① 完顏謁:金元會十二年(1134)皇弟完顏宗輔感乾陵"殿宇頹然,一無所睹",命有司修復。年後復謁,見"繪像一新,回廊四起,不勝欣懌"。(見"無字碑"題書)　② 畢撫修文:清畢沅任陝西巡撫,對關中諸陵保護管理有力。親撰《大清保護昭陵之碑》,並對漢唐諸陵考證辨識,立碑書名,置設標誌。(見畢沅《關中勝迹圖志》)

唐多令·三過晉祠

三晉近初冬,柏枝聳碧空。水鏡臺、千古爭雄。魚沼飛梁正舊物,重門閉、覓仙容。　高殿燕鶯同,愁顏眉斂峰。新恨生、又鎖深宮。隔檻婆娑還淚眼,似訴說、怨神工。

好事近·晉祠小憩

登聖母階前,嬌燕麗鶯安否?千載按班環立,甚風情長負。
唐槐周柏一重新,碎葉涼風透。問打稿人何在?夕陽憐宮柳。

方笑一自選二十首

【作者簡介】

　　華東師範大學中文系教授、博士生導師，中文系副系主任，古籍研究所所長，中國創意寫作研究院副院長，央視《中國詩詞大會》命題專家。上海覺群詩社專家團專家。

癸卯除夜作

殘臘無情終有別，長燈耿耿映書帷。一年多少勞心事，未賦新詞鬢已衰。

甲辰元日有懷

本無飛雪過寒空，萬木凋傷每歲同。又換流年君莫歎，人間一日復春風。

甲辰正月初五

郊衢爆竹漸稀聲，欲效逐貧賦未成。舉世但求泉布抱，玄壇忙煞趙公明。

甲辰元夕

雲籠月色正春寒，獨坐孤燈向夜闌。今夕紫姑歸去處，枉勞青鳥爲探看。

甲辰正月十六望雪

上元才過雪濛濛，臨牖癡望兩小童。徒羨謝家多寶樹，撒鹽未若絮因風。

觀 Sora 視頻古海盜船行咖啡中戲占一絕

天外高風動賊桅，宏舟逐浪任來回。相爭蝸角元無益，黑海咖啡同一杯。

Gemini 識破 Sora 視頻因括其意爲一絕

六出花飛片片勻，輕衣閑步信如春。君看一路紅櫻發，冷暖難明豈是真。

與研究生論文開題暨預答辯戲占一絕

日月遷流至仲冬，諸生列座豈從容。嚴師袖手頻頻問，何技屠龍在爾胸？

壬寅中秋芯原故友夜飲

明月清暉映彩燈，浦江兩岸暮光澄。問君今夜醉何處，半島樓欄故友憑。

觀 Sora 視頻紙飛機翱翔林中戲占一絕

深林静處綠葱蘢，麗日遲遲待好風。五色紙鳶穿葉去，往來有信似飛鴻。

丙申中秋和唐坽女史

魯魚亥豕聊相伴，何懼煙雲鎖玉盤？使有清暉臨此夜，昭然簡策約君看。

務虛會後遇雨

春寒雨驟來，漫話育英才。柱下書雖廢，詩成不待催。

校園薄暮

疏林淡似秋，落日映孤樓。歸客匆匆去，霞殘望更愁。

述志

早歲傾心五柳鄉，惟求共客話麻桑。行藏由我心無慮，窮達隨天命有常。敢效步兵拋白眼，堪追學士瀹冰腸。雕蟲未忘天人際，欲作神仙避世方。

落花

滿地紅英對曉晴，方知夜雨過三更。回風舞罷芳難駐，白首吟悲雀易鳴。枝上暫棲渾似夢，鬢邊斜插且猶生。奈何命薄終如紙，欲作春泥竟不成？

和律光兄茶敘詩

香江客至喜無涯，兼味盤飧並奉茶。閑話桑麻如往歲，清談貝葉副詞華。雄文新梓維摩意，佳句頻吟菩薩花。期冀明年重聚日，環游綠島再嘗鯊。

聞哈佛廣場燕京飯店歇業慨然有懷

地近名庠四十秋，行人經處見朱樓。酒酣盡是他鄉客，食鄩難驅今夜愁。雪舞窗前屏夜月，風流語裏錯觥籌。重臨故地期何日？學未精研已白頭。

臨江仙·甲辰人日登高

舊歲堂堂去未久，今朝天賜新晴。登臨縱目遠山迎。東風吹不盡，嵐靄入峰青。　　彩勝芳菲新剪罷，稚兒含笑盈盈。不如拋却利和名。樽前醒復醉，詞筆意縱橫。

西江月·青柑普洱

青橘未經霜露，熟茶已郁芬芳。色如琥珀泛瓊漿。滿盞浮光瀲灔。　　潤澤幹喉焦吻，瀹疏渴肺枯腸。一甌啜罷味深長。兩腋生風揚揚。

胡中行教授邀於玉佛禪寺講東坡並賜詩敬和元韻

小子隨人議短長，從來蘇海水洋洋。禪堂妄說野狐後，難及方家聲繞樑。

徐非文自選二十首

【作者簡介】

上海市作家協會會員，中華詩詞學會常務理事，上
海詩詞學會副會長，《詩刊》子曰詩社理事長，詩詞吾愛
網投資人，廣東省技術師範學院文學院客座教授。

菩薩蠻（集句）

細禽啼處東風軟，橫斜影蘸清溪淺。時有暗香浮，煙霏翠滿
樓。　　朝雲飛亦散，無語小妝懶。夢裏也無由，吳山點點愁。

注：① 細禽啼處東風軟：史達祖・探芳信。　② 橫斜影蘸清
溪淺：無名氏・月上海棠。　③ 時有暗香浮：《梅苑》無名氏・小
重山。　④ 煙霏翠滿樓：王惲・後庭花破子。　⑤ 朝雲飛亦散：
程垓・最高樓。　⑥ 無語小妝懶：程垓・祝英臺近。　⑦ 夢裏
也無由：趙長卿・攤破南鄉子。　⑧ 吳山點點愁：白居易・長
相思。

菩薩蠻（集句）

屏山樓外青無數，天長不禁迢迢路。斜日一雙雙，牽腸即斷
腸。　　雲鴻相約處，只影爲誰去。何似在人間，一簾風月閑。

注：① 屏山樓外青無數：蔡伸・七娘子。　② 天長不禁迢迢
路：晏殊・踏莎行。　③ 斜日一雙雙：歐陽修・憶江南。　④ 牽
腸即斷腸：毛熙震・南歌子。　⑤ 雲鴻相約處：晏幾道・臨江
仙。　⑥ 只影爲誰去：元好問・摸魚兒。　⑦ 何似在人間：蘇
軾・水調歌頭。　⑧ 一簾風月閑：李煜・長相思。

武陵春（集句）

東望雲山君去路，漂泊也風流。故壘蕭蕭蘆荻秋，萬里送行舟。　魂夢欲教何處覓，人去似春休。風物凄凄宿雨收，天地一沙鷗。

注：① 東望雲山君去路：張元幹·樓上曲。　② 漂泊也風流：李芸子·木蘭花慢。　③ 故壘蕭蕭蘆荻秋：劉禹錫·西塞山懷古。　④ 萬里送行舟：李白·渡荆門送別。　⑤ 魂夢欲教何處覓：韋莊·木蘭花令。　⑥ 人去似春休：納蘭性德·南鄉子。　⑦ 風物凄凄宿雨收：韓翃·同題仙游觀。　⑧ 天地一沙鷗：杜甫·旅夜書懷。

浣溪沙（集句）

物是人非事事休，遣懷翻自憶從頭。誰家玉笛韻偏幽。醉後不知斜日晚，砧聲近報漢宮秋。明朝散發弄扁舟。

注：① 物是人非事事休：李清照·武陵春。　② 遣懷翻自憶從頭：納蘭容若·浣溪沙。　③ 誰家玉笛韻偏幽：納蘭容若·鷓鴣天。　④ 醉後不知斜日晚：晏殊·木蘭花。　⑤ 砧聲近報漢宮秋：韓翃·同題仙游觀。　⑥ 明朝散發弄扁舟：李白·宣州謝朓樓餞別校書叔云。

絕句五首（集易安句）

一

酒意詩情誰與共，淡雲來往月疏疏。道人憔悴春窗底，玉骨冰肌未肯枯。

注：① 蝶戀花·暖雨晴風初破凍。　② 浣溪沙·髻子傷春懶更梳。　③ 玉樓春·紅酥肯放瓊苞碎。　④ 瑞鷓鴣·風韻雍容未甚都。

二

獨抱濃愁無好夢，情疏迹遠只香留。傷心枕上三更雨，物是人非事事休。

注：① 蝶戀花·暖雨晴風初破凍。　② 鷓鴣天·暗淡輕黃體性柔。　③ 添字采桑子·窗前誰種芭蕉樹。　④ 武陵春·風住塵香花已盡。

三

一面風情深有韻，要來小酌便來休。此花不與群花比，自是花中第一流。

注：① 浣溪沙·繡面芙蓉一笑開。　② 玉樓春·紅酥肯放瓊苞碎。　③ 漁家傲·雪裏已知春信至。　④ 鷓鴣天·暗淡輕黃體性柔。

四

遠岫出雲催薄暮，眠沙鷗鷺不回頭。秋風蕭條何以度，只恐雙溪舴艋舟。

注：① 浣溪沙·小院閑窗春色深。　② 怨王孫·湖上風來波浩渺。　③ 青玉案·征鞍不見邯鄲路。　④ 瑞鷓鴣·風住塵香花已盡。

五

辟寒金小髻鬟松，垂柳欄幹盡日風，淚濕羅衣脂粉滿，吹簫人去玉樓空。

注：① 浣溪沙·莫許杯深琥珀濃。　② 采桑子·群芳過後西湖好。　③ 蝶戀花·淚濕羅衣脂粉滿。　④ 孤雁兒·藤床紙帳朝眠起。

醉花月歌

人間四月花正紅，四月花紅五月空。惜花莫待四月盡，過盡四月花無踪。夜靜月升花爭豔，枝搖花馥月朦朧。西園載酒賞花月，花在雲開月明中。花間一壺敬月酒，月下一個探花翁。月色罩花迷醉眼，花香隨月入簾櫳。花舞月影深淺浪，月照花前遠近峰。有花有月何惜醉，花好月圓趣無窮。一樽敬花伴明月，一曲歌月花乘風。一年一度花月好，花月年年此時重。好花好月須盡酒，花月良辰去匆匆。月移星轉花著露，露似花淚問月宮。旬日月缺花凋落，何時花月復相逢。月下醉翁花下淚，愁花愁月春愁濃。明年花月更明豔，傍花摘月人可同？醉看嬌花癡對月，醉翁花月靈犀通。簪花戴月且共舞，人影花影月影從。莫顧花殘月缺事，花在身畔月在松。酒盡夜闌花月醉，花依醉翁月向東。邀花邀月聚明日，花暗月淡響晨鐘。

　　某年，偶作《醉花月歌》。忽記古人有花月體，即在七律的每一句中，要有"花"有"月"。乃東施效顰，試作"醉花月"連珠體二首。後用"鷓鴣天"詞牌，在其七個七字句中，每句有醉花月三字，而在其兩個三字句中，醉花月三字也出現一遍。共作了五首醉花月。另一首"江月花"其實是以江字換醉字。之後又作"春江風月"連珠體、"春江花月夜"連珠體、"醉春江花月夜"連珠體。

七律·醉花月連珠體 二首

一

　　月明人醉夜觀花，花醉月前萌幾芽？月下花知醉翁意，花前月醉野人家。好花好月心堪醉，醉月醉花人不奢。飲醉人間花月夜，共花共月醉亨嘉。

　　（醉、花、月）

二

　　客中花月慰孤清，月白花紅客未寧。借月探花身是客，偕花待客月含情。月憐楚客吟花醉，客傍花枝待月明。花月朦朧驚客夢，月移客慟落花聲。

（客、花、月）

鷓鴣天·醉臥花叢月正圓

醉臥花叢月正圓，月圓人醉對花言。花香醉夢人追月，月舞知音花醉顏。　　花伴月，醉翩躚，簪花戴月醉千篇。醉花醉月人先醉，醉唱花紅四月天。

（醉、花、月）

鷓鴣天·醉翁邀月入花叢

月淡花羞醉酒翁，醉翁邀月入花叢。醉吟明月花間照，醉唱嬌花月下紅。　　對花月，醉朦朧，花枝掛月醉穹隆。月宮仙女聞花醉，醉舞詩翁花月中。

（醉、花、月）

鷓鴣天·無醉難眠花月知

月隱花藏人醉兮，醉人花月共相依。有花堪醉人邀月，無醉難眠花月知。　　花沉醉，月如癡，癡花醉月聚風枝。花枝醉舞斜挑月，月踏花枝醉步遲。

（醉、花、月）

鷓鴣天·花醉春風月醉天

一醉高歌花月篇，攜花摘月醉難閑。雲追醉月花追影，花醉春風月醉天。　　撈水月，醉花箋，花箋藏月醉新聯。花顏醉對樽中月，醉飲花香戴月綸。

（醉、花、月）

鷓鴣天·一江風月滿春卮

月照江春風滿枝,江風明月共春時。月宮春色江風繪,風入春江月下詩。　　江春夜,月風迷,一江風月滿春卮。江風拂月春濤動,春月風江萬點癡。

（春、江、風、月四字連珠）

鷓鴣天·春江花月夜渡舟

夜月江春花滿樓,春江月夜百花稠。花香春夜江心月,春豔江花月夜洲。　　江春月,夜花羞。春花夜月映江流。春江花月無眠夜,江月春花夜渡舟。

（春、江、花、月、夜五字連珠）

鷓鴣天·花醉中秋人月圓

花醉中秋人月圓,人花同醉月圓緣。人圓花好月如醉,月醉人圓花更妍。　　圓花月,醉人寰,醉花圓月在人間。花圓人醉邀明月,圓月嬌花人醉眠。

（人、醉、花、月、圓五字連珠）

鷓鴣天·花醉春江夜月黃

江月春花醉夜長,月江春醉夜花香。江春月夜花沉醉,春夜江花醉月凉。　　春月夜,醉花江。江花月夜醉春光。春花醉夜江明月,花醉春江夜月黃。

（醉、春、江、花、月、夜六字連珠）

孫瑋自選二十首

【作者簡介】

中華詩詞學會理事、上海詩詞學會副會長兼秘書長，中國文藝評論家協會會員、上海市文藝評論家協會會員。

跋宜賢居藏清顧雲樵《六別》山水冊

海上曾收麟角筆，雲間去覓爛柯樵。悠悠六別誰三顧？一脉詩魂永不銷。

習書偶懷

探索方圓興未窮。澄懷任筆不求工。一燈靜坐耽閑味，虛勁天然萬事通。

題狼山望江亭

薄雨收寒古道開，憑欄悵望舊亭臺。千山霧靄隨風去，萬里長江入目來。

棲霞山

仙霞透染雲邊樹，細雨噙煙我獨行。何處玉簫愁切切，滿山紅葉盡含情。

青海牧羊溝自駕

黃川大壑引疏狂，萬里飛車逐夕陽。回首雲巒千嶂處，天連秋草月新涼。

己亥元宵陰雨連綿步韻寄詩友

蛾黃無覓玉誰看？蟻緑新邀雪未闌。縱使三春難見月，冰心一片等閑觀。

庚子新春賦藏頭小詩賀歲

庚郵已報一枝春，子墨淋漓爲洗塵。吉羽誰珍新歲裏，祥霙擷贈采詩人。

壬寅仲夏古猗園雅集

黃粱夢裏幾炎凉，劫外浮生又一堂。笑歎不言春已盡，茶香莫辨是荷香。

飛龍在天

雨露騰驤吞四海，風雷幻化禦神州。雲中半爪誰曾識，九閣清吟日月浮。

詠雁形長江水沖石

原該萬里越清秋，怎奈千年赴水流。幾世修成心似鐵，翩翩何事又回頭。

松花江畔

一江曉霧初遮面，萬樹淞花次第開。莫道吉城春色晚，争知水暖雁飛來。

夜宿餘杭萬壽寺

禪門獨坐夜聽風，竹滿徑山星滿穹。誰喚九天仙俠客，拈來北斗作燈籠。

賦賀濮陽老友生辰

豫北傳佳信，江南寄短章。詩成千樹雪，夢老一池霜。海上調焦尾，餘音繞太行。渭城今夜雨，染透幾瀟湘。

宿西山堂裏古村農家

洞庭春暖燕相從，苜蓿緋紅柳絮豐。問酒籬邊來鶴影，移燈梅下話仙踪。雕花樓隱逍遙客，水月庵藏縹緲峰。一夜銀簫吹徹處，五湖長伴幾魚龍。

五一長假住諸暨榧林山莊

攜家欲上九重天，王母筵成醴果鮮。宋代榧林存老樹，明前龍井促新篇。心隨倦鳥浮仙岫，夢對山僧話舊年。熄遍紅塵萬家火，流星落盡月盈然。

蟋蟀

將軍出自綠林田，金甲銅頭鐵項肩。青眼難酬拼九死，紅巾誰喚枉千弦。英雄膽奈盆盂命，浪子心憑寂寞天。昨夜梧桐飛紫雨，三秋倦客夢無邊。

點絳唇·詠龍華寺百歲牡丹

禪院深深，疏鐘淡雨催春瘦。玉容初就，嫉綠欄邊柳。國色天成，富貴前生授。風依舊，百年癡守，悟到菩提否？

浣溪沙·西湖

十里煙波十里堤。參差酒幟染花溪。風荷喚雨洗虹霓。橋斷千秋空映雪，山孤一世只緣梅。瀛洲客去月徘徊。

水龍吟

欄前月色朦朦,今宵夢斷孤寒旅。長亭別後,飛鴻幾度,廢園空雨。冷落功名,凋零書劍,海湖徒步。看潮來潮往,雲疏天淡,君不見、山河舞。　　舊事依稀還悟。笑紅塵、悲狐窺兔。小兒意氣,英雄淚老,交游何處。此際飄流,吳霜楚樹,匆匆誰語。待他年、倦客歸來執手,鬢含秋露。

水龍吟·送友人赴英倫求學

雲天萬里無痕,悠悠一翼凌霄去。清秋故國,蕭蕭葉落,北風初度。身在章臺,無心折柳,柳應無絮。想英倫霧鎖,牛津露重。陽關外、塵如雨。　　誰歎家園老暮。好河山、百年蹄土。神州夢醒,男兒血冷,書生一怒。負笈江湖,天涯覓路,再圖吳楚。待歸來、整頓乾坤意氣,遍邀君舞。

黃福海自選二十首

【作者簡介】

　　畢業於復旦大學英美文學專業，現為上海市作家協會會員，上海詩詞學會理事，上海翻譯家協會常務理事。

端午憶母

　　最憶髫年角粽香，阿孃手巧彩絲長。輕揉白糯波光動，緊紮青紋箬葉涼。弟妹均分宜有節，友鄰相饋更無妨。蘸糖一口存三念，別樣甘甜勝蜜糖。

戊戌歲杪和岳丈抒懷詩

　　文明挈乳賴誰弘，馬半搏泥獨秀東。三足蛙紋模巨鼎，四方魚首續長龍。才驚陶譜雕花手，又歎韓筵射虎弓。踏遍青山古稀歲，銀屏賞贊樂何窮。

雪夜贈內

　　細雪憐高潔，紛揚積孟鄰。遙思訪梅後，初識麗娃濱。剪燭深宵話，齊眉粗糲珍。何當尋古器，把玩絕囂塵。

野花

　　山妻知我出行難，采摘來驅陋室寒。細蕊迎風仍偃偃，斜枝霑露更珊珊。扶頭晏覺翻為樂，避世清齋別樣寬。無意仙鄉花酒夜，齊眉坐對兩相安。

奉讀屠岸莎翁詩集

淞濱握別意惇惇，一瓣心香耳炙親。譯界百年留泰斗，詩壇兩翼沐陽春。聲求格律饒風骨，情攝中西貴樸真。敢起莎翁相對笑，再將疑義釋紛綸。

步韻和李繼傳元夕詩

又聽長歌賦苦寒，先生孤節動心關。春遲人語浮橋外，夜盡花燈歇浦灣。步遠爲憂臨獨室，霜多難免染雙頒。且將時序作詩料，但與前賢常往還。

聞雲海被其妻喚醒觀令箭荷花戲作

豔如孔雀列仙家，紅袖長煙落綺霞。幸被嬌聲晨喚起，且睜睡眼看新花。

步韻和小煒人日花下假寐詩

應是東君憐貴家，梅花未謝發蘭花。若添竹菊徠騷客，四季詩情遍海涯。

赴約尋明泉別業

西城半日駐萍蹤，宿雨春闌草色空。幽逕難尋藏野鶴，斜橋獨立待驚鴻。數花漫識濃陰處，聞犬方知深巷中。一襲書香傾滿座，櫻桃帶露摘輕紅。

原韻再和島主無題詩

楚水滔滔吳越雨，日沉樓閣急風來。無言阻隔浮槎路，有淚空餘騷客臺。濁世猶懷縛龍志，衰年頗負補天材。低吟深夜徘徊久，撫卷難堪庾信哀。

入冬

宴罷窗前對月初，興來援筆數行書。江南節物寒將盡，嶺外風煙道不孤。雛鳳喜傳聲宛轉，少年空笑事模糊。流離悲苦皆成樂，夢裏山深聽鷓鴣。

國華林芳忼儷人日招飲夜歸

相識逾三紀，迍邅餘幻身。論詩標韻格，品酒助精神。自愧勞形穢，長懷舊誼真。瀟瀟相送遠，情暖勝陽春。

贈葉青

桃江耶誕夜，避席獨愔愔。出語兼風雅，論交貴素心。新春同守歲，舊雨半淪音。坐擁書城老，清茶聊共斟。

欣聞東颰譯史蒂文斯詩集出版

埏埴以爲器，峨然臨嶠端？亂山驚草木，荒野起波瀾。曲徑歧塗辨，烏鶼隻眼看。低昂與高蹈，對趾歎雙難。

春夜與友共飲

古宅春來晚，殘軀病癒遲。十年封醬瓿，四句贈花詩。人老拈新語，墨枯臨舊池。且乘佳興醉，吟與落櫻知。

賀木蘭女史著青春紅樓出版

紅樓一段木蘭香，寶黛風流枉斷腸。人物依稀三百載，青春緣會憶芬芳。誰憐眉黛遠凝眸，碧玉家山點點愁。血淚文章都付火，憑君妙筆解端由。

讀鍾錦箋譯魯拜集

璀璨英詩六百年，星光隱翳歎茫然。如今魯拜開生面，百一華章有鄭箋。

庚子小雪

夜雨微侵牖，晨風小叩門。朔方應又雪，誰復問寒暄。

晨起見桂花落用摩詰韻

素色開偏静，清芬散後空。鳥鳴如梵唄，笑對坐山中。

庚子夏雨中遊陽羨竹海二十韻

鎮日勞案牘，久懷湖山戀。漫讀古詩文，最愛迦陵卷。忽然一揮手，驅車到陽羨。近月江湖作，水勢侵百縣。雨多晴日少，山色須臾變。西南有竹海，遠橫天際綫。登高霧漸濃，雲靄渾一片。雖雲臨絕頂，蒼茫無所見。日晏纜車息，石磴萬千轉。輕霏若有情，細珠來撲面。霧光明復滅，分合流飛霰。却顧道旁溪，激湍逝如箭。舉首望崖巔，白瀑懸長練。長練落百尺，觸石轟然濺。前後無老幼，狹路相顧眷。注目足前道，鞋脚均濕遍。實知下山苦，雙髖感虚顫。悟彼宦游者，位尊難入賤。山風吹我衣，心寒微覺眩。竹溪過石橋，村舍依稀現。

時人新詠

楊明

　　1968 年畢業於復旦大學中文系，後師從王運熙教授攻讀碩士研究生課程。畢業後留校任教，晉升爲復旦大學中國語言文學研究所教授，中國古代文學專業博士生導師。兼任中國李白研究會常務理事、文選學研究會理事。

秋日絕句二首

　　荷蓋跳珠新雨過，竹煙啼烏夕陽遲。婆娑老子興不淺，步繞湖東尋小詩。

　　西風颯颯過蓮池，留得殘花三兩枝。莫訝池邊立長久，有情還怕隔年期。

元人曲云："有情誰怕隔年期。"今反用之。

赴太原李白研討會先遊晉祠作

　　朗詠流泉如碧玉，謫仙曾向此經過。風光詎讓江湘好，文物原由唐晉多。萬里浮雲從幻變，千年古殿自嵯峨。明朝還赴群賢會，堪笑渾忘兩鬢皤。

李白《憶舊游寄譙郡元參軍》詩有"晉祠流水如碧玉"之句。

臨安道中二首

　　地迴泉聲細，竹多嵐氣清。回看所來徑，仿佛白雲生。

　　幽蹊少人到，微嘯且徐行。浮雲自來去，山色乍陰晴。

濱江大道散步

偷閑書卷裏，信步到江濱。鷗影隨波杳，舟聲過耳頻。長橋貫南北，飛棟出囂塵。待月憑欄久，隔江多故人。

蟄居

百無聊賴黯傷魂，枯坐連旬怕出門。剩取哦詩紀今日，滿城風雨又黃昏。

聞武漢櫻花已盛開

地覆天傾新雨後，晴川如畫白雲飛。珞珈山下看花去，空對繁枝淚濕衣。

凱旋

歡聲載路涕頻揮，仁者之師奏凱歸。恨不須臾行萬里，江城回望却依依。

八十初度門下諸君撰集文翰以致祝嘏之意感賦四絕句

最憶

百味紛呈思惘然，白頭樗散憶華年。最憶飲河軒上坐，光風霽月照心田。

先師運熙先生堂上懸額曰"飲河軒"，係張菊生先生為師之尊岳杜亭太公所書。

對鏡

莫歎頻添白髮新，待看芳草滿江濱。無邊景色春風裏，觀化莊生識道真。

桃李

孜孜心力付陳編，務得貪多惜歲年。偏喜一番風雨過，門墻桃李各爭妍。

青燈

　　青燈伴我下帷時，君亦寒窗苦用思。皓月同天同此樂，個中深味幾人知？

馬美信

復旦大學中文系教授,碩士生導師。一九六七年復旦大學中文系本科畢業,一九八二年獲得文學碩士學位,一九八五年獲得文學博士學位。

湖州紀行詩

復旦中文系一九六七屆老同學相聚湖州,發起者爲東道主吳文傑夫婦,參加者除同窗摯友外尚有部分眷屬共一十八人。歸來作《湖州紀行詩》數首,並略作箋釋,聊紀聚會盛況。

農莊放歌

蒼顏高會任酣狂,齊唱追留駛景光。舊曲時移成絕響,旁觀驚煞少年郎。

入住長興芭堤雅農莊,下午茶聚,高歌學生時代流行之歌曲,令旁觀之年輕人擊節稱奇。

晨起采茶

薄霧方收早露涼,輕歌一闋采茶忙。嫩芽初吐如纖玉,雙手攏彈有逸香。

農莊有茶園數畝,游客晨興采茶,輕唱《采茶歌》,饒有興味。

大唐貢茶院品茶

唐茶院內品新茗,兩腋生風肌骨清。揮塵漫評今古事,盧仝聲沒竟陵興。

長興顧渚以出紫筍茶著名,在唐代奉爲貢茶。唐人陸羽嘗寄居湖州，以撰《茶經》號爲“茶仙”。而盧仝亦曾撰《茶譜》，然因此書失傳，其事遂湮沒不聞。按盧仝有《飲茶七碗歌》，雲飲茶七碗，“惟覺兩腋生風”。

古木博物館

奇形古木出墟原，鬼斧匠工天趣存。度盡劫波陵穀易，人生如夢了無痕。

古木博物館中古木，皆歷盡劫難而仍巋然屹立者，觀之使人震撼。翻念個人生命至短，與之相比則益極渺小矣。

王培軍

畢業於華東師範大學，獲博士學位。現爲上海大學中文系教授。專攻中國文學、古典文獻學，兼治史學，旁及晚清西學東漸、錢鍾書研究。

雜詩二首次山谷答斌老韻

秋庭生微凉，妙賞合懶病。佳節不出游，徙倚惟三徑。自哂與物忤，才拙以剛性。曲肱無周旋，一洗六根静。

量子互糾纏，萬古惟一氣。妙思解脱月，餘甘如肉味。比鄰聞搗舂，鑿破無夢地。覓心了不見，有聲大之至。

五十自壽廿五韻

所事事事非，知非四十九。所言亦多謬，謬欲逃於酒。雖作屈强姿，固是拙見肘。大言姑相娱，自哂亦何有。應世無良術，每不理人口。坐困於窮途，動輒獲厥咎。讀書本求道，終乃硁硁守。亡羊迷多歧，此意誰能剖。摩挲十萬卷，見嗤博而醜。文獻日狂臚，著述敢自負。撞莛不得鳴，聆音等瓦缶。他山石攻錯，政賴賢師友。所以一編書，視之若敝帚。可憐揚子雲，子駿笑覆瓿。平生仰梁溪，略同牛馬走。談龍望五雲，寢饋或濡首。亦雲拜之倒，妙緒披諸手。我生有牢愁，此亦逋逃藪。誰得脚汗氣，致足樂也否。要之文字間，所造何足取。不能伐毛髓，徒增煩惱垢。人生貴簡適，何必志不朽。江湖三十年，抱惑亦已久。老我夢退耕，亟思歸南畝。寫此五字詩，聊當師子吼。

乙未正月訪舊地次雙井松風閣韻

重尋舊地歎流川，老屋猶存數朽橡。撫之移時心惘然，一別已成廿五年。計之庶幾九千天，問誰解悟宇宙弦。幽微如聽杳渺泉，至此真知先哲賢。人生何用聚華筵，夜渴可飲一瓢懸。午困便去臥布氊，二三子共坐潺湲。春來看山處處妍，至樂不過飽粗饘。鳥飛習習晚炊煙，結夏清涼有岩泉。休雲馬後與驢前，著書亦苦攪佳眠。人間萬事皆俗纏，固當抗志脫繫攣，歸來好與我周旋。

雜書二首

一語能躅忿，吾思馬少游。功名翻自擾，知識益增愁。愛懶銷暇日，無心眺遠樓。居然來海上，多事狎群鷗。

隱幾寧求道，問綦來子游。繽紛俱表像，通塞即歡愁。虛構三都賦，妄迷七寶樓。我思知我在，心動若浮鷗。

李曉剛

畢業於陝西師範大學中文系。現爲西安財經大學文學院教授。兼任陝西詩詞學會副會長、全國財經院校大學語文研究會副會長等職務。

紀念章培恒先生逝世十周年

三十年前聆玉音,春風蕩漾泗濱深。獻疑不管當時議,思論仍和古道心。新著初開辨人性,韋編三絶仰高林。先生雖去儀容在,詩化情腸醉月斟。

過白水杜康墓

荒郊野嶺背殘陽,此地曾經葬杜康。孤枕睡深山不醒,千年苔緑土猶香。乾坤顛倒劉伶醉,歲月沉浮孟德傷。夏暑吾來風雨後,長吟酒賦上高岡。

鎮坪游湖遇雨感懷兼致胡安順教授

一泓碧水似蓬瀛,綠樹紅花映眼明。風送游雲山欲動,雨飄湖岸舸空橫。憑誰擊楫凌霄志,催我流年白髮生。夜半與君青石坐,且將心事付蛙聲。

游柞水鳳凰古鎮

鳳凰山下鳳凰藏,小鎮悠悠古韻長。木屋猶思商旅客,夕光殘照馬頭墙。水通南北開秦楚,嶺自東西劃陰陽。踽踽空街來者少,老翁鍛鐵説滄桑。

謁白水倉頡祠堂

倉頡祠堂沐日融，千年古柏傲蒼穹。飛檐舞動龍山月，高塚吹過洛水風。萬象爲橡書世界，一翻繩字啓鴻蒙。遲來憑吊人何在，不盡情思問鳥蟲。

看邵慧畫畫

且放官容塗亂鴉，推開心户見雲霞。荷塘蝴蝶輕輕動，葡架蝸牛慢慢爬。顫翼高蟬鳴翠柳，争頭蟋蟀露紅牙。清風明月恒爲伴，畫意人生莫歎嗟。

陝南行致胡教授

殷摯邀吾避暑游，秦巴漢水鳳凰樓。曾因泥石辭舟渡，也過街衢問婦憂。遠岫相酬千重意，高情遥望一盟鷗。夜來雨洗空山静，更寄心思任訊流。

旬陽古鎮吟

二水交融長，遺韻匯旬陽。庸人立國早，佐周伐殷商。江河舞龍池，太極鎮城墻。山水分南北，關楚開秦疆。兵家常相争，碧血流丹陽。河山無定據，張儀欺懷王。黄金通衢地，雲帆下荆揚。楊泗江邊立，波濤化通航。黄州館巍峨，樂樓繞回廊。羈旅登臺上，明月望楚鄉。嗟乎吾來遲，古鎮秋雨茫。尋迹馬幫道，敲打石洞墻。仰看木樓危，突兀聳江旁。壁立青黲重，路窄石巷長。遠山涵秋水，青石幽花香。主人勤殷殷，待客古熱腸。脯醢八大件，助酒唱二簧。性本不勝酒，踉蹌亦舉觴。留影漢江邊，江城夜未央。

注：旬陽，歷史名鎮。位於陝西東南部，秦巴山中東段，屬古庸國。

王莽鄉桃花（二章）

其一

宅家城裏故人稀，心與山河久相違。今日始來南嶺下，桃花雨落送春歸。

其二

家中禁足久徘徊，誤了杏梨耽擱梅。王莽桃花風雨落，路邊游客拾多回。

漢宮春·金蘭軒聚會致益榮蘭宇嘉軍諸友

四十餘年，看吾人鬢角，黑髮成蒼。流陰逝夢，憑誰挽住時光。依稀樹下，學新歌、異彩飛揚。渾不懂、今宵重唱，歌音混濁滄桑。　高誼學門深厚，更迎新送舊，歡聚情長。樽前不忌，老夫且發輕狂。青春合奏，倩何人、對唱劉郎？縱美酒、長安漫夜，月空任我踉蹌。

高陽臺·秋上漢風臺

草染金黃，雲游碧落。漢臺斜日林穿。幾許佳人，玉妝倩影花前。霜楓晚到幽幽醉，見紅深、秋已堪憐。更蒼然，樹老高坡，風送桑田。　當年錦繡今何在？但荊生都邑，草滿神川。路問行人，茫然不識先賢。登高已感秋風緊，望皇陵、過眼雲煙。意牽牽，獨自歸來，月照無眠。

周叙春

1968 年畢業於復旦大學中文系，後任中學高級教師。退休後執教於常州武進老年大學，講授詩詞賞析等課程。

懷蘇百感吟選十二闋

南鄉子（竹席碧廚張）

竹席碧廚張，晝寢風來一枕涼。至晚衙閑無甚事，休忙。臥讀床頭世事忘。　搔首賦歸章，自覺功名未厚望。如我軾微才幾許，何妨。看破人間意欲狂。

南鄉子（暮景對杯醇）

暮景對杯醇，滿眼雲山潔絕塵。猶認岷峨春雪釀，新奔。萬頃洪流走巨鯤。　晚雨打簾門，亂入樓臺濕鬢雲。風忽吹來如卷地，無存。斜照江山一半分。

南鄉子（千騎樂游春）

千騎樂游春，小雨如酥未濕身。當令江南歸老計，心存。白酒多情欲滿樽。　移火亂星分，翠黛波橫似媚人。不似渡雲高冷處，常溫。應信淮南第一真。

南鄉子（走馬正游巡）

走馬正游巡，燭暗簾輕淺笑聞。長立香車催速發，開輪。且把稀油點絳唇。　裊裊細腰裙，旋轉生風面帶春。腰帶麗姿金縷瘦，清淳。栽柳應須柳氏魂。

南鄉子（無奈相如何）

無奈相如何，妙舞純腔漫未和，若没賢君來矯俗，蹉跎。欲教華梳減麝波。　淺粉錯金螺，玉色香箋筆底河。由此黶紅並齒白,婆娑,揚徹山東一百歌。

清平樂（淮清汴濁）

淮清汴濁,更在江西陌。旌旆至時搖木落,霜覆梁王故閣。
秋嶺何處飛觴,解驂探古情長。雙廟英風蓋世,漆園傲吏無忘。

卜算子（蜀客憶江南）

蜀客憶江南,深戀吳山美。自古風流同蜀吳,復到才無悔。
曾與友人游,藉草湖邊醉。相看尊前意氣平,漸老何曾淚。

水龍吟（小渠迤邐長江入）

小渠迤邐長江入,葦岸柳堤雲漢。煙村疏落,閑人哄聚,漁樵
市亂,晝長居閑,分陰空擲,可成何願。且鮮蒓嫩藕,香粳金鯉,相
資藉,長無限。　　念浮丘友善,戀瑤池,羽觴常滿。飄搖人間,
風寒露瘦,步虛聲斷。懷抱素琴,遥望蟾闕,似真如幻。有歌鶯舞
燕,茫茫上界,紗衣輕旋。

水龍吟（春江橫截扁舟去）

春江橫截扁舟去,臥賞紅樓蒼壁,宛然笑語,知君嘉會,酒甜
麗色,檀柱幽弦,清歌繞處,雲飛浪擊。慕故人老矣,流風尚盛,正
回首,煙波寂。　　推枕惘然佇立。但江空,雲稀月白。五湖聞説,
乘舟歸裏,嬌娃甜蜜。雲澤旁州,蛇山遥岸,昔游當臆。料君沉夜
夢,前情歷歷,也將同載。

蝶戀花·東坡春行

花雨紅殘枝葉裊。燕燕雙飛,流水村邊繞。風卷柳綿何縹
緲,天涯怎慮無芳草。　　墙裏秋千紅粉笑。墙外行人,佇欲知分
曉。無奈人離聲已悄。多情空自尋煩惱。

一斛珠·東坡之思

陪都春晚,紅樓掩映垂絲亂。微風吹皺平池漫。月下花前,
醉聽離歌囀。　　莫歎人生緣易散,關山萬里空難斷。異年再作芳
林伴。爲解相思,雁遞雲程翰。

江城子·蘇軾記夢

十年生死倍傷情，夢魂縈，鏡空明。遙念孤墳，千里意難寧。便是相逢難再識，霜染鬢，骨伶仃。　　夜闌一夢忽鄉行，步娉婷，起相迎。欲訴無言，惟見淚零零。相約年年腸斷處，淒月冷，短岡橫。

鄧婉瑩

上海詩詞學會常務理事,《上海詩詞》副主編,畢業於復旦大學中文系,現工作於上海市文聯。於復旦"藕蓬詩社"初窺詩徑,拜入名家胡中行門下。

感懷六首選五

寄友人

故友邀約金陵共游,逢甲流肆虐,雜務紛紜,未赴,感而寄之。

一別天涯又一年,滿城寒柳雨漣漣。金陵臺榭空辜負,滬瀆煙塵總絆牽。偶對新朋言故友,慣將短信替長箋。幾時覓得閑雲去,笑共楊花逐紙鳶。

鄉夢

一樹蟬聲逐晚風,片時枕上故園東。幾行白鷺水天澈,十里黃花阡陌通。人笑脣烏桑葚小,庭憐樹老石榴紅。枝頭忽墜乍驚夢,默對孤燈歎卷蓬。

夜雨書懷

重溫徐克《笑傲江湖》,逢秋雨瀟瀟,感而作之。

人生何處不江湖,一步天涯舊夢疏。彈劍長歌辭玉闕,倚琴獨酌臥林廬。非關風月花開落,莫問去留雲卷舒。忽報秋池寒雨至,芭蕉半展此心初。

春日偶感

扁舟不繫一閑身,何必殷勤問宿因。每對舊詩懷舊夢,聊溫新酒洗新塵。繁花灼灼上林苑,寒笛泠泠揚子津。聚散從來容易事,浮生難得是情真。

冬日偶書

年來不覺物華新，客履匆匆逐世塵。斷續笙歌浮廣廈，陸離燈彩照迷津。清風明月待何際，流水高山能幾人。屏上忽傳雲外信，心花開處滿庭春。

生日感懷

三年彈指又三年，明月浮雲皆等閑。偶聽蟬聲沉碧樹，方驚鸞鏡減朱顏。凱風煦煦身長健，山竹猗猗性莫頑，無酒有花當此日，靜心安處是千山。

注：老父名中含"凱"，幼女小名山竹。

紀游六首選五

晚春湖上

半城風絮入簾櫳，山色淺深三兩重。臨水照花花影瘦，隔堤望柳柳煙濃。悠悠鳥下西泠雨，杳杳人歸靈隱鐘。莫恨群芳零落去，冷香生處見禪踪。

游烏鎮西柵

半湖柳色半湖船，七十二橋開洞天。水似流年穿巷陌，花如美眷老塵煙。熏風曾解弦歌意，大夢終拋金玉緣。明月當時誰記取，幾番新雨小窗前。

安吉涵田即事

一枕清風伴鳥啼，登高閑坐曉煙迷。天橫素練雲千載，山皺翠漪茶萬畦。欲喚輕車還竹樹，終攜小女覓林蹊。塵囂雖遠蚊蟲近，世事漫隨芳草萋。

注：輕車謂酒店觀光擺渡車，可往返於觀景高臺與住宿竹樓。

莘莊公園見池邊白梅有感

春風渡我到梅邊，花影扶疏枕水眠。隔岸朱欄閑入夢，滿汀香雪醉生煙。頻聽笑語佳人過，偶見清漪鳧鳥翩。却恨此行匆促也,明春再與續前緣。

　　注:莘莊公園一隅有荷花池,旁有白梅孤植,臨水照花,花盛若雪,時人每以隔岸朱廊取景攝影,恍如畫境。

古猗園偶作

　　花氣逐人暖,小兒曛欲眠。荷風牽好夢,柳笛喚流年。莫唱黃金縷,當看碧玉椽。猗猗吟鳳處,歲月靜生煙。

立春日游共青森林公園

　　春歸風乍暖,好作少年游。千樹湖中豔,一花枝上羞。泠泠聽亂石,瑟瑟泛輕舟。向晚林深處,牽衣問可留。

锺菡

畢業於復旦大學中文系,現爲《解放日報》"文化頻道"記者。詩詞師從胡中行教授,愛好婉約派詞風,創作以詞爲主,是上海詩詞學會常務理事。

步韻師作

弄筆吟詩正少年,閑情偶賦問師前。紙間論辯香煙燼,屏上推敲欲曉天。再起杏壇傳爾雅,每教時事補餘篇。倏然十載渾如夢,久立葵門望盛筵。

鷓鴣天

去歲今宵兩不同,春雲秋夢已成空。四年三度京華客,多少相逢一笑中。　抬冷眼,辯窮通,樽前無語對庸庸。嫦娥不得通天路,何意今生到月宮。

采桑子

醉中難覓清商曲,更展花箋,才減當年,只怕而今多俗言。新詞翻遍樽前句,欲作清歡,長羨當年,也無心情喚小蠻。

無題

半賦離騷半失魂,覺來江水隔參辰。難平心上三分火,燒去樓頭一片春。是處難尋菰米賤,雲間累獲令書頻。東風欲得周郎顧,更鎖英雄到下旬。

采桑子

別來真作鴛鴦浦，昨夜彈冠，今夜南冠，誰見春深到哪般。相期相望清明後，怕是無緣，任是無緣，渡得人間行路難。

憶江南

春消息，何日向吳儂。虛室多思煙火味，白衣不見少年容。珍重百千重。分別久，好夢與君同。門隔梨花開寂寞，夜臨新月照西東。自是會相逢。

踏莎行

團扇初捐，紅塵自擾。人生無奈相逢了。也知今夕太多情，他年他日誰人曉。　長悔而今，聲名潦倒。夜闌每怕兒啼早。空樽靜待淚痕幹，夢中花落知多少。

西江月

冷意跫聲斷續，心灰柏子重燃。病思交鎖阻人眠，倦也懶持書卷。　且喜且憂漸老，半陰半雨難前。尋香桂子興闌珊，乍起秋情又遠。

西江月·寫作焦慮

竟日杜鵑啼血，輸他蠟炬成灰。自慚無米也爲炊，妄得太羹滋味。　怯挽文通殘錦，新描半額時眉。菱歌悵向鄂君吹，脉脉波聲難會。

賦得春在絕句二首

其一

春在愁思繫寸腸，梅花一半已枯黃。風光若解留人意，早借荀爐三日香。

其二

流轉陰晴喜復嗔，薰風一片動離塵。銜來春在誰家燕，拼却千金好作鄰。

林美霞

上海詩詞學會理事,上海靜安詩詞社執行社長,並參與上海覺群詩社的工作。現爲上海靜安區東西方文化進修學校教務主任。長期跟隨胡中行老師學習詩詞創作,並於二〇一五年獲靜安區十大閱讀達人稱號。

嫘祖
尋覓淵源巴蜀中,光輝日月耀箕弓。先蠶聖母身垂範,賜福群黎第一功。

褒姒
天生麗質命堪憂,幾處飄零幾處愁。烽火驪山緣一笑,西周從此到東周。

西施
吳宮越女淚痕多,成敗興亡奈若何。攜手陶朱終是夢,浣紗溪畔唱悲歌。

呂后
無冕女皇入本紀,隨君策馬赴戎機。張良不與商山計,人彘如何喚戚妃?

王昭君
君王誤識春風面,寂寞秋宮日月長。異域榮華何足道,萋萋青塚獨望鄉。

孟光

豔抹濃妝望君醉，偏偏冷落不言中。鉛華洗盡還本色，三世因緣看始終。

李賀

集句囊中晴雨天，嘔心瀝血出奇篇。銅聲瘦馬長安夜，留得騷壇一鬼仙。

宣太后

臨朝聽政爲第一，百代功名傳四方。前殿垂教公子稷，後宮籌殺義渠王。翻雲覆雨平亂世，破楚滅齊稱始皇。缺月殘陽碑影在，也應無字說興亡。

張良

不在圯橋遇黃石，應無青史子房名。兩呈破履皆爲忍，三約疏林盡顯誠。決勝沙場憑妙策，運籌帷幄冠群英。功成脫却留侯服，羽化登仙到穀城？

林逋

茫茫史海闊無邊，隱逸傳中尋祖先。終日離塵伴梅鶴，常年游寺聽林泉。不凡脫俗東坡語，高勝絕人山谷詮。煙火世間過眼去，留存佳話古今傳。

王茜

静安詩詞社理事，拜入名家胡中行教授門下。創作守格律，承傳統，重感悟，力求"我手寫我心，我筆道我情"。

詠自然博物館新館

東西合璧建來精，半隱青螺入眼明。宇宙尋蹤雲裏過，乾坤問道畫中行。蜎蠕點點觀常態，禽獸紛紛體世情。百卅新遷承舊夢，相期再訪待風清。

敬和胡師《癸卯端陽》

陰晴不定稻花天，楊柳默然凝碧煙。綠野微茫思楚客，滄浪浩蕩洗尤怨。二陽初愈懸新艾，一夢方蘇讀巨篇。成敗興亡如走馬，養怡之福伴餘年。

參悟

百年一瞬夢中身，五欲長迷誰識真？玉兔孤輪空搗藥，扶桑湯穀已成薪。修身且舍眼前事，悟道須除心內塵。火宅危城安可住，金蓮開處有芳鄰。

回首（折腰體）

回首方知萬法空，隨緣起用古今同。一點靈光塵夢盡，當堂認取主人翁。

敬和圓瑛大師《述懷》

暮暮朝朝生計忙，紅塵煩惱攪人腸。饑來吃飯困來睡，悟破平常入道場。

詠蘭

空穀清幽客，遠離塵世喧。煙寒迷野鶴，月冷聽啼猿。但守素心凈，何期秀色繁。年年開復落，閑澹寂無言。

暑游

神往溪山久，暑期幸遠游。水清魚影亂，林静鳥聲幽。野火炊粗飯，青竿垂釣鈎。暫離功業縛，閑坐遠深愁。

騰龍洞

奇洞出巴山，巍峨雲海間。縱橫天地大，縹緲彩霓斑。蝶舞飛黃葉，龍吟鎖玉關。避喧何處覓，安此不須還。

太魯閣春日景

深谷斷崖雲渺茫，層巒叠翠送清凉。一川水匯蜿蜒遠，兩穗花開並蒂香。怪石嶙峋山脚立，孤祠寂寞樹間藏。誰知燕子歸鄉樂，但見翩翩振羽忙。

日月潭

凌空閑卧萬山叢，舟楫輕搖碧水溶。白鹿呦呦開勝境，紫煙裊裊繞遺踪。遠離故土家千里，難報慈恩塔九重。且待桂香滿朝霧，萬人争渡却相逢。

范立峰

中華詩詞學會會員,上海詩詞學會會員,《申江詩潮》公眾號主編。曾在國有大型企業長期從事宣傳、黨務和行政管理工作。喜愛閱讀和寫作,近年來熱衷於格律詩詞的學習和創作。

大寒
申城不見鵝毛雪,惟看梅梢掛雨絲。凍土微溫春水接,江南新竹冒尖時。

西湖雨
雲掩東風柳色迷,雨絲潤腳濕春泥。銷魂最是孤山路,最愛湖行踏白堤。

春在
呢喃燕子喚春風,春在枝頭綠葉中。十里櫻花香滿路,盈盈笑語映腮紅。

天台山國清寺行
匡峰眾嶽世聞名,佛影仙光在國清。拔地鬥牛涵造化,結根華岱托神明。懸登萬丈穹隆跨,俯視千尋絕壁橫。我也天台曾一到,石梁飛瀑梵音輕。

讀《劍南詩稿校注》
放翁名著傳天下,妙手文章別有才。好句常從詩外得,豪情

恰在膽中來。釵頭鳳讀催吾淚，卜算子吟歌雪梅。可歎示兒留絕
筆，壯心未了幾分哀。

注：陸游《示子遹》："汝果欲學詩，功夫在詩外。"

讀杜詩

僕好爲詩苦不工，少陵可學道應同。抒懷曾得江山助，捉筆
猶能細律窮。詳注千言書腦裏，奉先五百入眸中。才華浩瀚辭蒼
老，雋語高情一代雄。

學詩自勉

學詩自好法唐宗，不爲傍門邪道懵。篇當意深涵妙理，語應
情重識玄通。一生五字方幹覓，兩句三年賈島功。切忌打油痕斧
鑿，勤思多改莫匆匆。

注：方幹："吟成五字句，用破一生心。"賈島："兩句三年得，一
吟雙淚流。"

讀書抒懷

好書常讀腦門清，有識方知可遠行。鸚鵡能言多仿語，畫眉
善唱譜新聲。莫隨流俗浮沉共，當逐閑雲聚散輕。默坐江邊看風
景，寒冬送走候春晴。

春早

江南已可享春光，占盡新晴是水鄉。宿鳥含風頻繞屋，杏花
帶雨越過墙。披衣坐久聽雞早，揮筆詩成濡墨香。勝景從來在郊
野，天然不用扮時妝。

雪·用蘇軾《雪後書北臺壁》韻

雪飄萬里樹無鴉，道滑難驅寶馬車。屋脊早堆瓊玉絮，睫毛已結細冰花。風過廣漠如飛蝶，人入夕陽尋酒家。一片茫茫村不見，更愁歸路有三叉。

邵益山

上海市詩詞學會會員。一九八二年參加華東師範大學中文系自學考試，獲得本科畢業文憑。一九八五年五月調入上海市人事局從事人才交流工作，一九八七年七月考進《文匯報》從事編輯工作，二〇〇九年一月退休。

二月

二月冬裝冽冽風，梅花謝了是桃紅。尋春不見春顏色，春在枝頭鳥語中。

讀《史記孝武本紀》

封禪求神媲武功，柏梁承露始皇風。不知縹緲仙山上，何處可安長樂宮。

重讀《陳寅恪的最後二十年》

重讀斯文感慨多，失明臏足倍蹉跎。河汾隔代誰承續，王謝子孫堪折磨。寒柳傷秋歎遲暮，端生戲筆慰蒼皤。牛衣病臥相依靠，珍重殘妝寂寞過。

注：陳氏《癸巳元旦贈曉瑩》句“珍重殘妝伴醉眠”。曉瑩即其妻唐篔。

歲杪雜感

寒流晝夜下江東，千里青川覆露叢。我亦移情輸小草，誰將綺思與衰蟲。羲和畏冷遲遲覺，山鬼望榮惻惻同。舊葉紛辭何瑟索,滿原霜色夕陽紅。

　　注:楚人管山神叫山鬼,見《楚辭·九歌》"山鬼"章。

元旦開筆

　　今昔太陽奚有別,眼前花草自更新。閉鱗水底鮭悠怠,覓食蓬間鳰蹴頻。瓦上冰霜融待日,心頭綣緒報何人。負暄不覺天巡遠,背冷非常盼暖春。

霜飛葉·本意

　　秋風淒緊,紛飄蕩,池邊阡陌藩溷。歎原是一木同枝,却被無情擯。又颯颯、紅殘綠損。漫山川落霞均粉。正悵惘何歸,夕照裏、昏鴉老樹,相倚相搵。　　近歲怕見飄飄,秋聲偏起,耳畔都是淒惘。正衣單不耐天涼,忽報寒潮汛。念游子孤燈薄裖。嬋娟自起思鄉怨。撚鬢須,歎霜雪,閱盡春光,返歸根本。

金人捧露盤·荷花

　　輞川幽,濂溪直,吉州悠。越女腮、翠蓋紅綢。千嬌照水,恣清風舞動芳柔。娉娉褭褭,最憐他、浣女生羞。　　無枝蔓,無媚態,喜正直,重清流。真君子、衰盛何愁。污泥不染,益清香遠漫原疇。風前月下,可遠觀、不可輕投。

　　注:吉州,楊萬里是江西吉州人。

滿庭芳·石林

　　趄石盤江,堵洪造壩,忽聞雞唱留停。萬千頑石,從此失鞭鳴。百態千姿造化,憑空裏、添片崢嶸。充天地,連嶂萬里,皆巨石支擎。　　神傾。傳說是,英雄壯舉,功敗垂名。看群馬賓士,浪戲長鯨。億萬年神鬼斫,出落了、偉岸天成。頻回顧,石林應笑,又是個癡情。

注：傳説撒尼英雄金芬若戛偷出調山令和趕山鞭，乘夜將南部陸良等地的石頭趕往北部宜良南盤江一帶，爲百姓堵江造壩，途中忽聞雄雞報曉，石頭遂停止不前，形成了石林。

離亭燕

北望關山重叠，雲水古今相接。歎大漠風沙漫卷，更有虎狼存没。不忍睹蒼蒼，陳迹斑斑如血。　舊恨新憂難截，前事不忘碑碣。武穆壯詞猶在壁，大好河山還缺。擲筆復長籲，表裏茫茫如昔。

鵲橋仙

億年河漢，萬年傳説，留下詩歌無數。惟秦七獨壓群英，幾回讀、柔情如絮。　人間天上，此情無二，織女牛郎誰拒。年年此際鵲橋遥，又贏得、詩歌如雨。

蘇年年

河海大學本科畢業，上海交通大學安泰經管學院教師（已退休）。現任上海詩詞學會會員，上海交通大學致遠文藝協會理事。

詠荷

繁華隨葉盡，枝勁未凋零。一季冰霜後，春來又潔馨。

仙境

聖闕煙霞處，禪音追雁旅。拈花嶺壑間，願教詩心許。

紅梅

花開靚小園，含笑錦心存。玉蝶枝頭舞，朱砂點畫魂。

雪景

皓色江山今入畫，白雲揉碎遇風遷。頃時玉絮瀟瀟處，一樹紅梅綻麗妍。

詠梅

幽香陣陣任風挾，寒極依然舒笑靨。一夜無聲雨雪來，繁花點點妝銀蝶。

步韻圓瑛大師《申江睹雪》

仙闕迢迢飛鶴遠，瓊花片片滌塵埃。芸生平等法無量，緣淺緣深須悟開。

觀春晚歌曲《不如見一面》有感

詞境媲詩篇，曲揚聽衆醉。依依皎月來，鬱鬱良音寄。天籟載柔情，流光呈福瑞。癡心一片牽，化作凝眸淚。

春訊

湖上魚兒戲，廊前燕子飛。柳條抽嫩葉，梅影蘊香幃。習習熏風起，粼粼清水依。韶光需惜取，鴻筆賦春暉。

流年

南飛雁陣掠千里，霜染寒江唱晚秋。天地之間塵世渺，蓬瀛景外水雲悠。浮生是客君相伴，落日如虹韻自流。不盡華年終向遠，拈花一笑且回眸。

喜春

和風催柳吐新芽，喜燕銜春弄影斜。水秀山青洪福地，親賢鄰睦好人家。虯枝舒意流芳韻，稚蕊迎祥沐澤華。正是江南情有約，嘉音悅耳醉朝霞。

安利群

清華大學本科畢業，中國科學院理學博士。原上
海廣電集團通訊網絡分公司總經理，盛大網路集團創
新院副院長。盛大盒子、盛大電子書（bambook 錦書）
專案負責人。

詠龍

神龍一動氣如虹，出海凌雲八面風。玉爪尖尖調雨順，金鱗
燦燦兆年豐。昂頭吐瑞黎元喜，擺尾驅邪鬼魅忡。細巨幽明應時
變，東方七宿耀蒼穹。

嚴子陵釣臺

畫船碧水繞臺東，問隱雲山亂步風。漢帝呼臣子陵慢，客星
犯御史官忡。從來冠冕爭廷上，鮮有羊裘釣澤中。唯願滄波漁火
伴，一竿冷月映江楓。

山居秋吟

峰巒疊翠茶山静，逸興豪生唱不休。響過行雲雲杳散，驚回
飛鳥鳥啁啾。青藤懸蕩竹風嘯，白瀑湍奔日影流。嶺落餘暉霞幻
彩，蟲聲一片亦吟秋。

嘉陵江

煙雲漫漫鎖城樓，小鳥啁啾未解愁。晨露晶瑩芳草彩，秋花
姹紫碧波柔。可心忠犬依爺望，閑散漁翁向水鈎。信步空階浮舊

憶，思親不見悵河州。

玉蘭

一夜東風千樹放，忽如白鴿漫天翔。吹彈得破冰肌冷，振翅將飛雪蕊芳。雀躍林間花影宿，心歸安處笑聲揚。歷經磨礪終成玉，春在枝頭送暗香。

夏至

夏至江南驟雨涼，楊梅紅紫米蘭黃。十年蟬夢驚雷破，一霎池風粉荷香。月下螢飛愁夜短，林中鳥語樂天長。流光易逝春芳盡，陽甚陰生變亦常。

小雪思父

小雪風庭寂，疏枝倦鳥啾。閣中蘭影亂，檻外菊芳留。臘肉憑誰寄，糍粑粘我愁。仙踪何處覓，唯見月如鈎。

梅雨

其一

江南細雨風，暝色有無中。青鳥殷勤探，榴花水鏡空。

其二

連天雨閉門，青石綠苔痕。借問林中鳥，花留幾縷魂？

青玉案·元夕

綿綿細雨滋春草，喜鵲叫，紅梅俏，煙火江南元夕鬧。應龍飛動，兔燈弄巧，人擠城隍廟。　三年怕向人前靠，今又重溫舊時好，參宿三星蔭福照。一輪明月，萬家歡笑，心喜知多少。

蝶戀花·夢梅

旭日穿庭光滿樹，燕舞鶯啼，似問春歸處。含笑盈盈春不語，春來夢裏香如許。人立花前疏影與，一霎輕風，一霎花如雨。衣上落紅詩裏句，相思又寫黃金縷。

楊毓娟

上海詩詞學會理事，中華詩詞學會會員，上海新藝聯會員，中國硬筆書法協會會員，上海書法家協會會員，中國傳統文化促進會古琴文化藝術委員會會員。在市民夜校任教初級詩詞格律。

春在

江南佳景着春華，日暖晴光百媚花。一夜東風催柳色，滿園芳意向誰家。

梅

枝橫香雪已生春，玉頰憂憐景氣新。最愛胭脂桃杏色，迎風猶自舞紅裙。

蘭

紫芽含秀氣尤佳，仙骨嶙峋向北齋。寒色欲添素心碧，入詩得賦慰吾懷。

綠桂

蟾宮仙樹忽堪憂，桂子從來賦晚秋。碧玉芳枝千葉影，無香無媚亦風流。

壬寅歲末有思

其一

幾曾空自悟浮生，天若無情亦有情。從此年年春不盡，閑窗照影月分明。

其二

草木凋殘數九天，晚來惆悵石階前。疫情風雨三年過，煙火人間萬象牽。夢裏海棠添意趣，閑中蘭指撫清弦。從容把盞迎新歲，醉筆鋪毫就彩箋。

元旦感懷

盛年不改舊時心，寄語新元戀夜深。爲問東君何處不，頻催春意幾多侵。爐香猶自凝華萃，詩酒無邊暢古今。醉把絲桐調律呂，西樓月上一鈎金。

海上之光

明珠海上起招搖，疑是繁星下九霄。十里長街南北客，百年鐘鼓外灘潮。金融開創多元化，資訊騰飛網路橋。借得春風殊可喜，新峰攀越盡逍遙。

石庫門感懷

青磚圍合馬頭墙，石箍烏門對客堂。左右厢房樓閣小，參差樹影天井長。猶聽里巷童謠調，最惜虎窗尺寸光。海派潮流多逸韻，恰逢時運啓新章。

百年偉業·家鄉變遷

猶記兒時咫尺房，陋窗薄被夜堪長。辛勤不計連天雨，憔悴非關兩鬢霜。興國富民憑偉略，爲功平樂有良方。坐看華誕笙歌唱，閑話家常醉酒香。

騷壇揮塵

唐詩入門小議六題

陳允吉

一、 唐詩的文化意義及其深遠影響

　　唐詩是我國詩歌史上巍峨特立的高峰，也是世界古代文明之林的一宗寶貴遺産。李唐王朝（618—907）前後二百九十年，詩歌創作達到空前繁榮，吸引社會各階層的成員普遍參與，致使詩壇名家輩起，傑作熒羅，流派紛呈，風格多樣，展現出萬花繚亂的興盛景觀。唐人利用詩歌反映廣闊的社會生活，致使詩歌的地位顯著提高，其藝術形式亦益趨完善。清代康熙年間編集的《全唐詩》，共收入唐代詩歌四萬九千四百零三首，恐怕這祇占當時實有詩作的一小部分，幸而如王維、李白、杜甫、白居易、韓愈等一些大詩人的作品尚得到較好的保存，故仍足以顯示唐詩獨具的歷史文化意義。誠如一位曾對唐詩做過深入研究的學者所説："在我國歷史上，没有任何一個朝代像唐代那樣，留下了那麼多家喻户曉的詩人和詩篇。唐詩正是以它高度的藝術成就，經受了漫長歲月的考驗，保持了它永久的藝術魅力。"

　　唐詩的時代内涵豐富，藝術水平又冠類獨絶，故其傳播的地、時空間，亦較其他朝代的詩歌愈加縱廣深遠。順沿唐世對外文化交流的渠道，即不斷有大批本朝詩人的裁作轉遞域外，所到之處均被當地人士視爲珍品。目前韓國和日本各地的圖書機構，還收藏着不少中土久已亡失的唐詩資料。返觀嗣後唐詩於本土的傳承，則綿歷宋、元、明、清而其强勁勢頭未嘗消減，又進而把它的積極影響一直延伸至現代。在今天，唐詩依然獲得衆多讀者的喜愛，而且依靠高科技傳媒的弘揚，其流播之暢達堪謂史無前例。就中有不少習常諷誦人口的名篇，如孟浩然的《春曉》、王之涣的

《登鸛雀樓》、王維的《渭城曲》、李白的《靜夜思》、杜甫的《春望》、張繼的《楓橋夜泊》、李益的《夜上受降城聞笛》、白居易的《長恨歌》、孟郊的《游子吟》、柳宗元的《江雪》、劉禹錫的《烏衣巷》、杜牧的《江南春》、李商隱的《夜雨寄北》等等。它們通過口頭、傳媒、選本和教科書的交相傳授，確乎實現了最大程度的普及，給予無數受衆以心智的啓迪和美感的陶冶。

二、 當今的文字工作者要讀一點唐詩

唐詩世代相傳於中華大地，它本身彰顯的那種熱情、自信、明朗、樂觀的精神品格，早已轉化爲流淌在國人血脈裏的一份滋養。而由此積漸形成的社會群趨理念，又往往會把是否接觸、閱讀過唐詩當做考量知識人士文化素養的必備指標。一個有文化的中國公民，不管他的生活經歷和興趣愛好如何，都應該努力增進對本民族優秀文化遺産的認知度。特別是現今奉職於各類崗位的文字工作者，日常業務與古代詩詞的關係相對更爲密切，亟須克服工作繁忙等困難，儘量擠出一點時間用來讀點唐詩。這項在崗的充電學習，當以精讀唐詩的原作爲主，務必養成習慣堅持一長階段，卒至能够熟練掌握一批經典名篇，同時又對唐詩特定的風貌與演變情况取得初步的瞭解。緣此我們要預先確定一種唐詩選本，作爲供大家經常使用浸習的自學教材。

三、 關於《唐詩三百首》這一選本

在現存的各種唐詩選本中，要挑選一本可讓讀者藉其曉達唐詩概貌的入門書，固以清人孫洙執編的《唐詩三百首》最爲合適。孫洙字臨西，又號蘅塘退士，江蘇無錫人，於康熙、乾隆年間在世。清代前半期詩歌理論批評積累豐厚，針對唐詩的各體詩歌都有縱深發掘，《唐詩三百首》選詩所秉持之識解，大率均貫徹了當時詩

學界的主流看法。而孫洙選編該書的直接動機，無非是想把它打造成一本兼攝唐詩各體精華的教材，這一點在他的《唐詩三百首·序》中說得愈其直白："因專就唐詩中膾炙人口之作，擇其尤要者，每體得數十首，共三百餘首，録成一編，爲家塾課本。"於兹孫洙采用分體選詩的構架，入選的三百十一首作品又僉屬"唐詩中膾炙人口之作"的"尤要者"，編書之目的乃是爲了適應家塾教學的需求。《唐詩三百首》日後成爲我國流傳極盛的古詩選本，宜歸功於它定位的恰當和選詩的精審。雖然篇幅不大，却較全面地凸顯出唐詩思想與藝術上的卓犖成就，"俾童而習之，白首亦莫能廢"，向來被認爲是幫助初學人群進入唐詩門户的首選讀物。

自二十世紀五十年代至今，業界爲《唐詩三百首》刊印過的註釋文本品目甚多，試按其間因詁箋闡介之確鑿贍詳而著稱於世者，略有喻守真的《唐詩三百首詳析》、金性堯的《唐詩三百首新注》、趙昌平的《唐詩三百首全解》等數種。我們可以從中任選一册置備案頭，利用零星休閑時間及假日隨機開卷，結合註釋文字弄清此書所收入的每一首詩歌的含義，持之以恒磨涅切磋，自能由淺入深拓進自己的認知。爲了擴大精讀這册教材的成效，還應穿插閱覽幾本唐詩的研究論著和資料叢編，如羅宗强的《唐詩小史》、蘇雪林的《唐詩概論》、明人胡震亨的《唐音癸籤》，期以感觸唐詩的演進軌迹及與之相關的各類知識。在碰到詩人的生平行事等問題時，則可參考周祖譔主編的《中國文學家大辭典·隋唐五代卷》。

四、"衆體兼備"與詩體的識別

有唐一代詩歌的通行體製，主要是五言詩和七言詩。五言、七言皆起源於漢代，經魏晉南北朝的遷演因革，入唐後乃各自發展至其巔峰階段。唐人一方面大量沿用魏晉以降習見的五、七言詩體，憑藉精心裁度結撰，令其詩藝愈臻圓滿具足。這一類詩既無聲律、駢對的硬性規定，亦不論篇幅長短及句數多寡，揆其形製實古已有之，遂被唐人一概稱之爲"古體詩"。若依使用的句型細分，便尚有"五古"與"七古"的區別。而另一方面，唐人又彙總南朝"聲律說"以及此前部分詩歌內出現的"新變"，將前人指出的"四聲"歸併爲"平仄"，又把詩中儷句的應用納入其設定的格局。通過長時間的調攝、磨合，終於建立起一整套工緻嚴密的格律詩體。參照這一套新體製撰寫的篇什，例以"律詩""絕句"爲大宗，此二者各自具備固定的篇句結構，就聲律而言亦同有平仄、黏對的嚴格規範。大凡律詩之八句四聯中，其二、三兩聯的綴詞造語必須做到奇偶切對；及於四句結篇的絕句，就没有明確的對仗要求。唐代新生的格律詩合成一大族群，涵蓋著"五律""七律""五絕""七絕""五言排律""七言排律"等多種體裁。在當時人的眼裏，它們無疑都是遲至近世才定型化的事物，故統以"近體詩"來稱謂。

唐詩五言、七言並列分張，古體、近體偕行不悖，律詩、絕句交替吟詠相得益彰。作品感性形式上的"衆體兼備"，殊利於本時期的詩歌創作造成繽紛多彩的局面，像李白、杜甫這些大作家，無論古體、近體悉具高度成就。譬如李白既有《静夜思》《玉階怨》《送孟浩然之廣陵》《下江陵》等清新自然的五、七言絕句，也有《蜀道難》《將進酒》等氣勢磅礴的七古樂章。再說寫過《北征》《羌村三首》《贈衛八處士》等五古史詩式作品的杜甫，至其《春望》《登岳陽樓》《登高》《詠懷古迹五首》諸篇，又屬語言精練、格律森嚴的五、七言律詩。《唐詩三百首》收入的三百十一首詩，其前後皆依五古、七古、五律、七律、五絕、七絕的次序編排，内中但凡涉及樂府歌辭，則明加標識移置於每體之末。這一編書體例，不僅清晰揭示出唐詩體裁的豐富多樣，亦給讀者通覽過程中識別詩體帶來方便。我們跟着《唐詩三百首》確定的序列，用心研讀其間所有的詩作，復援據本書各部分編目的提示，與正在閱繹的作品逐首進行對照，如是反復參驗浸熏日久，必定會對唐詩各體的基本特徵達成感悟。

五、 唐詩創作流派舉要

我們接觸唐詩史料，隨處可見諸如"四傑""沈宋""王孟""岑高""元白""韓孟"等一些名號，似此將兩個或多個作家合並在一個簡稱裏，大致均與當時詩歌流派的劃分有關。"四傑"係初唐的王勃、楊炯、盧照鄰、駱賓王四人的總稱，他們的詩歌力圖擺脫宮體的籠罩，使之擴展境界回歸現實生活。與之同時代的沈（佺期）、宋（之問）等輩，因經常預與宮廷奉酬應制一類活動而特重聲律駢偶，由此對唐代格律詩的形成做了較多貢獻。以上二例皆體現出創作傾向上的共同性，不妨作爲初唐的兩個詩歌流派來看待，但以此充任唐詩流派的標杆畢竟是不典型的。在唐詩這個領域中，真正具有標杆意義，兼其傳聲振響遝能聳動四方的創作流派，首先要説到盛唐的山水詩派和邊塞詩派。

盛唐開元天寶年間（713—755），得益於國力的强盛和詩土的肥沃，涌現出以王（維）、孟（浩然）爲代表的山水詩派和以岑（參）、高（適）爲代表的邊塞詩派。山水詩派着重描寫山水景物及隱居生活，詩體略以五言爲主，風格偏向恬淡秀雅。如孟浩然的《秋登萬山寄張五》《宿建德江》，王維的《渭川田家》《山居秋暝》《鹿柴》《竹里館》等，俱爲本派詩歌藝術高度純熟的佳作。邊塞詩派善於摹寫邊塞風光與戎旅生活，詩體擅長七言，風格雄奇奔放。如岑參的《白雪歌》《輪臺歌》《走馬川行》，高適的《燕歌行》，王昌齡的《出塞》《從軍行》等，悉可列爲該派最有創新特色的篇章。盛唐山水詩與邊塞詩的創作，基本上都是詩人的自發行爲，故不同流派之間並無絕對的分界綫。邊塞詩人集内固然不乏山水之作，山水詩人偶爾也題詠一些邊塞詩。而對山水、邊塞咸具極高造詣的天才詩人李白，則是這兩個詩派當之無愧的集大成者。

到飽經喪亂的偉大詩人杜甫手裏，詩歌完成了從盛唐向中唐的轉變；而元和之際（806—820）"元白"和"韓孟"兩大詩派登上了歷史舞臺，遂鋪展出中唐詩歌錯綜閡衍的風貌。元（稹）、白（居易）一派繼承杜甫親近風雅的傳統，積極發揮詩歌"補察時政""泄導人情"的作用，其作品敏於提煉現實生活素材，注重吸納民歌俗曲的特點，將叙事和抒情合二爲一。如白居易的《長恨歌》《琵琶行》《杜陵叟》《上陽白髮人》等，率皆直抒胸臆，洞徹表裏，通俗流暢，宛轉迴環，很容易在社會上獲得廣泛的流播。韓（愈）、孟（郊）這派專取杜甫詩中拗峭奇硬的一面，作詩標榜背俗反常、筆補造化、喜歡鍛造犖確詭幻的意象，通過擺布硬語、妥帖安排，俾以增強詩歌撼動人心的表現力量。韓、孟的詩過分用力處輒涉艱澀險怪，倒是一些着力而不趨極端的撰作，如韓愈的《山石》《八月十五夜贈張功曹》，孟郊的《游子吟》《贈崔純亮》等，往往清剛渾樸、語摯情真，屢被論詩家譽爲洵含創意的傑構。"元白""韓孟"兩派詩歌理論主張判然互異，寫詩實踐亦背道而馳，而且各自擁有一批志同道合的追隨者。這種壁壘分明的態勢，不啻在厥後左右着中晚唐士人的詩歌創作，還對兩宋詩壇產生了持久不減的影響。

六、 閱讀與誦讀

唐詩的讀法向有閱讀與誦讀之分，前者依賴視覺感受閱覽其文本，後者動用發聲器官念誦其字句。以上兩種方法具體的認識途逕不一，所賷持之職能也有較明確的分工：第一，閱讀主要接觸詩歌的形式之美，如意境、興象、結構、詞采等；誦讀主要辨別詩歌的聲文之美，如平仄、韻味、流暢、拗折等。第二，從讀詩的一般順

序上看，閱讀大抵處於率先的地位，其目的是達成對詩歌的基本
認知；而誦讀在多數情況下均係閱讀的後續行為，藉此可進一步
強化對所讀詩歌的熟習程度。是以閱讀與誦讀兩造，實屬各司其
職却又相輔相成，如像許多前輩那樣一體承傳、交替使用，必獲得
理想的效果。但是到了我們這個年代，唐詩的愛好者皆慣於單一
地觀看書面文本，樂意對誦讀投放精力者已寥寥無幾。若茲讀詩
方法上面的偏頗，難免會給我們從多方位去貼近唐詩造成一些限
制。為此筆者臨當本文結束之際，吁請讀者朋友充分認識誦讀有
別於閱讀的特殊意義，力求把這份丟失的文化修養再找回來。倘
若在今後的唐詩自學進程中，能够就閱讀與誦讀之配置摸索出一
套適合自己的辦法，並堅忍不拔付諸實施，那麼最後取得豐碩的
收獲是完全可以期待的。

俗而不濫　淡而有味　拙而亦巧

——讀馮夢龍輯《掛枝兒》《山歌》

劉永翔

　　民歌是最早的一種文學形式，産生於生民之始。傳説夏、商、周三代，天子命太史搖着木鐸外出采詩，藉以瞭解民情，我國最早的詩歌總集《詩經》中的不少民歌就是這樣保存下來的。西漢時，漢武帝酷愛音樂，命樂府官員搜集民間歌謠，配樂歌唱。現在留下來的許多樂府詩都是當時所采。自唐宋以後，統治階級不再重視“采風”，士大夫亦刻意求雅，對民歌鄙夷不道。因此大量民歌就此湮没，這不能不説是我國文學史上的一大損失。到了明代中後期，士大夫中的一些有識之士終於認識到民歌是通俗文學中的瑰寶。復古派的代表人物李夢陽在晚年對自己的詩歌創作感到“懼且慚”，認爲“真詩乃在民間”（《李空同全集》卷五十《詩集自序》）。“有學詩於李空同（夢陽）者，空同教以唱《瑣南枝》。”（清錢謙益《初學集》卷三二《王元昭集序》）他認爲這些民歌“可繼國風之後”〔（明）沈德符《顧曲雜言·時尚小令》〕。和李齊名的另一位復古派代表何景明也稱讚民歌“如十五國風，出諸里巷婦女之口者，情詞婉曲，有非後世詩人墨客操觚染翰、刻骨流血所能及者，以其真也”（《李開先集》卷六《市井豔詞序》引）。卓人月在《古今詞統序》中説：“我明詩讓唐，詞讓宋，曲又讓元，庶幾‘吳歌’‘掛枝兒’‘羅江怨’‘打棗竿’‘銀絞絲’之類，爲我明一絶耳。”〔（明）陳弘緒《寒夜録》引〕公安派的袁宏道也説：“吾謂今之詩文不傳矣。其萬一傳者，或今閭閻婦人孺子所唱‘擘破’‘打棗竿’之類。”（《錦帆集》卷二《叙小修詩》）在這種風氣的影響下，一些文人開始搜輯民歌，編成集子。馮夢龍的《掛枝兒》《山歌》就是其中較爲著名的兩部。

　　讀了《掛枝兒》《山歌》二集，我們深深地感到明代的民歌不但較之於前代的民歌有長足的進步，而且與文人的作品相比，也有許多高出一頭的地方。

一

　　《掛枝兒》《山歌》作爲民間風謠的一部分，文字淺顯通俗，但俗而不濫，化臭腐爲神奇是其能事。

　　《掛枝兒》用的是通語，而《山歌》則用的是吳語，兩者都是當時的白話，一看就明，一讀就懂，這就擴大了讀者群，易爲人民大衆所接受。但既著眼於易懂，其弊便易流於熟濫。民歌的作者顯然深明此理，他們避熟、避濫的方法就在於"創意"或"煉意"。

　　傳統的文人詩歌講究"煉意""煉句"和"煉字"，歷代公認煉意爲上，煉句和煉字次之。但做起來煉意最難，煉句和煉字却比較容易。所以讀古代文人的詩篇，除了一些大家的作品不可句摘外，往往僅一些名句和恰當的用字令人擊節歎服，但通讀全篇，却有不稱之感。而讀民歌時却常常會産生相反的感覺：民歌的詞句都是質樸無華、毫不費力的，讀一字一句，並不以爲佳，但通篇讀畢，却不禁會拍案稱奇。這就是説，民歌一般並不講究煉字和煉句，其所著重的乃是通篇之意。

　　説起民歌的煉意，由於民歌與雅文學之間並無直接的繼承關係，二者往往是通過戲曲和散曲這些通俗文藝形式來間接發生接觸的，因此温柔敦厚、怨而不怒的詩教並没有給民歌帶來多少影響。民歌的風格大多是大膽潑辣、毫無顧忌的，而在藝術表現上也有着與文人詩歌不同的手法，創意之多，令人耳目一新。

　　先以其中的比喻手法爲例。它們都是采取"就近取譬"的方法、以人們習見的事物來加以表現的。如《山歌》卷六《詠物四句》),作者把"結識私情"這一本體比作骰子、投壺、氣球、捷踢、荷包、氈條、帳子、睡鞋、珠子、海青、算盤、扇子、蠟燭、燈籠……甚至不避污穢,比作夜壺和糞箕。這種祇取一點,不及其餘的隔離式思維習慣在《詩經》時代就有了,譬如《衛風‧碩人》的"領如蝤蠐""螓首蛾眉",詩人以白色身長的天牛幼蟲比美人的頸項,以小蟬的頭部比美人的前額,以蛾的觸鬚比美人的眉毛,這都是取其一端的。後世的文人若要取譬的話,就要顧及其他了,但在明代民歌裹這種譬喻還依然存在。我們讀"結識私情"諸喻,初看匪夷所思,讀下去卻覺得用得十分貼切。這些作者真是善譬能手,什麼東西信手拈來,都能自成妙諦。

在文學史上,沒有一個文人敢於在詩中這樣任意運用譬喻的,他們精心挑選字面,慎之又慎,唯恐破壞了詩的意境。祇有民間風謠,才敢於如此蔑視清規戒律,百無禁忌,將看起來粗俗不堪的事物編織進去。也許正因爲有這些"不雅馴"的字面,才使這些民歌充滿了生活氣息、飽含著鄉土風味,形成了細膩與野性、諧謔與嚴肅、悲哀與歡愉結合的異樣風格吧!

試舉一例,如《走馬燈》:

> 結識私情好像走馬燈,喫你撥動子箇機關再來裹鬭鬭能。一時間火發喫你騙得團團轉,如今再高閣在暗頭裹子弗分明。(《山歌》卷六《詠物四句》)

這是一首表現女子後悔自己受了男子的欺騙,動情、上鈎而又被拋棄的山歌,這個題材若從正面加以叙述描寫,那就只能是《詩經》中《谷風》《氓》之類棄婦詩的白話翻版,或白居易《井底引銀瓶》一詩的"今譯"。儘管山歌的作者也許沒有讀過這些作品,但他們一定接觸過反映這方面內容的戲曲和俚曲,深知用"賦"的手法來寫是會吃力不討好的，容易顯得冗長和平淡，同時也不便於記憶和歌唱，所以就采用了比的手法。"走馬燈"本是燈市中常見之物，一般皆用以比喻官員的忽忽輪換。與"結識私情"本無相似之處，而作者居然拈出"機關""火發""團團轉"幾個辭彙將兩者聯係起來，每個句子單獨看並無特色，而連起來一讀，有味乎其言，就頗覺其譬喻之尖新了。

文人的詩歌往往避忌方言俗語，即使作詩最口語化的楊萬里也是如此，方言俗語"須經前輩取熔"（《誠齋集》卷六六《答盧誼伯書》）才敢用。而民歌的作者却完全不受束縛，真正能做到"我手寫我口"[（清）黃遵憲《雜感》]，這正是民歌能宣妙造微的原因之一。實際上，詞語之俗並不損害詩意之美。如《月上》：

> 約郎約到月上時，那了月上子山頭弗見渠。咦弗知奴處山低月上得早，咦弗知郎處山高月上得遲。（《山歌》卷一《私情四句》）

此歌純用吳語。寫一個姑娘約情人在月上山頭時相會，而情人屆時竟未赴約。癡心的姑娘在苦苦猜測：也許情人那兒的山比我這兒的高，月亮上得遲，所以他還沒有來吧。透過方言的外殼，我們分明看到了一個姑娘癡情的心。這首民歌比江淹擬湯惠休的"日暮碧雲合，佳人殊未來"在感情上更深一層。明田汝成《西湖游覽志餘》卷二五《委巷叢談》稱此歌"怨而不怒，愈於《鄭風》'狂童'之訕"，的確是獨具慧眼的。

馮氏所輯的兩種民歌絕大部分是描寫愛情的，題材雖單一，但其角度之廣、方面之多、膽量之大却未曾有過。偷情的膽大包天，相愛的熱烈深沉，相思的望穿秋水，離別的黯然銷魂……舉凡男女之情的所有角落，合法的不合法的，幾乎無不涉及，涉及了便寫得淋漓盡致。

如《偷》這一首描寫女子大膽追求男子,並願承擔後果的民歌:

> 結識私情弗要慌,捉著子奸情奴自去當。拼得到官雙膝饅頭跪子從實説,咬釘嚼鐵我偷郎!(《山歌》卷二《私情四句》)

這樣熾熱的情感在以前文人的作品中是看不到的,即使在前代的民歌裏也是如此。由此可知明代市民階層的婦女在愛情上反對禮教束縛的激烈,這點可以和《金瓶梅》《三言》《兩拍》中的描述互相印證。

又如《得書》云:

> 寄書來,未拆封,先垂淚。想當初,行相隨,立相隨,坐卧相隨,還只恐夢魂兒和你相拋離。誰想今日裏,盼望這一封書。你就是一日中有千萬箇書來也,這書兒也當不得你!(《掛枝兒·想部三卷》)

末二句實未經人道,與唐沈佺期《獨不見》的“白狼河北音書斷”有上下床之别。

六朝民歌中的諧音雙關,在明代民歌中更發展到令人歎爲觀止的地步。

如《饅頭》:

> 結識私情像箇饅頭能,道是無心也有心。郎道姐呀,我爲你面生受子多呵渾悶氣,那間没要拍破子面皮弗認真。(《山歌》卷六《詠物四句》)

吴語饅頭餡也稱"心"，"面"與"麵"同音，"氣"既指"蒸汽"之汽也指"受氣"之氣，三個字都是一語雙關，皆從饅頭上生發出來，比喻結識私情的經過，真是般般皆似、處處皆合，可謂妙喻天成。

當然，《掛枝兒》和《山歌》中也有和前代民歌和文人創作機杼相同的，不過這不是有意的相襲，而是無心的偶合。因爲文化程度較低的民歌作者是不可能去閲讀藏於故紙堆中的古代詩歌的。

比如寫男女間的山盟海誓，漢樂府《上邪》云：

> 上邪！我欲與君相知，長命無絶衰。山無陵，江水爲竭，冬雷震震，夏雨雪，天地合，乃敢與君絶！

而《分離》這樣寫：

> 要分離，除非是天做了地。要分離，除非是東做了西。要分離，除非是官做了吏。你要分時分不得我，我要離時離不得你，就死在黄泉也，做不得分離鬼。（《掛枝兒·歡部二卷》）

二者構思的相同是人同此心、心同此理的緣故。我們細讀這兩首民歌，還是覺得《掛枝兒》比《上邪》寫得更好，因爲前者提出的分離條件都是絶不可能的，而後者"江水爲竭""冬雷震震"等還是可能產生的自然現象，同時《掛枝兒》的末句也比《上邪》的末句更爲有力。

又如南朝宋無名氏的《讀曲歌》云：

> 打殺長鳴雞，彈去烏白鳥。願得連冥不復曙，一年都一曉。

唐人金昌緒的《春怨》云：

> 打起黃鶯兒，莫教枝上啼。啼時驚妾夢，不得到遼西。

而《雞》則云：

> 俏冤家一更裏來，二更裏耍，三更裏睡，四更裏猛聽得雞亂啼，擤毛的你好不知趣，五更天未曉，如何先亂啼？催得箇天明，雞，天明我就殺了你！（《掛枝兒·感部七卷》）

三詩相較，《讀曲歌》和《春怨》的重點乃在後兩句，而《掛枝兒》却似乎着重渲染了《讀曲歌》前兩句的意思。研究舊詩的人也許會說後二首與前一首之間的關係是"脫胎換骨"，我們則認爲，《春怨》之於《讀曲歌》可能是這樣，而《掛枝兒》的作者則多半是"杼軸予懷"，但却被"他人我先"了。不過這首《掛枝兒》讀起來却與前二詩有不同的滋味，除了此繁彼簡外，感情也更爲強烈，把男女歡會，不願天明的心情發揮無餘，而且口吻明顯帶有明代市民階層婦女的那種潑辣之氣。

比起歷代文人的詩歌創作來，明代民歌的一個顯著特點是絕少用典，"羌無故實"，却專在心理刻劃的細緻和比喻的推陳出新上下功夫。這是抒情詩發展的一條正路，對於我們現在的詩歌創作是有很大的啓發意義的。

二

無疑，語言樸素的作品要吸引人，比詞藻華麗的作品要困難得多，弄得不好，極容易流於枯槁無味。

要避免這個毛病，在創作中就必須以公安派所提倡的"性靈"

爲鵠的。"性"，必須是出自本心，不加矯飾；"靈"，必須運以巧思，出人頭地。既不能"性而不靈"，也不能"靈而無性"。而在《掛枝兒》與《山歌》中，正不乏堪稱性靈流露的佳作。

馮夢龍《叙山歌》云："今雖季世，而但有假詩文，無假山歌。則以山歌不與詩文爭名，故不屑假。苟其不屑假，而吾藉以存真，不亦可乎？"前引李夢陽、何景明等人所看重的也是民歌的真，他們雖衹提到了民歌的"性"而未及其"靈"，這不過是一時的糾偏之論，針對時弊強調一方而已，要是民歌"性而不靈"，李、何絶不會如此高度評價，而馮夢龍也絶不會去加以輯錄的。試看幾例，如《調情》：

嬌滴滴玉人兒，我十分在意。恨不得，一碗水吞你在肚裏。日日想，日日捱，終須不濟。大著膽，上前親箇嘴。謝天謝地，他也不推辭。早知你不推辭也，何待今日方如此！
（《掛枝兒·私部一卷》）

一個男子早就愛上了一個女郎，但遲遲不敢表露，後來他大膽作了試探，結果發現女郎也早已有意。這不禁使他後悔起未曾及早表露心曲，以致浪費了光陰。"詩眼"所在，乃在最後兩句，正是這兩句所流露出來的性靈使全首皆活，也使讀者會心一笑。

由此也可以看出，民歌没有詩詞中的那些套語，如北宋沈義父在《樂府指迷》中所津津樂道的用"紅雨""劉郎"等來代稱桃花之類的做法是找不到的。言物則直指其物，稱人則直道其人，直抒心臆，不假塗飾，讀起來就有王國維《人間詞話》裏所標舉的"不隔"之感。這也是明代民歌未受詩詞直接影響的迹象之一。

《掛枝兒》的特點是很少用比興，而多用賦的手法，如《送別》：

送情人，直送到門兒外，千叮嚀，萬囑咐，早早回來，你曉
得我家中並没箇親人在。我身子又有病，腹內又有了胎。就
是要喫些醶酸也，那一箇與我買？（《掛枝兒·别部四卷》）

馮夢龍評云："最淺最俚，亦最真。"這首歌不用一個比喻，以孕婦
的口吻直白道來，足以動人憐惜之情。整首歌是一個有機的整
體，只"送到門兒外"，不再遠送，因爲身子有病、腹內有胎。要情
人"早早回來"，因爲家中没有其他親人照顧。末二句"醶酸"應
"懷孕"，"那一箇與我買"應"無親人"，出自至性，語帶情感。可見
形象思維並不限於比興，賦的手法同樣可以表現出生動的形象
來。除了需要以情動人外，運用賦的手法還必須在起伏呼應上下
功夫，上舉《送別》就是一例。此外，若能層層轉折，同樣能引人入
勝。如《管》：

難丟你，難捨你，又難管你。不管你，恐怕你有了别的；
待管你，受盡了别人的閒氣。我管你，又添煩惱；我不管你，
又捨不得你。你是我的冤家也，不得不管你！（《掛枝兒·隙
部五卷》）

寫了一個女子對待情人的矛盾複雜的心理，由於愛情的排他性，
想對情人施以約束，但又怕平添煩惱。考慮再三，最終決定還是
要加以管束，因爲她是那樣愛他。心理分析真可謂細緻入微，而
整首歌没有一個華麗的詞藻，没有用一個比喻，語言真可謂樸素
到了極點。

這些民歌的特點之一是大多運用第一人稱，以男對女或女對
男傾訴感情的形式來表達，使人產生如聞其聲、如見其人的感覺。
歌中的"我"未必是作者自己，用的是代言體，而做到了聲口酷肖，

這一特點當也是從戲曲中學來的。

至於就那些運用了比興的歌謠來説，其作者也刻意求新，力求創造未經人道的譬喻。如果不能，也力圖與古爲新，追求點鐵成金的效果。新穎的譬喻我們前面已經提到過了，與古爲新的例子我們不妨舉一首《牽掛》爲例：

> 我好似水底魚隨波游戲，你好似釣魚人巧弄心機。釣鈎兒放著些甜滋味，一時間吞下了，到如今吐又遲。牽掛在心頭也，放又放不下你。（《掛枝兒·想部三卷》）

魚兒上鈎之喻並不新奇，人人會用。但同樣的雞鴨魚肉，烹調者的功夫却大有高低之别。這裏妙就妙在作者並不停留在此喻通常的含義上，而是"用盡"這個比喻，深入一層，着重用魚兒貪餌，吞了吐不出這一現象比喻"愛是不能忘記的"。

總之，我們覺得，《掛枝兒》和《山歌》都是性靈流露、淡而有味的民間創作，"清水出芙蓉，天然去雕飾"之語足以當之無愧。難怪"不問南北，不論男女，不問老幼良賤，人人習之，亦人人喜聽之，以致刊布成帙，舉世傳誦，沁人心肺"〔（明）沈德符《顧曲雜言·時尚小令》〕，甚至博得了文壇領袖人物的賞譽。千載而下，我們讀了也同樣愛不釋手。

三

《掛枝兒》和《山歌》分别被馮夢龍加上"童癡一弄""童癡二弄"的標題，可見其受李贄"童心説"影響之深。他欣賞這些民歌的真、癡與童心，説："癡心便是真心，不真不癡，不癡不真。"（《掛枝兒·私部卷一·真心》評語）我們覺得，"童癡"二字不但足以概括這兩種民歌的内容，也足以用來品題其藝術風格。

"童癡"有"稚拙"之意,但稚拙並不等於笨拙,天真的兒童同樣會聰明伶俐。我們覺得,《掛枝兒》和《山歌》即使不是"大巧若拙",至少也是拙中見巧。

任舉一例,如《送別》:

> 送情人,直送到丹陽路,你也哭,我也哭,趕腳的也來哭。趕腳的,你哭是因何故?道是去的不肯去,哭的只管哭。你兩下裏調情也,我的驢兒受了苦。(《掛枝兒·別部四卷》)

趕腳的縱使倚驢爲命,也不會因這樣的情況而哭。作者憑空設想,頗添諧趣。"城門失火,殃及池魚",從驢兒爲人所累、代人受過着想,雖形稚拙,亦足見巧思。

人們有些念頭,有時在大腦裏只是一閃而已,稍縱即逝,如果付之於行動,真可謂癡絕,但在詩歌裏表現出來,就會覺得亦癡亦妙,愈癡愈妙。如《打丫頭》:

> 害相思,害得我伶仃瘦。半夜裏爬起來打丫頭。丫頭爲何我瘦你也瘦?我瘦是想情人,你瘦好沒來由。莫不是我的情人也,你也和他有!(《掛枝兒·想部三卷》)

又如《打梅香》:

> 害相思,害得我伶仃樣。半夜裏爬起來打梅香。梅香爲何我瘦你偏壯?梅香覆姐姐,你好不思量,你自想你的情人也,我把誰來想?(《掛枝兒·想部三卷》)

因相思而瘦,對鏡自照,對比旁人,偶然產生一些想法是可能的,但因此而"半夜起來打梅香"，在生活中就絶無此可能了。如真有此事，頭腦必定已不正常。馮夢龍評道："描寫無聊極思，亦奇亦真。"此"真"字是指感情上的真，而非指實有其事。"奇"則指構思而言，構思之奇正在於拙中見巧。

還有一種假託與動植物或無生物對話的形式，古人稱之爲"爾汝群物"的，如《詩·鄭風·蘀兮》中的"蘀兮蘀兮，風其吹女（汝）"，《詩·檜風·隰有萇楚》中詩人對植物"萇楚"發出的"樂子之無知"之歎。後世杜甫詩中亦有之，如："濁醪誰造汝？一酌散千憂！"（《落日》）但均不多見，而在《掛枝兒》中却屢見不鮮。如《月》：

> 青天上月兒，恰似將奴笑。高不高，低不低，正掛在柳枝梢。明不明，暗不暗，故把奴來照。清光你休笑我，且把自己瞧。缺的日子多來也，團圓的日子少！　（《掛枝兒·詠部八卷》）

又如《風》：

> 風兒，爲甚不住的長吁氣？莫不是虛空裏也有什麽負心的？因此上氣冲冲驚天動地。風兒，勸你休要惱，虧心的料也從今不敢虧。若是依舊的虧心也，難怪你豁剌剌重吹起。（《掛枝兒·感部七卷》）

以己度物，憨態可掬，同時也巧不可階。

當然，除了以情動人的以外，還有不少以巧取勝的，影響晚明文學的時代風氣即使在民歌裏也有所逗露，這可以從構思與修辭兩個方面來加以探討。

《掛枝兒》和《山歌》中有許多詠物之作，説是詠物，實際上大

多藉以詠男女之情,而且詠時不是用第一人稱就是用第二人稱,其一語雙關之處足以令人叫絕。如下面的兩首《蠟燭》:

> 蠟燭兒,你好似我情人流亮,初相交,只道你是箇熱心腸。誰知你被風兒引得心飄蕩,這邊不動火,那裏又爭光。不照見我的心中也,暗地裏把你想。(《掛枝兒·詠部八卷》)

> 奴本是熱心人,常把冤家來照顧。誰教你會風流拋閃了奴。害得我形消影瘦真難過。心灰始信他心冷,淚積方知奴淚多。我爲你埋没了多少風光也,你去暗地裏想一想我!(《掛枝兒·詠部八卷》)

同是詠燭,一首用第二人稱,一首用第一人稱;一首用以喻變心的情人,一首用以喻被棄的女子,所寫的物件截然相反,但寫來卻如此妥帖酷肖。

刻劃心理往往不從正面落筆,其表現的曲折隱微耐人尋味,如《黑心》:

> 俏冤家一去了,無音無耗。欲待要把你的形容畫描。幾番落筆多顛倒。你的形容到容易畫,你的黑心腸難畫描。偶落下一點墨來也,到也像得你心兒好。(《掛枝兒·怨部六卷》)

此歌才説"形容"易畫,"黑心"難描,又説偶落的墨點像其黑心,看似矛盾,實無牴牾。所以説情人"黑心"者,爲其"無音無耗"之故,並不是決絕之辭,否則也不會想畫其形容了。既想畫其形容,正說明戀之已極。所謂黑心難描者,有對被欺騙的恐懼,也有着對真相的猜測和對情人歸來的希冀。所謂偶落的墨點像心者，其中隱有"不是我把你說得這麼壞，而是事實和徵兆這樣告訴我的，希望你用行動來證明不是這麼回事"之意。構思如此之妙，馮夢龍評為"仙筆不落人想"是毫不誇大的。

講究修辭的民歌在此二書裏雖屬少數，但其精心的程度也不亞於文人之作。如《泣想》：

> 青山在，綠水在，冤家不在。風常來，雨常來，書信不來。災不害，病不害，相思常害。春去愁不去，花開悶不開。淚珠兒汪汪也，滴沒了東洋海！（《掛枝兒·想部三卷》）

運用强烈的對比、工整的對偶表現了思婦之苦。又如《藥名》：

> 紅娘子，嘆一聲，受盡了檳榔的氣。你有遠志，做了隨風子。不想當歸是何時，續斷再得甜如蜜。金銀花都費盡了，相思病沒藥醫。待他有日的茴香也，我就把玄胡索兒縛住了你。（《掛枝兒·想部三卷》）

連綴藥名雖是文字游戲，却也真實地表現了閨怨，以做藥名詩著名的宋人陳亞，水準不過如此。又有用疊字的，如《情淡》：

> 圓糾糾紫葡桃開得恁俏，紅暈暈香疤兒因甚燒？撲籟籟珠淚兒不住在腮邊吊，曾將香噴噴青絲髮，剪來繫你的臂。曾將嬌滴滴汗巾兒，織來束你的腰。這密匝匝的相思也，虧你淡淡的丟開了。（《掛枝兒·隙部五卷》）

重叠一字的，如《孤》：

孤人兒受盡了孤單情況，孤衾兒，孤枕兒，獨守孤房。孤鸞孤鳳孤鴛帳，孤燈對孤影，孤月照孤窗。忽聽得天上孤雁孤鳴也，又聽得孤寺裏孤鐘響！　（《掛枝兒·感部七卷》）

這類修辭手法戲曲中甚多，民歌作者從中吸取了營養，大大增強了民歌的藝術感染力。《禮記·表記》說："情欲信，辭欲巧。"這類講究修辭的民歌確實做到了這一點。

總的看來，《掛枝兒》和《山歌》中還是拙中見巧的歌謠數量居多。拙在於外形，巧在於構思。拙便於表現真情，巧利於打動人心。敢作敢言，是民歌作者的性格；亦拙亦巧，是民歌藝術的風格。

《掛枝兒》和《山歌》給我們的總印象是俗而不濫、淡而有味、拙而亦巧。我們驚歎這些民歌要求人性解放的大膽，我們讚歎這些民歌描寫愛情生活的高超。儘管有些民歌對性愛的描繪過於直露，但這只是反抗封建禮教的一種必要的矯枉過正；儘管這些民歌對感情的刻劃不夠含蓄，但這也給我們帶來了韻味以外的一種新鮮的詩趣（畢竟含蓄不是詩歌的必要條件，僅是詩品之一而已）。但願我們現代的詩人們都能到其中去汲取靈感，我們相信，如果他們這樣做，那是不會入寶山而空返的。

（此文與李露蕾合作）

從與古詩、曲之比較看詞的美學特質[1]

潘裕民[2]

　　唐詩、宋詞、元曲藝術性都很高，宋詞似乎比唐詩的藝術性還要高。詩詞與曲的區別比較容易，而詩與詞的區別就比較難。傅庚生的《中國文學欣賞舉隅》、錢锺書的《談藝錄》以及周振甫的《詩詞例話》，這些書都很好，但對于詩詞曲，只談了它們的共同性，而很少談到它們的特殊性。實際上，世界上的任何東西，都有它的個性的特點。所謂人心不同，各如其面，世界上有幾十億人，沒有兩個人是面貌完全相同的，哪怕是孿生的兄弟、姊妹。當然它們或他們之間還有共同性。否認各種藝術形式的個性是既不符合實際，又不利于藝術的發展和繁榮的。詞如果沒有個性，曲如果沒有個性，就不能在詩的基礎上獲得進一步的發展。這一點，前人在詩話、詞話、曲話裏談得很多。如王國維在《人間詞話》裏就談到了詩詞曲的個性，而且談得很好。他説："詩之境闊，詞之言長。"任中敏《詞曲通義》："詞静而曲動；詞斂而曲放；詞縱而曲横；詞深而曲廣；詞内旋而曲外旋；詞陰柔而曲陽剛……"這就指出了詞、曲的不同性質和風格。

　　明代戲曲評論家王驥德在《曲律》中説："詞之異于詩也，曲之異于詞也，道迥不侔也。詩人而以詩爲詞也，文人而以詞爲曲也，誤矣。"這是針對人們對詩詞曲的混用而言的。當代美學家蔡儀、朱光潛、李澤厚也承認詩詞有別。繆鉞先生在《詩詞散論》（上海古籍出版社，1982 年）中反復强調詩與詞區別，談到風格問題，認

---

[1]　此文另有第三章"詞的體性"，將以另文發表。

[2]　潘裕民，上海市黄浦區教育學院原副院長、華東師範大學兼職教授、作家、文藝評論家。

爲有個性。蘇軾"以詩爲詞"，這也説明在蘇軾之前，詩與詞是有區別的。對于蘇軾的"以詩爲詞"，胡雲翼在《宋詞選·前言》中是完全肯定的，説是擴大了詞的題材，提高了詞的意境，豐富了詞的藝術特色。其他如劉大傑的《中國文學發展史》和一些詞的選注本，也有類似的觀點。其實，這種看法是欠妥當的。我們認爲蘇軾、辛棄疾等豪放派詞的所謂"以詩爲詞""以文爲詞"，這在内容上能擴大詞的題材，用它來反映更爲廣闊的社會内容，是應該予以肯定的；但也因此而導致詞的形象性、抒情性的削弱，就其主要傾向來説，是不利于詞的藝術上的發展的。如果蘇、辛一派詞人在藝術上一味追求"以詩爲詞""以文爲詞"，而不能够繼承以至發展詞能够運用並且善于運用形象思維，大量運用比、興手法這個傳統，它就不能得到發展與繁榮。就蘇軾來説，無論是"大江東去"（《念奴嬌》）、"明月幾時有"（《水調歌頭》）、"缺月挂疏桐"（《卜算子》），還是"十年生死兩茫茫"（《江城子》）、"似花還似非花"（《水龍吟》）等膾炙人口的詞作，都是符合"詞"這種詩體的法度的，而不是什麽"以詩爲詞"。至于那些"有筆頭千字，胸中萬卷；致君堯舜"（《沁園春》）等直言陳述，没有比興形象的文字，盡管在一定程度上表達了蘇軾的政治態度，但作爲詞來説是不合格的。李清照的《詞論》提出詞"別是一家"，所謂"別"，即有別于詩。顯然，這是針對蘇軾倡導詞之詩化而提出的不同意見。

　　唐詩、宋詞、元曲雖都是詩，但它們各具鮮明的藝術特征，這是我國古典詩歌發展到高度繁榮的標志。如果我們不了解它們之間的區別，也就不够很好理解它們的思想内容和藝術特色。歌德曾説過，藝術的最高成就是風格。清人焦循《易餘籥録》認爲一代有一代之所勝。爲了進一步把握詞的"本色"，我們需將詞同詩、曲的不同審美特色作一簡要的比較，以見其獨特的藝術魅力。

一、 詞與詩的區別

關于詞與詩的區別，我們可以借用王國維的一段話來説明：
"詞之爲體，要眇宜修，能言詩之所不能言，而不能盡言詩之所能
言。"（《人間詞話》）"要眇宜修"出于《楚辭·九歌·湘君》："美要
眇兮宜修。""要眇"是美好的樣子。"宜修"是修飾得恰到好處。
"要眇宜修"形容女子容德之美，即兼内外之美而言。王國維以
"要眇宜修"來概括詞的特點，即指出詞體的美好風格，類似于柔
婉細膩内外悉稱的女性之美。張惠言《詞選序》曰："以道賢人君
子幽約怨誹不能自言之情，低徊要眇，以喻其致。"張、王兩人所見
大體相同，"低徊要眇"與"要眇宜修"同指詞所具有的深長纏綿、
含蓄婉轉、曲折不盡的風格。王國維的結論是："詩之境闊，詞之
言長。"這算是抓住了問題的要害。清人查禮説："情有文不能達、
詩不能道者，而獨于長短句中可以委宛形容之。"（《銅鼓書堂詞
話·黄孝邁詞》）

創作實踐表明，在詩裏所能表達的某些内容，如杜甫《自京赴
奉先縣詠懷五百字》中所反映的"朱門酒肉臭，路有凍死骨"的嚴
酷的社會實現，致慨于國奢民困、憂國憂君憂民的複雜的思想内
容，用詞來表達就比較難。因此，唐詩的題材遠比宋詞廣闊多樣。
反映民生疾苦，反映勞動人民受剥削、受壓迫的情況，詩中有不少
這樣的作品，如杜甫的"三吏""三别"，白居易的《秦中吟》《新樂
府》一類作品。詞中雖有蘇、辛的一些寫農村風光的詞，但反映民
生疾苦的作品却極少有。即使是蘇、辛的詞作，在詞中要算題材
廣闊的了，但比起宋詩來，題材也要狹窄一些。所以王國維説"詩
之境闊"。但詞也有它的長處，這就是"詞之言長"。所謂"詞之言
長"，就是指詞能够抓住事物的某一點，或者從形象的某一個側面
生發開去，精確地、細致入微地展現人的靈魂深處蕩漾著的波瀾。
詩的一二句話，入詞可以敷衍爲好幾句或一段。如白居易《長恨

歌》詩"秋雨梧桐葉落時"一句,在温庭筠的《更漏子·玉爐香》詞中敷衍爲一段:"梧桐樹,三更雨,不道離情正苦。一葉葉,一聲聲,空階滴到明。"杜甫《羌村》三首之中有"夜闌更秉燭,相對如夢寐"二句,晏幾道《鷓鴣天·彩袖殷勤捧玉鍾》詞下片云:"從別後,憶相逢。幾回魂夢與君同。今宵剩把銀釭照,猶恐相逢是夢中。"比較言之,詞較詩更細膩、深入、曲折、多姿,因詞往往從某一點上作深入細致的刻劃。"詩之境闊,詞之言長"的特點,由此也可見之。

詞與詩的區別,還可以從多方面來比較。

從形式上看,唐詩主要是五七言,句式比較整齊,是五七言的齊言詩;而詞的句式却長短參差,故稱長短句。顧名思義,詞就是歌詞的意思。詞都合樂能唱,它有詞牌,詞牌即標志著每個不同的曲調,如《菩薩蠻》《江城子》《滿江紅》等。由於每個曲調的音律節拍不同,故按譜所填的詞的字數、句式、平仄、韻律也個個不同。詞是依附于音樂曲調的,而詩一般則和音樂没有多大關係。不過,説"詩和音樂没有多大關係",這話只適用于唐宋以後,在唐代還不能這麼説。唐代有"旗亭畫壁"的故事,説明詩能配樂歌唱。

從韻律上看,詞韻一般講比詩韻寬,但也有比詩韻嚴的地方。詩的調和聲音,要求分清平仄。凡是應當用仄聲字的地方,可以用去聲、上聲和入聲。詞的聲音要求更嚴。它不但要分清平仄,還要分清四聲。有的詞調,該用仄聲字的,還要區別去聲和上聲。該用去聲字的地方,不得用上聲。有人説:"詞韻是詩韻的合並",這種説法大體上是對的。

詩基本上是隔句押韻,所以大體可以二句爲一個句組。而詞則不同,有一句可以獨立的,有二句一組的,有三句或四句一組的,大體是一韻一組,但韻密者除外,如《菩薩蠻》調等。

從表現手法上看,詞與詩也有所不同。我們知道,《詩經》中叙事的成分已相當重，而漢魏樂府中叙事詩就更多了，出現了如《孔雀東南飛》《木蘭辭》《陌上桑》等長篇叙事詩。但詞是一種適宜于抒情的詩體，它不大適宜，因而極少用來叙事。宋詞和唐詩一樣，講究比興寄托，但從量來看，唐詩的比興没有詞多。所以清人沈祥龍説："詩有賦比興，而詞則比興多于賦。"（《論詞隨筆》）近人繆鉞的《詩詞散論》中《論詞》一文，曾把詞的抒情方式歸納爲四端：一曰其文小，二曰其質輕，三曰其徑狹，四曰其境隱。這四方面的特點就形成了詞有異于詩（文）的"柔婉"的風格特征。詩貴言志，詞善言情，故又有"莊""媚"之别。舉例言之，如杜甫的《登高》寫自己的身世飄零之感：

風急天高猿嘯哀，渚清沙白鳥飛回。
無邊落木蕭蕭下，不盡長江滚滚來。
萬里悲秋常作客，百年多病獨登臺。
艱難苦恨繁霜鬢，潦倒新停濁酒杯。

詩中，無邊無際的秋聲秋色，和詩人百端交集的感傷，交相互映，構成一種悲壯蒼涼的意境。

詞裏雖然也有寫身世之感的，如秦觀的《千秋歲·水邊沙外》，但它却"將身世之感，打並入豔情"（周濟語），説得通俗一點，就是將政治上的蹭蹬與愛情的失意交織起來。所以沈義父説："作詞與詩不同……，要入閨房之意……不着些豔語，又不似詞家體例。"（《樂府指迷》）

另外，再説一點，晏殊《浣溪沙》詞中有"無可奈何花落去，似曾相識燕歸來"二句，曾名噪一時，但放到他的《假中示判官張寺丞王校勘》的七律詩中，就未必見得出色。《儒林外史》中提到"桃花何故紅如許"一句，實是劣詩，但改成"問桃花何故紅如許"，便成好詞。可見詞與詩的差別還有一個境界問題。王國維《人間詞話》說："詞以境界爲最上。有境界則自成高格,自有名句。五代、北宋之詞所以獨絕者在此。"

二、 詩詞與曲的區別

詩、詞、曲是三種不同的詩體,它們雖然都是詩,有共同的詩的素質,但它們在形式、語言、風格上各具特色,有着明顯的不同。前面我們已談了詞與詩的區別,這裏再談一下詩詞與曲的區別。

1. 從形式上看詩詞與曲的不同

從形式上看,唐詩基本上是五、七言,而詞和曲(分散曲與劇曲——雜劇、傳奇中的唱詞部分)的句式則皆爲長短句,且在當時都是合樂能唱的歌詞,這是詞和曲的相同之處,但它們也有不同的地方。

(1)詞分爲一段、二段、三段、四段(或稱片、遍、闋),而以二段爲最多,而曲通常只有一段。如曲牌同爲《滿庭芳》,如是二段的,即是詞;如是一段的,即是曲。這裏我們只要選秦觀的一首詞和喬吉的一首曲,問題就清楚了。

　　　　山抹微雲,天黏衰草,畫角聲斷譙門。暫停征棹,聊共引離尊。多少蓬萊舊事,空回首、煙靄紛紛。斜陽外,寒鴉萬點,流水繞孤村。

　　　　銷魂,當此際,香囊暗解,羅帶輕分。謾贏得青樓、薄倖名存。此去何時見也,襟袖上、空惹啼痕。傷情處,高城望斷,燈火已黃昏。

　　　　　　　　　　　　　　　　　　——秦觀《滿庭芳》詞

　　　　輕鷗數點,寒蒲獵獵,秋水厭厭。五湖煙景由人占,有甚妨嫌。是非海天驚地險。水雲鄉浪靜風恬。村醪釅,歌聲冉冉，明月在山尖。

——喬吉《滿庭芳》曲

一詞一曲，牌調相同，但結構不同，前者分段，後者不分段，句法也不同。

（2）曲有襯字，詩詞一般没有襯字。所謂襯字，就是在每句固定的字數之外，爲了更口語化和唱起來更動聽而自由加添的字。詞在"詞之未爲詞"（未定型）的創作時期原來也可以加添襯字，如敦煌曲子詞中有些詞就有襯字，但既成定型以後，便限字數，一般不能隨便加添了。而曲却没有這個限制，甚至某些曲調，如"正宫"調中的《端正好》《貨郎兒》，"仙吕"調中的《混江龍》《後庭花》，"雙調"中的《新水令》《梅花酒》等竟公開享有"字句不拘，可以增損"（周德清《中原詩韻》）的"優惠政策"。這裏我們可舉兩首同屬《念奴嬌》牌調的詞與曲來作比較：

大江東去，浪淘盡、千古風流人物。故壘西邊，人道是、三國周郎赤壁。亂石穿空，驚濤拍岸，捲起千堆雪。江山如畫，一時多少豪傑。（此爲上片）

——（宋）蘇軾《赤壁懷古》

驚飛幽鳥，蕩殘紅，（撲）簌簌胭脂零落。門掩黄昏書院悄，潤破窗紙偷瞧。（則爲）一操瑶琴，一番相見，（又不）曾道閑期約。多情多緒，等閑肌骨如削！

——（元）鄭光祖《㑳梅香》

上引蘇詞，没有襯字，而鄭曲中的"撲""則爲""又不"則是增加的襯字。曲中有了這些襯字，便覺得句法活潑生動，更加接近白話，便于口頭演唱。詞雖然也用于口頭演唱，但它多用書面語，比較典雅，故不宜用襯字。

至如同一牌調的曲，有的有襯字，有的則沒有襯字，如：

> 枯藤老樹昏鴉，小橋流水人家，古道西風瘦馬，夕陽西下，斷腸人在天涯。

——（元）馬致遠《越調·天淨沙》

> 寧可少活十年，休得一日無權。（大）丈夫時乖命蹇，（有朝一日）天隨人願，（賽）田文養客三千。

——（元）嚴忠濟《天淨沙》

前一首沒有襯字，後一首有三句加了襯字。襯字在小令中用得較少，而在套曲中用得較多。例如關漢卿在〔一枝花〕《不伏老》套中將原有的兩句十四字（我是一粒銅豌豆，恁你千層錦套頭），加襯字後增至五十三字之多：

> 我是個蒸不爛、煮不熟、搥不扁、炒不爆、響璫璫一粒銅豌豆，恁子弟每，誰教你鑽入他鋤不斷、斫不下、解不開、頓不脫、慢騰騰千層錦套頭。

如果去掉其中的襯字，曲中描寫的生動性、感情烘托的程度和所表達的內容，便會大大削弱。

曲中增加襯字，原則上叫以自由，一般不要求平仄；它可以是虛詞，也可以是實詞，但也並非毫無規律。大概劇曲可多，散曲宜少；套曲可多，小令宜少。襯字在曲中經常加在句首，也可加在句中，但不可加在句末，尤其不能用作韻腳。

（3）在用韻方面，一般來說，曲的用韻比詩、詞寬泛。如曲一首之中可以重韻，這在近體詩和詞中是少見的，古體詩中雖有重韻，但也不多，而曲中重韻不但常見，而且常常是有意作爲一種表現手段。如王實甫有一首《後庭花》的韻脚是"兒、思、詩、時、兒、思、子、兒、此"，其中的"兒"和"思"都用了重韻。再如張養浩［山坡羊］《潼關懷古》的尾句"興，百姓苦；亡，百姓苦"，其中"苦"字用的也是重韻。至如曲中的"獨木橋體"，更是通首押一個字，全部重韻。但曲韻也有比詩、詞更嚴的地方，如詞裏分平仄，極個別地方講上去，而曲中則講上去、陰陽，所謂"三仄應須分上去，二平還須辨陰陽"。

另外，詩詞韻疏，詩一般每兩句押韻，詞只有《菩薩蠻》句句押韻，而曲基本上每句都押韻，所以曲韻密。

（4）曲不但有襯字，而且有增句，這是曲律的規定，而近體詩和詞則不可能有增句。

2. 從語言、風格上看詩詞與曲的不同

（1）詩莊、詞雅、曲俗

唐圭璋先生說："詞之所以異于曲者，即在于雅。曲不避俗，詞則決不可俗。"這個看法是正確的。曲主要是唱給人們聽的，它所反映的是市民階層的思想情調，故曲中"俗"是它的本色。試舉元代蘭楚芳的［南呂·四塊玉］《風情》爲例，曲是這樣寫的：

> 我事事村，他般般醜。醜則醜村則村意相投。則爲他醜心兒真，博得我村情兒厚。似這般醜眷屬、村配偶，只除天上有。

這首曲寫得也得夠"俗"的了。你看，一上來，作者直言不諱地宣稱："我事事村，他般般醜。"一個"村"（蠢、笨），一個"醜"，也不是一般的"村"和"醜"，而是"事事"都"村"，"般般"皆"醜"。這在一般人的眼裏，是難以引起互相間的愛慕和思戀的。可是在這裏，"我""村"、"他""醜"，却成了牢不可破的姻緣，字裏行間充溢一種情的滿足和心理上的自豪。而詩詞則不同,如李商隱的《無題》詩(相見時難別亦難)和柳永的《雨霖鈴·寒蟬凄切》詞也是寫愛情的,但無論在語言上還是情調上,都顯得端莊、典雅。

(2)詩詞貴含蓄,重弦外之音;曲則尚顯露,以一洗無余、極情盡致爲工。這裏舉唐詩、宋詞、元曲各一首以資比較:

杜甫《月夜》

今夜鄜州月,閨中只獨看。

遙憐小兒女,未解憶長安。

香霧雲鬟濕,清輝玉臂寒。

何時倚虛幌,雙照淚痕乾。

李清照《醉花陰》

薄霧濃雲愁永晝,瑞腦消金獸。佳節又重陽,玉枕紗廚,半夜凉初透。　　東籬把酒黃昏後,有暗香盈袖。莫道不消魂,簾捲西風,人比黃花瘦。

王德信[十二月帶堯民歌]《別情》

[十二月]自別後遙山隱隱,更那堪遠水粼粼。見楊柳飛綿滾滾,對桃花醉臉醺醺。透內閣香風陣陣,掩重門暮雨紛紛。　　[堯民歌]怕黃昏忽地又黃昏,不銷魂怎地不銷魂。新啼痕壓舊啼痕,斷腸人憶斷腸人。今春,香肌瘦幾分,縷帶寬三寸。

這三首,一詩一詞一曲,皆寫離別相思之情,但表現方法各不相同。杜詩是作者被安史叛軍擄至長安時所作,寫的是自己月夜思親的心情,但在構思上,作者從反面涉筆,別開生面,誠如清人施補華所説，此詩"可謂無筆不曲"。浦起龍對此也有評價，説是："心已馳神到彼，詩從對面飛來。"（《讀杜心解》）李詞寫自己對丈夫的思念。前五句只不過表現"自別後"的憶念感情，因此她日有所思，所以才會仔細地注目從金獸中噴出的"薄霧濃雲"，正因爲思念的感情到了無法排遣的地步，才至于"愁永晝"。後面"佳節又重陽"詞眼在"又"字上，這表明往年重陽時，她和丈夫歡聚的經歷，可是今年的重陽，只剩她一人孤居獨處，她怎么不感到寂寞清冷呢？而王曲則與之不同，自開始用了"自別後"三字單刀直入地作了交代之後，接著四句都用來表白別後觸景所生的感情。後面幾句與李詞後幾句一樣，都是寫由于思念愛人而使自己消瘦不堪，而詞是用"黄花"自比，顯得含蓄雋永，曲則直言"縷帶寬三寸"，顯得明白透徹。

通過以上簡單分析，不難看出，同樣是寫相思之情，詩詞寫得含蓄婉轉，而曲却寫得明白顯露。

由于表達方法的差異，詩、詞、曲三者對我國古典詩歌傳統的藝術手法——賦、比、興的運用也有所不同。一般來説，詩賦、比、興並用；詞比、興多于賦，曲則賦、比多于興。

（3）詩詞忌纖巧，曲則貴尖新。纖巧即不能渾厚沉著，爲詩詞所忌，而曲則不厭巧。明代王驥德《曲律》有論巧體一節，論及元人以數目入曲。近人任訥《散曲概論》列舉俳體二十五種，其中短柱體，獨木橋體，嵌字體，回文體，疊韻，集諺體，集藥名、調名、劇名體等，均屬于巧體，都是因難見巧的。試舉獨木橋體爲例，它通篇押同一個字韻，如周文質《正宮·刀刀令》"自歎"：

築墙的曾入高宗夢，釣魚的也應飛熊夢，受貧的是個凄涼夢，做官的是個榮華夢。笑煞人也末哥，笑煞人也末哥，夢中又説人間夢。

這裏，作者通過相同句式和字詞（如“夢”）的反復運用，造成一種既醋暢淋漓而又耐人咀嚼的特殊韻味，恰到好處地表現了作者的“自歎”。這種作法，在詩詞中是極爲少見的，但也不是絕對没有。如宋代石孝友《浪淘沙》詞：

> 好恨這風兒，催俺分離。船兒吹得去如飛。因甚眉兒吹不展？叵耐風兒！　　不是這船兒，載起相思。船兒若念我孤恓，載取人人篷底睡。感謝風兒。

這是一首愛情詞。全詞是一位女子在與戀人別離時的内心獨白，但着筆的却是風，寫得很別致，意思很曲折。更值得我們注意的是，這首詞的用韻也很特殊。全詞八處韻脚，其中上、下片的起首和結尾，都用“兒”字押韻，即四處同用兒字韻。萬樹《詞律》説：“石孝友此詞，前後用四個兒字爲葉，乃狡獪伎倆，非另有此體，即如獨木橋之類耳。”這種押韻方法，在宋代其他詞人中也偶爾爲之。如黄山谷《阮郎歸》全用“山”字韻，《瑞鶴仙》化《醉翁亭記》，以原文“也”字葉韻。不過，石孝友的《浪淘沙》與典型的獨木橋體尚不同，所以萬樹説是“獨木橋之類耳”。

（4）詩、詞忌油滑，而曲則時帶詼諧。插科打諢爲元劇特點之一，這種特點在元散曲中也有所表現，即時雜滑稽調笑之筆。如湯式［南吕·一枝花］套《春思》中云：

> 相思鬼皮膚裏打劫，睡魔神眼睫上盤踅。

這樣的語句，如入詩詞，則過于險怪，變成打油，是不能用的，而曲中却屬本色。

再如劉廷信《折桂令》“憶別”：

想人生最苦離別，唱到陽關，休唱三疊！急煎煎、抹淚揉眵，意遲遲、揉腮搣耳，呆答孩、閉口藏舌。情兒分兒，你心裏記者，病兒痛兒，我身上添些。家兒活兒，既是拋撇；書兒信兒，是必休絕！花兒草兒，打聽的風聲；車兒馬兒，我親自來也！

這首曲大概是寫夫妻離別，用的是女方的口氣，前面說了一些離別的話，但她對出門的丈夫有些放心不下，怕他在外邊跟別的女子"好"上了，所以在結尾四句發出警告："花兒草兒，打聽的風聲；車兒馬兒，我親自來也！"意思說，你在他鄉如果對別的婦女有什麼沾惹，我是要立即乘着車兒馬兒，向你大興問罪之師的。這一方面固然表現出這個女子對丈夫的於深情中見潑辣，另一方面也是由於曲這種詩體，是習慣以滑稽調笑見長的。另外，由於受戲曲表演影響，散曲的語言還常常帶動作性，這也是它有別於詩詞的地方。

3. 從題材上看詞和詩、曲的不同

和其他文學作品一樣，詩、詞、曲的題材也是來源于社會生活，是作者對生活素材經過選擇提煉加工而成的。但是，由于詩、詞、曲是三種不同的詩體，又由于歷史、社會等種種原因，它們的題材也因此各有特色。

一般來說，詞的題材比較狹窄，而詩和曲的題材則較爲寬廣。舉例來說，作爲封建社會的基本矛盾——農民與地主階級之間的矛盾，就極少在宋詞中有所反映。又如，反映勞動人民的疾苦，幾乎成了詩和曲的主要題材，如白居易的詩，張養浩的曲。張養浩有一首《山坡羊·潼關懷古》曲非常有名。曲是這樣寫的：

峰巒如聚，波濤如怒，山河表裏潼關路。望西都，意躊

蹢。傷心秦漢經行處，宮闕萬間都做了土。興，百姓苦；亡，
百姓苦。

這在宋詞中是沒有的。蘇、辛雖然寫有一些農村詞，但他們
往往只寫了"農家樂"的一面，而沒有觸及階級壓迫下農民生活的
本質面貌，因而缺乏社會意義。

造成上述情況的原因是多方面的，但最主要的一點，是爲文
學體裁本身的特性所決定。而體性形成之因素又是多方面的。
過去有"詩言志，詞抒情"的說法，這就限定詩是用來表達志趣或
抒寫懷抱，而詞是用來抒寫感情的，也就是所寫的題材只能局限
在個人生活的小圈子裏。而曲作爲一種後起的詩體，却不受任何
限制，可以廣泛、自由地反映社會生活，"上而時會盛衰，政事興
廢，下而里巷瑣故，幃闥秘聞，其間形形式式，或議或叙，舉無不可
於此體中發揮之者"。（任訥《散曲概論》卷二）

上述比較，只是就詩、詞、曲一般情況而言，當然，它們在語
言、風格、題材上有時也很難找出明顯的差別。比如，有人曾拿杜
甫《羌村三首》第一首末兩句的"夜闌更秉燭，相對如夢寐"和晏幾
道《鷓鴣天》末兩句"今宵剩把銀釭照，猶恐相逢是夢中"相對比，
來區別詩與詞。但如果你不知道這兩組句子一是五古，一是詞的
話，單純從內容和意境上看，它們沒有什麼本質區別。因此，我們
在區別詩、詞、曲的時候，必須把許多有關條件綜合起來考察，並
在大量閱讀作品的基礎上，去體會、去辨別它們的特性。

詞體結構研究劄記[1]

蔡國强[2]

本文試圖通過詞譜名著秦巘《詞繫》的實例研究，對詞體結構中的詞組、體式變化和句式微調三個問題作一個深入的分析和思考。詞體的基本單位構成是"句組"，對應詞樂時代的"樂句"，通常由兩個句拍構成，一起拍、一收拍。如果用宋人的傳統概念來詮釋，那麼和他對等的就是"均"（讀如 yùn）。其中詞的體式變化依賴於三個手段：句法讀破、增删文字、添減韻脚，本文主要研究句法讀破問題，因爲如果詞没有句法讀破的功能，不過分地説，詞也就不存在了。"句法讀破"不僅僅是一個體式變化的重要方式，更是詞發生發展過程中的重要手段。所以，研究詞，必須精通句法讀破的各種基本模式。至於句式微調，則是一個頻繁出現的作詞技巧，通常在句法讀破的情况下，根據基本的詩句韻律規則，會産生一些不符合基本律理的句子，導致一個樂句形成不應有的拗澀情况，在這種情况下，就需要對新産生的句子的平仄律，進行一個微調。

上編　詞的句組

楊纘《八六子》詞的後段末一句組分析

怨殘紅。夜來無賴，雨催春去匆匆。但暗水新流芳恨，

---

[1]　本文爲國家社科基金重點項目（項目號 22FZWA002）《詞體韻律學實例研究》階段性成果。
[2]　蔡國强，杭州師範大學特聘研究員，杭師大韻律研究所所長。

蝶凄蜂慘，千林嫩綠迷空。　　那知國色還逢。柔弱華清扶倦，輕盈洛浦臨風。細認得、凝妝點脂勻粉，露蟬聳翠，蕊金團玉、成叢。幾許愁隨笑解，一聲歌轉春融。眼朦朧。憑闌干、半醒醉中。

對楊纘這首詞的後段"眼朦朧"十字，秦巘複述了萬樹的見解："'憑'字宜作平聲；多一'干'字"，然後批點說"謬甚"。

萬樹《詞律》中原文爲："此恐原是'憑闌半醒醉中'，誤多一'干'字耳。'雨'字宜平，勿用去聲。'憑'字宜作'凴'，平聲。"萬樹以爲後結爲"憑闌半醒醉中"，是校之諸詞而論，未必無理，而六字句中"憑"字宜作平聲，更無不妥，至於秦巘以爲應該是"憑欄干"，說："既用'憑闌干'三字，則'憑'字當仄，不可連用三平。"可見，秦巘的思路已經與萬樹完全不同了，韻境已然不同，變成了一個單起式的三字結構，與萬樹所說的雙起式的句子，韻律已經迥異，自然不可作平，所以，兩人所說的雖是同一個字，但是在完全不同的韻律環境中，卻已經並非同一問題了，因此而批點萬樹的說法爲"謬甚"，實際上是在偷換概念或轉移話題，自然就沒有道理。且萬樹本來說的就是"二字"，就更不存在"連用三平"的情況。

此類交鋒，最能見出高低。

蘇軾《赤壁懷古》詞的第一句組原貌探

蘇軾名作《赤壁懷古》的前段，大衆熟知的是"大江東去，浪淘盡、千古風流人物"，秦巘所據的則是"大江東去，浪聲沉，千古風流人物"，何以會出現這樣的兩個版本，從韻律的角度分析，或可以有一個答案。

《念奴嬌》前段的第一句組，第二拍應是一單起式詞句，比如蘇軾別首作"憑高眺遠，見長空萬里"，就是一個很好的證明，即第五字按照韻律，必須是一個單字節奏。在這樣的韻律環境中，如果將"浪、聲沉"理解爲或者讀爲"浪聲、沉"，那就是違律思維。而如果我們將其作三字逗理解，"浪、聲沉"便不成句，所以正確的句讀應該是"浪、聲沉千古，風流人物"。這個我們考察其餘的宋詞可知，都是如此讀法。

至於"浪淘盡"的出現，應該是有人覺得雙起式的"浪聲、沉"，其節奏有違本調的基本韻律了，所以改爲"浪、淘盡"，以和諧韻律。

張先《勸金船》詞第三句組的準確讀法

> 流泉宛轉雙開寶。帶染輕紗皺。何人暗得金船酒。擁羅綺前後。綠定見花影，並照與、艷妝爭秀。行盡曲名，休更再歌楊柳。　　光生飛動搖瓊甃。隔障笙簫奏。須知短景歡無足，又還過清晝。翰閣遲歸來，傳騎恨、留住難久。異日鳳凰池上，爲誰思舊。

張先的這首《勸金船》詞的前段第五句，秦巘認爲"見"字"宜仄聲"，但是其律理上的依據是什麼，無論怎麼也找不出。由於後段的句式與此不同，而蘇詞本句又各爲四字句，所以也都無從參校，獨此一句，無疑只是憑感覺而已。這樣來看，這個字"宜仄"的問題，其實很是多餘，何謂"宜仄聲"？"宜仄聲"就是說最好是用仄聲，實在不行也可以用平聲，等於沒說。倒是近代的汪東先生，對本詞的第三句組有一個獨到的見解，他雖然沒有直接表述，但他的《勸金船》前後段第三句組是這樣的：

> 樂事趁、韶景未暮，賞數枝奇秀。……繡閣誓、同歡並

笑，悵暌離偏久。

如果按照他這個思路，則張先詞就應該是這樣：

> 綠定見、花影並照，與豔妝爭秀。……翰閣遲、歸來傳騎，恨留住難久。

汪東是步張先韻而填的，所以他對張詞的韻律必定有一個深入的理解，按照這樣的句讀文句並無不妥，重要的是，他這麼讀就規避了"翰閣遲歸來"中的韻律瑕疵，因此，比較而言，取這一讀法更好，當然，汪東這裡也是律讀，而不是意讀。

周密《憶舊遊》的末一句組添字，是基於韻律的變化

《憶舊遊》的字句前後段基本一律，只是在換頭處存在或添或不添句中短韻的差異，只有周密的《記移燈剪雨》一首，在後段結拍中添多一字，作四字兩句，與其他諸家都不一樣，周密另有一首末一句組作"悵寶瑟無聲，愁痕沁碧，江上孤峰"也與本詞相同。

這種不同，竊以為是因為原唱的結句七字在周密看來過拗，音律不夠諧和，所以他要添一平聲字以諧和音律，由此而論，這一體式是值得今人摹寫的。之所以我們認為這種變格比正格在韻律上更諧和，可以與前段作一比較：

> 依依故人情味，歌舞試春嬌。對婉婉年芳，飄零身世，酒趁愁消。
> 疏花漫撩愁思，無句到寒梢。但夢繞西泠，空江冷月，魂斷隨潮。

這是一個典型的迴環式的旋律，可見周密在處理這個詞調的時候，更喜歡尾部和諧回復，而不喜歡正格的那種參差式變化的旋律。事實上，就文字的角度來看，這個變格比周邦彥的正格要更為規正，兩結字句、平仄完全一致。

晁補之《斗百花》後段第一句組必奪一字

晁補之詞的後段第一、第二句組，至今為止各家標點都是和秦巘一樣的讀法，但比較柳詞則可知少了一字，這個少字必是奪字，而非減字，試比較：

> 與問階上，簸錢時節，記微笑、但把纖腰，向人嬌倚。（晁詞）
> 遠恨綿綿，淑景遲遲難度。年少傅粉，依前醉眠何處。（柳詞）

這裏柳詞兩句組詞的兩個主韻都在，第一句組的"度"和第二句組的"處"，但是，晁詞十九字卻只有一個韻脚，第一句組的主韻失落了，即便是較之於晁詞的另外兩首也是一樣。

由此可知，這首晁詞奪了一字，補足後的原貌應該是這樣的：

> 與問階上，簸錢時節○記。微笑但把纖腰，向人嬌倚。

可見"記"字是主韻，○，或是"猶、應、曾"等平聲字，這樣就與柳詞詞體相同了，否則不但韻律不諧，詞意上也有殘缺，"問"字沒有了着落。當然，如果按照我們對柳永詞的分析，本調後段第二句組，儘管今存宋詞都是十字，但是從韻律來看，柳詞很可能是有二字脱落的，所以晁詞後二句，也需添上兩個仄聲字，改為"微笑但把纖腰，●●向人嬌倚"，這樣就應該更加符合原貌。

至於秦巘認爲這是"詞中句法變化"，並說："《訴衷情》一五、一七改爲三句四字，《人月圓》三句四字改爲一七、一五，比比皆是。"是將相同字數下的讀破拿來比較，完全屬於不同的韻律模式，自然不能拿來類比，更重要的是，清代詞譜家沒有均拍的理念，所以他們不知道，本詞如果失落一個"記"字主韻，整個詞就完全不符合最基本的韻律規則了。

柳永《輪台子·霧斂澄江》詞前段末一句組應據補一字

柳永《輪台子·霧斂澄江》詞，前段末一句組是"感行客。翻思故國。因循阻隔。路久沉消息"。秦巘認爲，《花草粹編》"因循"上多了一"恨"字。但是，《花草粹編》這個本子要比他的宋本可靠，秦巘過於信任宋本，比如他認爲《花草粹編》"'歲歲'上多'念'字"，就是一個錯誤的判斷，"念"字不應該被刪去。柳永的詞，因爲在宋代廣爲傳播，所以錯訛很多，這些錯訛在宋代已經形成，所以即便是宋本也未必可靠。

比較該詞前後段末一句組，一作"感行客。翻思故國。因循阻隔。路久沉消息"，一作"傷魂魄。俗塵牽役。又爭忍、把光景拋擲"，兩相比較，則"恨因循阻隔"顯然更合乎韻律的一般規則。因爲這樣兩個句子就都是單起式的句子了，而且詞的後段末一句組，通常通過"剪尾"的方式，即減去二字來構成旋律上的變化，這種變化尤其在慢詞中是極爲常見的。

《倒犯》前段第三句組韻律研究

周邦彦《倒犯》的韻律，最大的疑點在前段第三句組：

霽景，對霜蟾乍昇，素煙如掃。千林夜縞。徘徊處、漸移深窈。何人正弄孤影，蹁躚西窗悄。冒露冷貂裘，玉啑邀雲表。共寒光，飲清醥。

　　這裏的"蹁躚西窗"，四字連平，就是這個疑點的標記，秦巘説周邦彥詞"方有和詞，及吳文英作，字字相同，四聲悉合，不可妄易"。這種説法固然太過刻板，但從另一個角度來説，也可以認爲用方千里、吳文英的詞來佐證周邦彥詞的韻律，是相對更爲可靠的。而方千里的和詞作：

　　　　盡日、任梧桐自飛，翠階慵掃。閑雲散縞。秋容瑩、暮天清窈。斜陽到地，樓閣參差簾櫳悄。嫩袖舞涼颸，拂拂生林表。蕩塵襟，寫名醥。

吳文英的和詞作：

　　　　茂苑、共鶯花醉吟，歲華如許。江湖夜雨。傳書問、雁多幽阻。清溪上，慣來往扁舟、輕如羽。到興懶歸來，玉冷耕雲圃。按瓊簫，賦金縷。

　　我們先比較方詞。如果方千里所理解的周詞是和秦巘一樣的，那麼方詞就要讀爲"斜陽到地樓閣，參差簾櫳悄"，這無疑是錯誤的，既然這樣是錯誤的，那就證明方千里對周邦彥的詞的理解，肯定不是"何人正弄孤影，蹁躚西窗悄"。而方詞實際上就是"斜陽到地，樓閣參差、簾櫳悄"這樣的一種三字托結構，由此及彼，周邦彥詞也應該是"何人正弄，孤影蹁躚、西窗悄"，或者説，這就肯定是方千里所理解的周詞樣式，所以，這一樣式顯然要較秦巘所讀更佳。這是因爲"蹁躚西窗悄"一句，不但韻律盡失，實際上在達意上都是有問題的，細玩其意就不成句。

　　我們再按照同樣的思路來研究吳文英的詞。如果吳文英的理解與秦巘一致，那麼吳詞就是"清溪上慣來往，扁舟輕如羽"，也是個不通的句組,《全宋詞》讀吴詞爲“清溪上,慣來往扁舟、輕如羽”,句意曉達,可見吴文英理解的周詞也應該是“何人正,弄孤影蹁蹮、西窗悄”,還是有一個三字托存在,而不是秦巘的“何人正弄孤影,蹁蹮西窗悄”。

但是,如果我們從全詞的角度入手,進一步研究這一句組詞,那麽撋其韻律,方千里、吴文英所看到的詞,其實都已經有文字殘缺了,這一句組應該還有三個字可以補足,其原貌應是可以對應後段第三句組的,兩者或許是:

何人正、弄孤影,●蹁蹮、●●西窗悄。(前段第三句組)
愛秀色、初娟好。念漂浮、綿綿思遠道。(後段第三句組)

中編　句法讀破

最簡單理解什麽是讀破

句法讀破是極爲常見的一種填詞技巧,我們可以用李白的兩首《連理枝》,來對這個概念作一個最簡單的認識:

連理枝

李　白

淺畫雲垂帔。點滴昭陽淚。咫尺宸居,君恩斷絶,似遥千里。望水晶簾外竹枝寒,守羊車未至。

讀破格

雪蓋宫樓閉。羅幕昏金翠。鬬壓闌干,香心澹薄,梅梢輕倚。噴寶猊香爐，麝煙濃馥，紅綃翠被。

兩詞一比較，我們就可以很直觀地看到彼此的差異在第三句組。前者是一八一五的句子結構，後者則是一五二四的結構，從一個句組通常以兩個句子構成的角度來看，則是後一首作了讀破的處理。這一組讀破的關鍵點在後一首的第二句，如果"麝煙濃"三字融前，"馥"一字融後，從而化三爲二，那就是正格了。不過，這一句組現在也有人讀爲"噴寶猊香爐麝煙濃，馥紅綃翠被"，即不作讀破處理，但是，鑒於通常我們都是用動字來做領字的，而"馥"是一個靜字，將其視爲領字，就很彆扭。

一個句組可以有多重讀破

通常讀破都發生在一個句組中，至今爲止我們還沒有發現過有跨句組的讀破，同時，讀破也並不是只有一種模式，一個句組中的句子往往可以有多種讀破的方式，我們可以以周邦彥的《解蹀躞》爲例，來看看讀破是如何豐富一個詞調的表現形式的，爲直觀表達，我們采用分段並對齊的模式摘録《詞繫》中的三首詞：

周邦彥《解蹀躞》：

解蹀躞

周邦彥

候館丹楓吹盡，面旋隨風舞。夜寒霜月，飛來伴孤旅。還是獨擁秋衾，夢餘酒困都醒，滿懷離苦。

甚情緒。深念凌波微步。幽房暗相遇。淚珠都作，秋宵枕前雨。此恨音驛難通，待憑征雁歸時，帶將愁去。

解蹀躞

揚無咎

金谷樓中人在，兩點眉鬟綠。叫雲穿月、橫吹楚山竹。怨斷憂憶因誰，坐中有客，猶記在、平陽宿。

淚盈目。百囀千聲相續。停杯聽難足。謾誇天風、海濤舊時曲。深夜煙恢雲愁，倩君沉醉，明日看、梅梢玉。

解蹀躞

方千里

院宇無人晴晝，靜看簾波舞。自憐春晚、漂流尚羈旅。那況淚濕征衣，恨添客鬢，終日子規聲苦。

動離緒。謾徘徊愁步。何時再相遇。舊歡如昨，匆匆楚臺雨。別後南北天涯，夢魂猶記關山，屢隨書去。

這三首詞的前面兩個句子，字句都完全相同，讀破只在第三句組，嚴格地說，只在第三句組的收拍中，周邦彥前後段都採用一六一四句法，所謂正格；揚無咎讀破後，則兩段都變爲四字一句、六字折腰一句；方千里後段用正格，前段則讀破爲一四一六句法。而有的句子讀破後，原來的平仄律未必也能符合讀破後的句子，那就需要微調，例如方千里的詞句讀破後，如果仍然按照周邦彥，那就成了○○●●　○○●○○●，六字句顯然韻律失諧，所以需要作微調，成爲○○●●　○●●○○●，才能諧和韻律。這個問題非常重要，但是前賢每每忽略，所以我們將在下編中詳解。

通過這個例子，我們可以得到這樣幾個重要的認識：其一，詞中的讀破，只發生於同一個句組之中；其二，讀破可以有很多種方式形成不同的組合；其三，有些讀破後的句子，平仄律需要作一些微調。

讀破是一種韻律變化，必定涉及韻律調整

《解蹀躞》的前後段末一句組是：

還是獨擁秋衾，夢余酒困都醒，滿懷離苦。

此恨音驛難通，待憑征雁歸時，帶將愁去。

秦巘認爲："結處十字一氣，或上六下四，或上四下六不拘"，這一認識，仍然是停留在表象上的，並沒有任何律理上的依據，所說無疑是膚淺的。所以，結處的十字，並非如秦巘所說的那樣，可以或上六下四，或上四下六不拘地進行簡單地分句，這種韻律情況在許多別的詞調中也都是如此。

就以本詞爲例，依據基本的韻律規則可知，這裏的後段就絕不可以讀爲"待憑征雁，歸時帶將愁去"，雖然從意讀的角度來看，這樣讀文意並沒有什麼不通順的地方，但是，就律讀的角度看，這樣讀出來的韻律却是不合律理的。所以，如果要將這兩句構思爲上四下六的句法，那麼我們對第六字就必須要進行微調，易平爲仄，比如曹勛兩首都是如此。方千里詞，最爲典型：

方詞前段爲上四下六句法：恨添客鬢，終日子規聲苦。

方詞後段爲上六下四句法：夢魂猶記關山，屢隨書去。

前段因爲已經變爲一四一六了，所以就需要對句式進行微調，因此其中第六字"日"易平爲仄，而後段還是周邦彦的韻律，所以第六字仍舊爲平。這就是"讀破"中的韻律要點。可見所謂讀破，並不是簡單地將標點換個位置即可，讀破是一種韻律變化，因此必定涉及韻律的調整，而在詞樂時代，這種微調很可能還涉及詞樂旋律的某些變化，易平爲仄就是這種變化的文字提示，遺憾

的是清儒多不知這種韻律的變化。

詞句的讀破，屬於微調

柳永的《望海潮》中有一個經典的"三字托"結構"市列珠璣、户盈羅綺、競豪奢"，但是柳詞在後段並没有繼續沿用這個結構，而是換做了"異日圖將好景，歸去鳳池誇"這樣的一六一五模式。這種變化無疑是因爲詞樂需要有一個變化而形成的。

但是秦觀的《望海潮》"梅英疏淡"詞，用的還是柳永的正體，只是後段末一句組秦觀採用了讀破的方式，填作"無奈歸心，暗隨流水、到天涯"，仍然回歸到與前段一樣的三字托結構，這是與柳詞不同的地方，這樣的變化必然是秦觀的曲子擬定時，他認爲他的這個曲子繼續與前段迴環旋律，而不采用變化的方式更佳。

秦觀這種變化只是屬於詞内的微調而已，很難説他是一種回歸，還是一種變異，其本身也並不影響詞體的體式，因此，這種調整或者變化，不能稱之爲"又一體"。對於此類的句法微調，平仄也往往會隨之作出微調，比如秦觀的第六字"隨"不可再與柳永的第六字"景"字一樣用仄聲，必須換用和柳詞前段的"盈"字一樣的平聲字。

但是，讀破只是句式上的微調，它的句子節律不能改變，比如此類句法，若填爲一字逗，便是敗筆，所以秦巘認爲無名氏詞後結填爲"但看芙蕖並蒂，他一日雙雙"，換用一字領，就可以判斷出其中必有舛誤了。

因讀破而引起的不律句式，應據"循律"原則更正

宋人的《倦尋芳》多按潘元質的體式填。潘詞格律謹嚴，多人填該調而平仄大抵相同。兹錄秦巘所讀體式如下：

　　獸鐶半掩，鴛瓷無塵，庭院瀟灑。樹色沉沉，春盡燕嬌鶯姹。夢草池塘青漸滿，海棠軒檻紅相亞。聽簫聲、記秦樓夜約，彩鸞齊跨。　　漸迤邐、更催銀箭，何處貪歡，猶繫驄馬。旋剪燈花，兩點翠蛾誰畫。香滅羞回空帳里，月高猶在重簾下。恨疏狂，待歸來、碎挼花打。

　　這首《倦尋芳》詞的前後段第三句，竊以爲必以"平仄平仄"爲正格，秦巘則因盧祖皋詞的前段第三拍作"春晴寒淺"，所以認爲該句第二字也可以填爲平聲，其實"晴"字是"晦"字的舛誤，宋詞中這個字位用平聲的，只有張端義一首用"尚侵襟袖"，吴文英一首用"空閑孤燕"，獨此二首，偶例而已。

　　而後段盧祖皋作"牡丹開遍"、王質作"晚風獵獵"，"丹""風"字也是偶例，獨此二首，這些偶例都不必據，不必從。該句與後段"猶繫"句對應，都是不律的大拗句法，由於這個句子是第一句組的主韻所在，關乎起調問題，當時必有講究，只是在後詞樂時代的今天，因爲詞樂不存而似乎不可解而已，所以須謹守。

　　當然，爲什麼這裏會有這樣兩個不律的句子，從韻律入手，還是可以獲得一些答案的，竊以爲這實際上是我們所見的都是讀破格，真正創調起始體式的原貌，應該是這樣的："獸鐶半掩鴛瓷，無塵庭院瀟灑""漸迤邐、更催銀箭何處，貪歡猶繫驄馬"，這裏的兩個六字結構，都是平起仄收式的標準律句，所以"瀟"字和"驄"字都必須用平聲。但是，在後詞樂時代的今天，我們都采用了意讀的方式，所以六字二句的形式就被忽略了。

最小語意單位應以不讀破爲是

　　飛瓊伴侶，偶別珠宫，未返神仙行綴。取次梳妝，尋常言語,有得幾多姝麗。擬把名花比。恐傍人笑我,談何容易。細思算、奇葩艷卉,唯是深紅,淺白而已。爭如這多情,占得人間,千嬌百媚。　　須信畫堂繡閣,皓月清風,忍把光陰輕棄。自古及今,佳人才子,少得當年雙美。且恁相偎倚。未消得憐我,多才多藝。但願取、蘭心蕙性,枕前言下,表余深意。爲盟誓。從今斷不孤鴛被。

柳永這個《玉女搖仙佩》詞中的"唯是"下八字,秦巘如此讀,而《詞律》讀爲"細思算、奇葩艷卉,唯是深紅、淺白而已",《欽定詞譜》《全宋詞》則後八字不讀斷,共有三種讀法。不讀斷的理由或是因爲"白"字不諧,萬樹認爲是以入作平的手法,也是頭痛醫頭而已。

其實這裏的"深紅淺白"本是一緊密單位,不可讀斷,即便是在詞樂中,雖然我們已經無從證明,但也可以想見這四字在曲子中不會讀破,所以,這八字應該是一個二字逗領六字的句法,就如別首朱雍的"更是、殷勤忍重回首"一樣,八字總是需要一氣而下才對。而後段原讀爲"枕前言下,表余深意",像"枕前""言下"這樣淺顯的詞,都會變得十分生澀,令人不能解"枕前言下"之意,同樣也是句讀不予讀斷的緣故,只有讀爲"枕前、言下表余深意",才能豁然貫通。

下編　句式微調

詞句異讀後,需要根據韻律微調句式

孟昶的《洞仙歌》在《詞繫》中這樣讀:

冰肌玉骨，自清凉無汗。貝闕琳宫恨初遠。玉闌干倚遍。怯盡朝寒，回首處、何必留連穆滿。　　芙蓉開過也，樓閣香融，千片。紅英泛波面。洞房深深鎖，莫放輕舟，瑶臺去、甘與塵寰路斷。更莫遣、流紅到人間，怕一似當時，誤他劉阮。

“更莫遣、流紅到人間”爲八字一氣，據其律理，可以這樣上三下五讀，可以上一下七“更、莫遣流紅到人間”讀，也可以上五下三“更莫遣流紅、到人間”讀，完全可以根據具體的詞意進行選擇，就本句而言，顯然“更莫遣流紅、到人間”，在韻律上要比現在的“更莫遣、流紅到人間”更爲圓潤通達諧和。如果照顧到其他的宋詞，則本句當以上五下三爲正，所以，雖然原譜及各選本，本詞都讀爲“更莫遣、流紅到人間”，但從律讀的角度來看顯然是一種誤讀，因爲這樣的讀斷，後面的五字結構就韻律來説，就成了一個極不諧和的大拗句式了，即便從意讀的角度看，也仍然是一種有瑕疵的讀法。

當然，如果非要讀成上三下五，也並非不可以，但是却必須微調平仄律，將第五字改爲仄聲字，例如張玉田的“夢沉沉、不道不歸來”、吴夢窗的“更老仙、添與筆端香”；或改第七字爲仄聲字，如蔡伸的“我只是、相思特特來”、劉克莊的“疇昔慕、乖崖老尚書”等，這樣才合拍，這是一定之規，不僅本句如此，其他詞調都是如此，否則，嚴格地説就是一種誤讀。

掌握特殊的句式結構是微調句式的基礎

晏殊的《殢人嬌》秦巘共録了四首，前段最後九字，秦巘四首都讀爲三字一逗、六字一句這樣的句法，但這個六字結構實際上是有瑕疵的，而且也並不是主流填法。我們兹將四首的相關文字録出：

> 羅巾掩淚，任粉痕沾污。爭奈向、千留萬留不住。（晏殊詞）
> 小晴未了，輕陰一餉。酒到處、恰如把春黏上。（毛滂詞）
> 東風吹去，落誰家墻角。平白地、敎人爲他情惡。（王庭
> 圭詞）
> 花無長好，更光陰去驟。對景憶、良朋故應招手。（張方
> 仲詞）

在現存的《殢人嬌》一調中，這個六字結構如果是平起式的，則第五字必用仄聲字，所以晏殊用"不"、毛滂用"黏"，蘇軾用"這些個，千生萬生只在""方見了、管須低聲說與"，毛滂別首用"風露冷、高樓誤伊等望"等等，這是因爲這樣的六字是一個特殊的句法結構，當第二第四字爲平時，第五字必須用仄聲。這就是說，"千留萬留不住"六字，本是律拗句法，第五字必仄，這一句法通常都被誤解爲是失律的大拗句法，以致至今爲止幾乎所有涉及韻律的分析都是錯誤的，在這一六字結構中，第五字用平的前提，是第二字必須改爲仄聲，這一規律，是從唐代近體詩中遺留下來的一個基本六言律法，只不過清人對六律未作研究和總結而已。所以，當秦巘認爲"不"字應該是"作平"的時候，顯然是因爲覺得其他三首都是平聲而被誤導，却不知，"不"字一"作平"就完全違反了該句的句法。

那麼爲什麼王詞、張詞在六字平起的情況下，第五字還是選擇了平聲呢？這個問題就是後世譜家因爲不了解句法，不了解讀破而錯誤地點讀了這個句子，王庭圭詞正確的讀法應該是"平白地敎人，爲他情惡"，張方仲也應該是"對景憶良朋，故應招手"，再比如揚無咎的是"念八景園中，畫誰能盡"，這就是我們前一節講

到的"句子讀破後根據韻律需要必須微調句法"，反過來就是：如果句法有所不同了，這個句子就可能需要讀破。

知道這一點很重要，舉例來說，李清照這一句現在的標點本都點讀爲"清晝永、憑闌翠簾低捲"，但是根據前述韻律要求可知，這個句子應該是"清晝永憑闌，翠簾低捲"，你體會一下兩個句子的意思，根據句法就可知李清照本來想要表達的意思是哪一個，是不是跟上三下六式的表達完全不同，換言之，原來的讀法將李清照的本意曲解了。

此外，還有不少人則以仄起式填，也是一種微調的方式，如最早柳永的"昨夜裏、方把舊歡重繼"，又如晏殊本調共有三首，另外兩首是"嘉慶日、多少世人良願""斟壽酒、重唱妙聲珠綴"，徐都尉是"鶯誤入、蹴損海棠花片"。秦巘在規範這個句子的時候說："兩結或用平仄仄平平仄，或仄仄平平平仄，可不拘"，指的就是這種句法。

《滿江紅》有一種結法至今不爲人識

《滿江紅》前後段結尾處的兩個句組，今天我們只有一種劃一的結構，即"莫等閑、白了少年頭，空悲切"這樣的八字一句、三字一句，八字句通常都讀爲三字逗領五字一句的句式，而實際上有些更宜讀爲八字一氣，如吳淵詞的後段末一句組秦巘讀爲"把憂邊、憂國許多愁，權拋擲"就是錯的，應該讀爲"把憂邊憂國許多愁，權拋擲"，康與之的後段也應該讀爲"道不如歸去不如歸，傷情切"。而最早在宋初張昇、張先的詞中就出現了的，一直存在於歷代詞家筆下的另一種極爲常見的填法，却至今一直不爲人所認識、所創作，下面引《詞繫》的正例張昇詞爲例：

無名無利，無榮無辱，無煩無惱。夜窗前、獨歌獨酌，獨吟獨笑。又值群山初雪後，又兼明月交光好。便假饒、百歲擬如何，從他老。　　知富貴，誰能保。知功業，何時了。算箇飄金玉，所爭多少。一瞬光陰何足道，但思行樂終須早。待春來、攜酒殢東風，眠芳草。

張昇的這首《滿江紅》，兩個結尾的句組雖然秦巘仍是按照通常的讀法標點的（今人的現代標點本亦同），但是這種標點其實是錯的，正確的讀法應該是：

便假饒百歲，擬如何、從他老。
待春來攜酒，殢東風、眠芳草。

後一句組尤其明顯，其中的"殢東風、眠芳草"就是一個對仗的結構，這種對仗也是該結構中常見的，例如李琳的"望赭袍霞佩，並雲軿、游紫清"、黃裳的"誰共吟此景，竹林人、桃溪士"、葉夢得的"問何如兩槳，下苕溪、吞雲澤"等等。

這種一五一六的結構就韻律而言遠比一八一三式要諧和得多，而且在創調之初就被大量使用，除了張昇詞外，又如柳永的"遣行客當此，念回程、傷漂泊""獨自個贏得，不成眠、成憔悴"，張先的"記畫橋深處，水邊亭、曾偷約"，實際占比極高，不但很多三五三可以讀爲五三三，更有大量的只能讀爲五三三，如張先的詞讀成"記畫橋、深處水邊亭，曾偷約"，"深處水邊亭"其實是不通的。而趙鼎的"但修眉、一抹有無中，遙山色""便挽將、江水入尊罍，澆胸臆"，應該是"但修眉一抹，有無中、遙山色""便挽將江水，入尊罍、澆胸臆"；張元幹的"傍向來、沙嘴共停橈，傷漂泊"，應該是"傍向來沙嘴，共停橈、傷漂泊"；高觀國的"任天河、落盡玉杯空，東方白"，應該是"任天河落盡，玉杯空、東方白"；等等。

有的句組看似兩讀都可以，但細分析就知道並非如此，例如柳永"獨自個贏得，不成眠、成憔悴"贏得的不是"不成眠"，而是不成眠之後的"憔悴"，所以自然不能讀成"獨自個、贏得不成眠，成憔悴"，李琳的並不是說"霞佩並雲軿"，黃裳的並不是說"此景竹林人"、葉夢得的並不是說"兩槳下苕溪"，至於張先的"深處水邊亭"、高觀國的"落盡玉杯空"，甚至都已經不成句了。

《剔銀燈》兩結的一種填法

沈子山《剔銀燈》詞，秦巘如此讀：

> 一夜隋河風勁。霜混水天如鏡。古柳堤長，寒煙不起，波上月無流影。那堪頻聽。疏星外、離鴻相應。　　須信道、情多是病。酒未到、愁腸還醒。數疊羅衾，餘香未減，甚時駕枕重並。教伊須更。將蘭約、見時先定。

該詞後秦巘特意重申："訂正：'教伊'句或於'須'字讀，其實'更'字叶韻，此處略逗，正與前段合。"

但是這一"訂正"竊以爲還是訂而不正，因爲這裏如果需要設置一個"逗"的話，那也應該是"教伊"二字略逗才對，而不是"教伊須"三字略逗，否則就不存在"正與前段合"的情況了，除非你覺得前段"那堪頻"也需要略逗。

如果本調的末一句組需要設置一個"逗"，就前段而言，很顯然是一個"那堪、頻聽疏星外，離鴻相應"的結構，所以後段相應的就是"教伊、須更將蘭約，見時先定"，但這也可以看出，這裏實質上就是由一個七字句、一個四字句構成的末一句組，連"逗"都沒有必要存在，而"聽""更"只是句中短韻。這樣的填法，我們可以比較范仲淹的結法：

　　　　屈指細尋思,爭如共、劉伶一醉。……一品與千金,問白
　　　髮、如何回避。
　　　　那堪頻聽。疏星外,離鴻相應。……教伊須更。將蘭
　　　約,見時先定。

　　就可以一目了然地看出,它就是通過減字,將范仲淹式的五
字一句、七字一句作了微調。詞中的字句通常是如何衍變的,這
個例子可以給我們一點啟發。

不恰當的"微調"本質上是一種誤填

　　有些詞中句式不能前後相對應,似乎是某一句作了微調,但
很可能它本身就是一種錯誤的填法,或者是被後人錯誤地改易過
了,聶冠卿的《多麗》中有一對七字句,前段與後段字句不一,就是
這種典型例子:

　　　　想人生,美景良辰堪惜。向其間賞心樂事,古今難是並
　　　得。況東城、鳳台沁苑,泛晴波、淺照金碧。露洗華桐,煙霏
　　　絲柳,綠陰搖曳蕩春色。畫堂迥、玉簪瓊佩,高會盡詞客。清
　　　歡久,重燃絳燭,別就瑤席。　　　有飄若驚鴻體態,暮爲行雨
　　　標格。逞朱唇、緩歌妖麗,似聽流鶯亂花隔。慢舞縈迴,嬌鬟
　　　低軃,腰肢纖細困無力。忍分散、彩雲歸後,何處更尋覓。休
　　　辭醉,明月好花,莫謾輕擲。

　　作爲對應句,其韻律通常來說應該是一致的,《多麗》仄韻體
今存僅二首,別首曹勛詞前後段都是折腰句法,其後段爲"騰紫
府、香濃金獸",可知聶詞應是誤填,或者"流"字刻誤。而萬樹在
《詞律》中認爲:"凡詞之平仄可兩用者,其調本同,但叶字用仄

耳。"言外之意是：平/仄韻的詞，其韻律可以用來例證仄/平韻的詞，所以不妨還可以用平韻詞來參考，平韻體除了晁補之一首前後段都是律句外，其餘全是折腰句法，也可從另一個方面佐證聶詞的後段是一種誤填。

由此可見，萬樹認爲"泛晴波"七字應該是律句的說法固然不對，但其"前後應該對應一致"的思路是正確的，只不過是後段"似聽"一句應該是個折腰句式却沒有折腰。而這一句的原貌，很可能是"似聽得、鶯亂花隔"或者"聽流鶯、語亂花隔"之類的句子，如此，不但與前段韻律完全一致，而且詞意的表達上也更加流暢準確。

《青玉案》的體式微調概說

《青玉案》的變化極爲繁多，但是概括地看，歸納一下主要變化，無非下列這樣兩個方面所形成的微調：

其一，文字的增減方面，前後段的第二句，或七字，或減一字作六字折腰句法；後段的第二句，或七字，或添一字作一字逗領七字句句法。當然這只是一種就事論事的說法，準確地說，應該是"前後段第二句，六字、七字、八字不拘"。

其二，韻脚的增減方面，前後段的兩個四字句，或者全部叶韻、或者全部不叶韻、或僅前四字叶韻、或僅後四字叶韻。此外，這種叶韻雖然也有單邊式的，但總體上還是以前後段同時相叶爲正格。這一條，簡言之就是"本詞中四字句，均對稱性可協可不協"。

以上這兩大類的微調，如果交錯運用，就可以產生出幾十種不同的填法。但這些變化本質上都僅僅是詞體內部的微調而已，總的體式仍舊如一，所以並不是因此就算有了數十種的"又一體"。

了解古詞的變化規則，對今天自度詞有發蒙意義

　　雪遍梅花，素光都共奇絶。到窗前、認君時節。下重幃香篆冷蘭膏明滅。夢悠揚，空繞斷雲殘月。　　沈郎帶寬，同心放開重結。褪羅衣、楚腰一捏。正春風、新着模，花花葉葉。粉蝶兒，這回共花同活。

　　這是秦巘所收録的《粉蝶兒》正例，毛滂的詞。從該詞調中可以看出詞體中一些基本的變化規律，這些規律的了解，不但對我們今天的創作有所啓發，對作好自度曲的創製，尤其有發蒙意義。

　　這個詞調的變化，其一是在前後段四五兩句，或各爲五字一句，或讀破後作兩三字一四字，這種不同，固然主要是因爲有作者的本意，但是也常常會因爲後人的讀法不同，如本詞的前段，該十字秦巘不讀斷，不讀斷是因爲很難定奪采用哪種方式，是“下重幃香篆，冷蘭膏明滅”，還是“下重幃，香篆冷，蘭膏明滅”，在皆可皆不可的矛盾中。可見所謂“又一體”者，有時候僅僅是理解差異而已，而並非格律有差異。而填詞的人，除最早的創調者外，本來也是讀者，所以我們一直強調，這一類變化的詞體體式並沒有改易，只是微調而已。

　　本調的變化之二，是前後段的末一句組部分，毛滂的“夢悠揚，空繞斷雲殘月”也可以添一字，填成史浩那樣的“點妝成，分明是、粉須香翅”，史浩三首中，有兩首采用這一格式填，一首與毛滂同，這也説明他們也只是一種微調。

　　上面兩種填法：五五式變化爲三三四，六字句添字成折腰七字句，是填詞中最基本的變化方式，這種變化方式對我們自度詞的創作，最具指導意義，常可以看到今人有所謂的“自度詞”，但即便是出自名家之手，也大多毫無章法可言，一個重要的毛病，就是作者連基本的句子變化都不知道。

《孔雀東南飛》考論[1]

黄福海

漢魏風骨，晉宋莫傳。——陳子昂

《孔雀東南飛》（或題《古詩爲焦仲卿妻作》）是中國古典叙事詩中的傑構，向來被選入中學語文課本。由於時代久遠，文字古老，加上詩文中還存在一些錯訛，造成我們今天理解上的困難。推定本詩的創作年代，有助於對中國古典詩歌進行全面、深入的研究，尤其是對較爲流行的"中國叙事文學落後"的説法有一定的糾偏作用。對原詩的文字加以梳理，是將其準確地譯成外語的前提，對弘揚中國文化具有深遠的意義。此外，從整體上認識其藝術成就，深刻領會其創作技巧，也是文學欣賞、文化傳承中不可或缺的一個環節。

逯欽立《先秦漢魏晉南北朝詩》輯校本（中華書局 1983 年，第283—286 頁）集諸本之長，校勘精善。筆者的考論即以此爲依據，參考其他版本。標點依北京大學中國文學史教研室選注《兩漢文學史參考資料》（中華書局 1962 年，第 541—561 頁）酌定，但詩題仍用通行的《孔雀東南飛》。"新婦初來時"以下兩行，逯欽立認爲"後人所妄增"，而聞一多認爲即使删去這兩行，"仍嫌語意突兀"，今據通行本增入，以求其全。全詩共計 357 行，文內各引文旁所標的行數以此爲準，特予説明。

---

[1] 本文是作者在將《孔雀東南飛》譯成英詩出版之前的階段性研究成果。第二部分"文字考辨"曾單獨發表於《中文自學指導》2008 年第 6 期。經整理後的原詩及其英譯於 2010 年 7 月由上海人民美術出版社出版。

一、《孔雀東南飛》的創作年代

《孔雀東南飛》最早見於《玉臺新詠》,題爲《古詩爲焦仲卿妻作》,無名人作。《孔雀東南飛》的創作年代,一般認爲是東漢末年,或根據詩前的小序"漢末建安中"等語,推定爲三國初年所作。但也有持反對意見的。宋劉克莊即認爲"六朝人所作"。雖然"六朝"一詞兼指三國吳,但其意蓋僅指東晉及南朝,所以此説並非認同本詩創作於三國。張爲騏和陸侃如分別以詩中多有建安以後的詞語與風俗,將本詩歸入南朝。古直、王越和蕭滌非都分別從詞語和風俗方面予以反駁,蕭滌非還認爲本詩"猶是漢時風骨",甚至稱如果建安不能產生,那麼六朝乃至以後各代都不能產生(蕭滌非:《漢魏六朝樂府文學史》,人民文學出版社 1984 年,第116—118 頁)。

《玉臺新詠》的編輯體例,透露出編者徐陵對《孔雀東南飛》創作年代的某些看法。魏晉以後人們習慣稱漢詩爲古詩,而編者未將其歸於"古詩"或"古樂府詩",説明他認爲其創作年代最早應遲至漢末;編者將本詩與曹魏文人作品並列,而本詩又與文人的詩風迥別,説明本詩出於民間,流傳廣泛,只是作者無考。作爲一首在民間廣泛流傳的樂府詩,從創作完成,到梁或陳由徐陵編入《玉臺新詠》,這期間應該有一個相對完整的基本框架。樂府民歌在流傳過程中有所改動是正常的,但其創作年代應該以其大體完成基本框架的年代爲準。《孔雀東南飛》在人物形象的塑造上前後完整統一,具有整體的設計和構思,並沒有經過後人大幅度增刪的痕迹。因此,筆者讚同《孔雀東南飛》的創作年代爲建安後期。

所謂一首詩的基本框架,不僅在於它完整的文字內容,更在於它統一的精神氣質。要確定一首詩的產生年代,只從作品本身及其作者來討論是不夠的。兩晉南北朝可能並不缺乏有能力創作出《孔雀東南飛》的詩人,但即使有那樣的詩人,如果他所處的時代的廣大受眾的精神氣質與本詩不符，也不會使本詩廣爲流傳；反之，本詩能够廣爲流傳，其精神氣質必然在它所處的時代得到廣大受眾的容受。每個作者的作品特徵可以是經常變化的，但一個時代對某種精神氣質和思想情感的容受形態則是相對穩定的。一部作品在某一時代被容受的形態（或説時代精神），應該是確定這部作品（尤其是一部曾經廣泛流傳的作品）創作年代的一個重要依據。

另外，從人物的精神面貌來看，劉蘭芝是一個平民出身的女子，爲了真愛可以慷慨赴死，這種壯懷激烈的情感，在兩晉南北朝的作品中很少見到，而在漢魏時期的作品中則所在多有，如漢樂府《上邪》《白頭吟》《陌上桑》、陳琳《飲馬長城窟行》、曹植《白馬篇》，人物形象均鮮明耀眼。兩漢時期的社會風尚，尤其在社會底層，重道義而輕生死，相信"士可殺不可辱"。《史記·游俠列傳》賦予"已諾必誠，不愛其軀，赴士之厄困"的精神以獨特的價值；《漢書》繼而作《游俠傳》，該體裁爲魏晉以後正史所不載。這些游俠與《孔雀東南飛》的主人公，在精神氣質上是相合的。以死抗爭、捨生取義的思維模式，可能導源於墨家、儒家思想。兩晉以後的風氣，主要受道家思想影響，以"自然"爲旨趣，以"無爲"爲表徵，在哲學上提倡順應天道，在行爲上追求高蹈清談，這些與慷慨赴死的思維模式是格格不入的。在詩風上，漢魏之際多慷慨磊落之聲，兩晉以後多輕綺流靡之音。鑒於兩晉以後的時代精神氣質的明顯轉變，雖然此後可能有人對《孔雀東南飛》進行局部有限的文字修飾，但不可能全新地創作出如此完整的作品。

漢代詩歌流傳不多，導致我們對漢代詩歌的叙事能力估計過低。兩漢期間，大賦創作受到極大重視，而賦體作品經常采用人物對話的形式，具有一定的叙事成分。《子虛賦》《上林賦》《兩都賦》《二京賦》等蔚爲大觀，"鋪采摛文"一時成爲風尚。另一方面，散文作家的叙事能力已經遠勝於先秦,《史記》《漢書》在人物描摩、情景鋪陳、情節安排上細緻周密,在結構的整體設計上波瀾壯闊。在詩歌方面,雖然現存漢代詩歌數量不多,但樂府詩大多是叙事詩,如《羽林郎》《陌上桑》等都是優秀的範例。到東漢末年,文人樂府詩也開始盛行。漢魏詩風追求宏大的氣度,講求叙事的效果,加上文人在多方面的實踐,推波助瀾,可以説長篇叙事詩產生的條件已經基本成熟。

《孔雀東南飛》的小序中有"漢末建安中"等語,有人認爲本朝人無法預知本朝已處於末年,據此推定本詩爲三國以後的作品,這種推斷的理由並不充分。試將本詩與蔡琰的長詩《悲憤詩》加以比較。

學術界一般認爲《悲憤詩》是蔡琰的作品,而且是漢末文人創作的五言叙事詩的代表作。這首詩即以"漢季"二字開始,那麼這首詩也是在三國以後創作的嗎? 全詩一百零八行,五百四十言,分三大段,描寫近十個場景,跨時十二年,層次分明,結構完整。這首詩的内容講述蔡琰在漢獻帝興平年間(194—195年)被胡人所獲,與胡人結婚生子,後曹操以金璧將其贖回,於是蔡琰痛別愛子,回歸故土,再嫁於董祀的經歷。據推測,蔡琰的被贖回是在曹操當丞相的建安十三年(208年),那麼這首詩的創作年代應在此後不久。如果説要到漢亡之後才能冠以"漢季"二字,那麼這首詩的創作年代要後推到建安末年(220年)。這首叙述她被擄、獲贖、別子、歸漢、再嫁等亂離的十二年經歷的《悲憤詩》,要等到漢亡之後,即經過208年歸漢到220年漢亡的又一個十二年之後才創作完成,於情於理都不太可能。而且,詩末稱她再嫁的董祀爲"新人",董祀因蔡琰請罪而獲救,她還在"常恐復捐廢",也説不太通。再者,這首詩結束得十分簡單,對她歸漢後的其他事迹一筆未提,亂離的情景反倒歷歷在目。筆者認爲,這首詩可能在建安之後作過修飾，但基本框架的完成應該在蔡琰歸漢後不久。

《孔雀東南飛》的情況與此類似，詩序中的"漢末建安中"不能作爲延後其創作年代的有力依據。相對於蔡琰的詩句而言，本詩的小序更可能被後人增改，只能作爲確定創作年代的輔助依據。即使小序未經增改，也可能是漢末人所加。試舉一例：諸葛亮《前出師表》中追述劉備歎息痛恨於桓靈二帝。屬於漢宗室的劉備，說起漢朝並不提及獻帝。由此筆者推測，漢獻帝建安時期，人們普遍意識到漢朝名存實亡，已稱"漢末"。關於本詩的創作年代，另外還有一個極端，即將本詩上推到三國以前一百年，也不太恰當。王發國發現，《史記·刺客列傳》司馬貞《索隱》及張守節《正義》都引用了韋昭的一句話："故古詩曰'三日斷五疋，丈人故言遲'是也"，有人認爲這兩句既爲《孔雀東南飛》中的詩句（按，"丈人"，《史記》中華書局點校本作"大人"），如果本詩創作於建安末年，韋昭當時已十餘歲，不應稱其爲古詩，據此推定本詩創作於三國以前百年上下（劉躍進：《玉臺新詠研究》，中華書局 2000 年，第 206 頁）。筆者認爲僅此一例，論據似嫌不足，而且執此一端，則其他疑點叢生。曹道衡、劉躍進在此說之外，推測上述引文不是韋昭的原話，而是司馬貞與張守節的進一步説明（曹道衡、劉躍進：《先秦兩漢文學史料學》，中華書局 2005 年，第 429 頁）。據《史記》中華書局點校本，索引語句與前文所引略有不同，但兩句引詩落在整個引語的最後，可以視爲引者的説明文字。古人引用前人詩句，往往引語與評論不分，後人誤以爲韋昭的話是可能的。據此，他們在唐代稱本詩是古詩，就可以理解了。

徐復在《從語言上推測〈孔雀東南飛〉一詩的寫定年代》一文中認爲，要推測一篇作品的寫定年代，應首先從詞彙中去尋求，因爲詞彙對時代的變遷最爲敏感，時代特徵最爲明顯，比韻部和語法的分析都更爲有力（《徐復語言文字學叢稿》，江蘇古籍出版社

1990 年,第 318 頁）。該文立論謹慎,重點在討論本詩的寫定年代,因此並未强調本詩的創作年代。所謂寫定年代,是指作品經後人增飾後,在文字上大致穩定的年代。雖然確定本詩的寫定年代,不同於確定其創作年代,但對於其創作年代的推定還是有幫助的。

徐復將本詩中的某些詞語與東晉盛行的詞語加以比較,認爲本詩寫定於東晉,論證有力,令人嘆服。據《太平御覽·桓玄僞事》記載,東晉末,桓玄下令用紙代替木簡作爲正式的書寫材料(張朋川:《黄土上下——美術考古文萃》,山東畫報出版社 2006年,第 226 頁)。由於紙的廣泛使用,將修飾本詩最頻繁的時代推定爲東晉末年,是比較合理的。但徐復在該文中對某些詞語的時代的判斷有待商榷,例如,表被動的"被"字、係詞"是"字、"那得"作爲雙音節片語,徐復認爲都盛行於晉代(《徐復語言文字學叢稿》,江蘇古籍出版社 1990 年,第 329 頁)。其實,表被動的"被"字早見於《史記·屈原賈誼列傳》,西漢即已使用,歷經東漢而魏,要到兩晉才盛行,似難成理。關於係詞"是"字早有學者論及,它不僅見於《論衡·死僞》《説日》諸篇,而且頻繁見於東漢曇果、康孟詳譯《修行本起經》、東漢支婁迦讖譯《阿閦佛國經》《文殊師利問菩薩署經》等佛典,並且與不同的副詞進行多種搭配,如"皆是""真是""定是""不是",表明它的用法已經成熟。此外,在東漢佛典中,"那得"作爲雙音節片語也有一些實例(胡敕瑞:《〈論衡〉與東漢佛典詞語比較研究》,巴蜀書社 2002 年,第 13、76 頁)。兩晉時期,"君"與"卿"在夫妻之間的稱謂,也並非像徐復所言那麽"不容紊亂",妻對夫也經常有稱"卿"的,而且未必是尊稱(俞理明:《從佛經材料看六朝時代的幾個三身稱謂詞》,參見《中古漢語研究》,商務印書館 2000 年,第 364 頁)。只是"淚落連珠子"(行116)的詞尾"子"作爲構成雙音詞的名詞後綴,兩漢時並未盛行

（胡敕瑞：《〈論衡〉與東漢佛典詞語比較研究》，巴蜀書社 2002 年，第 61 頁），而且又落在韻脚上，不像是後人從原有字詞竄易而成。兩漢的文字材料原本不多，僅以著名作家的作品爲依據，很容易出現偏頗。佛典的受衆是普通大衆，與樂府的受衆基本上屬於同一社會階層，佛典中的詞彙能較真實地反映當時的語言情況，已經越來越受到學界的重視。

徐復認爲“姥”字是晉人後造的字（《徐復語言文字學叢稿》，江蘇古籍出版社 1990 年，第 326 頁），由此認爲本詩經晉人或後人修飾過，這個推斷是合理的。從稱謂上來推定一部作品的寫定年代具有較强的説服力，但稱謂在流傳過程中也最容易被人竄易。一個廣爲流傳的故事，在原有框架裏改換人物、時間、地點、稱謂，不斷翻新的例子，在通俗文學史上屢見不鮮。孫楷第《小説旁證》探索中國小説的源流，以實例證明不少早期小説多從同一母題派生，其中人物名姓常發生變化。按理説，稱謂的變化會更加明顯。對於樂府等表演藝術，適時適地地使用最適合觀衆或聽衆的詞彙，以新的替換舊的，以當地的替換異地的，會收到更好的效果。本詩的作者極可能是廬江（今安徽）一帶人，而《玉臺新詠》的編者徐陵是山東人，非惟時代不同，地域也不同，徐陵本人就可能對本詩加以修飾。徐陵在編定《玉臺新詠》時，對古詩作者的擬定常有武斷之處。另一方面，後人修飾前人韻文，原則上是不改動韻脚的，因爲一個韻脚的改動，往往會牽涉到好幾行的改動。韻脚基本上確定了詩行的内容。因此説，一首詩的韻脚在，基本框架就在。筆者認爲，本詩的韻脚是推定本詩創作年代更爲可靠的依據。

在這個背景下，我們再來考察這個“姥”字。“姥”字在本詩中凡四見（“公姥”三處，“老姥”一處），但均處於奇數行，不在韻脚上，也就是説“姥”字對詩韻不構成很大的影響，因此難以確定不

會原來此處是個與"姥"相當的詞語,經晉人竄易成當時通行的
"姥"字。漢樂府《舞曲歌辭·巾舞歌詩》有"不見公莫"句,逯欽立
的按語認爲"莫"當即"姥",故下文轉唱即爲"姥"字和"茂"字。
"莫"和"茂",皆"姥"音之轉(逯欽立輯校:《先秦漢魏晉南北朝
詩》,中華書局 1983 年,第 279 頁),此例可作爲一種參考。此外,
"新婦"在本詩中出現十次,也都不在韻脚上,情況與此相仿。新
婦即後世所謂媳婦。至於晚唐以後"子婦""室婦""息婦"和"媳
婦"等詞的演變,已有學者作過討論,只是文獻中迄未發現漢魏時
與之相當的其他雙音詞。

"阿母"一詞在本詩中出現十八次,按徐復的說法,該詞始見
於後漢蔡琰的《悲憤詩》,迄晉沿用。徐復稱"阿母"一詞的意思是
指自己的母親(《徐復語言文字學叢稿》,江蘇古籍出版社 1990
年,第 327 頁),可能是引述顧炎武《日知錄》卷三十二"阿"條下的
成句,但此說不夠全面。《悲憤詩》中的"阿母"是兒女當面稱呼自
己的母親,《孔雀東南飛》中的"伏惟啓阿母"(行 46),也是仲卿當
面稱呼自己的母親,情形與此相同。但本詩中"阿母"的用法不限
於此;"逼迫有阿母"(行 60)是指不在場的自己的母親;"阿母爲
汝求"(行 42、行 325)是焦母自稱,其他十四處都是指他人的母
親,即客觀、間接地指稱仲卿的母親或蘭芝的母親,甚至與"阿女"
對稱。"阿女"一詞在本詩中凡四見,也都不是當面稱呼自己的女
兒,而是客觀、間接地指稱蘭芝。"阿母"和"阿女"的語用特徵,基
本上與"母親"或"女孩"無異。又據《樂府詩集》卷二十五引《古今
樂録》云:"《十五從軍征》以下是古詩。"《十五從軍征》一般認爲是
漢樂府詩,詩中即有"家中有阿誰"句,"阿"字的這種特殊用法,應
該是"阿母""阿女"等用法的一種延伸。

綜上所述,筆者認爲,《孔雀東南飛》雖經後人作過局部有限
的修飾,但仍然屬於建安詩風,其基本框架的創作年代,應該在建

安後期。本詩屬漢樂府系統，大略可稱之爲漢詩。

二、《孔雀東南飛》的文字考辨

文字校勘是閲讀、欣賞和研究古典文學的前提。古人云：書不校勘，不如不讀。《孔雀東南飛》版本較多，文字稍異，某些詞義又存在古今差別，必須首先從釋義上加以梳理。

（一）"孔雀東南飛，五里一徘徊。"（行 1—2）這兩行一般作爲民歌中起興的典型例子。聞一多在《樂府詩箋》中説："《豔歌何嘗行》曰：'飛來雙白鵠，乃從西北來，……五里一反顧，六里一徘徊'，又曰：'妻卒被病，行不能相隨。……吾欲銜汝去，口噤不能開，吾欲負汝去，毛羽何摧頹！'魏文帝《臨高臺》曰：'鵠欲南游，雌不能隨。我欲躬銜汝，口噤不能開，欲負之，毛羽摧頹，五里一顧，六里徘徊。'僞蘇武詩曰：'黃鵠一遠別，千里顧徘徊。'《襄陽樂》曰：'黃鵠參天飛，中道鬱徘徊。'以上大旨皆言夫婦離別之苦，本篇'母題'與之同類，故亦借以起興，惟易'鵠'爲'孔雀'耳。"（朱自清等編：《聞一多全集·詩選與校箋》，三聯書店據開明書店版（1948）影印 1982 年，第 130 頁）這個推測是可信的。傳蘇武詩："黃鵠一遠別，千里顧徘徊。""黃鵠"，《初學記》作"黃鶴"。鵠、白鵠、黃鵠、黃鶴、孔雀，其實都是同一個母題。

從"白鵠"到"孔雀"的形象轉化，清初陳祚明就已提出［（清）陳祚明編，李金松校：《采菽堂古詩選》，上海古籍出版社 2008 年，第 47 頁］，胡適於 1928 年又加以發揮（《白话文学史》，安徽教育出版社 1999 年，第 82—84 頁），他認爲孔雀是從雙白鵠"訛成"的。但是後來古直和王運熙等表示反對。古直於 1933 年在《漢詩研究·焦仲卿妻詩辨證》中説："白鵠孔雀，鳥不同科，字音固不相通，字形亦不相近……如何訛法也？"（轉引自王運熙：《樂府詩述論》，上海古籍出版社 1996 年，第 274 頁）要辨清這個問題，首先要弄懂這裏的孔雀指什麼。筆者從小誦讀《孔雀東南飛》時就在想：孔雀怎麼可能飛得那麼高遠？孔雀屬雉科，善走而不能久飛。東漢楊孚《交州異物志》云：「孔雀，人拍其尾則舞。」可見孔雀基本上是觀賞鳥。在漢代，孔雀在中土尚屬稀見，一般是外國人獻來的，因此只有皇室才能賞玩。枚乘《七發》云：「浮游覽觀，乃下置酒於虞懷之宮。連廊四注，臺城層構，紛紜玄綠。輦道邪交，黃池紆曲。泂章、白鷺、孔鳥、鴐鵝、鵁鶄、鷄鶄，翠鬣紫纓。」這裏的孔鳥，《文選》五臣本作孔雀。《山海經·海內經》郭璞注：孔鳥即「孔雀也」。司馬相如《長門賦》云：「孔雀集而相存兮，玄猨嘯而長吟。翡翠脅翼而來萃兮，鸞鳳翔而北南。」當時的孔雀與各種水鳥雜處，雖然人們視其為一種珍禽，但仍然作為一種世間的鳥，兩者合一。由於戰亂等各種原因，賞玩之物已屬於奢侈品。到漢末時，孔雀的名與實開始剝離，現實中的孔雀無人關心，而作為珍禽的孔雀只留在人們的想象之中，它們儼然是兩種存在。三國魏楊脩《孔雀賦》序云：「其初至也，甚見奇偉，而今行者莫眄。」楊脩在賦中稱，孔雀「同號稱於火精。寓鶉虛以挺體，含正陽之淑靈」，描繪它「龜背而鸞頸」，飛起來時，「徐軒翥以俯仰，動止步而有程」。三國魏鍾會《孔雀賦》云：「有炎方之偉鳥，感靈和而來儀。稟麗精以挺質，生丹穴之南垂」，飛起來時，「或舒翼軒峙，奮迅洪姿，或蹀足踟躕，鳴嘯郁咿」。雖然鍾會的文字還比較寫實，但楊脩和鍾會都開始有點把孔雀神化了。由於文人的鼓動，文學中的孔雀形象發生了質變。可能受到佛道思想的共同影響，傳西漢劉向《列仙傳》即云，「蕭史善吹簫，能致孔雀白鶴於庭」。孔雀代替神話中的鳳的角色進入了吹簫引鳳的故事。可以確定地説，到東晉葛洪編撰《神仙傳》時，孔雀已經和代表祥瑞的鵠、鶴、鳳等同起來，變成一種善於高飛的神鳥了。南朝宋時的《南越志》稱，孔雀「不必正合，以音影相接有孕」（《山海經廣注·海內經》引）。唐段成式《西陽雜俎》前集卷十六依佛經所言，稱"孔雀因雷聲而孕"。可見其被神化的軌迹。孔雀與鵁鶴原非同科，但在文學形象的演變中視爲同科，云何不可？

孔雀從雉到鳳的演變過程，如上所述，但從現有材料來看，這個神化過程的完成，最早也要到三國後期，甚至兩晉，所以不能排除一種可能，即原詩的首句類似於"白鵠東南飛"，經後人竄易成"孔雀東南飛"。

宋郭茂倩編《樂府詩集》卷二十六題解云："諸調曲皆有辭、有聲，而大曲又有豔，有趨、有亂。"豔就是引子，是前人的原有詩句，後人在創作時作爲引子，使人明白該作品與前人作品之間的某種關聯，這是漢代樂府詩創作的常用手法。但凡面向普通大衆的文藝形式都有一些重複的套路，目的是讓普通觀衆或聽衆易於接受和理解。因此，創作者一般會在套路中求創新，而完全創新的作品極少。所謂"螺螄殼裏做道場"，拿道場這類公共活動來比喻在規矩裏做文章，可能不是偶然的。筆者推測，當時的創作者與表演者關係十分密切，有時創作者甚至就是表演者。由於那些套路已爲表演者所熟知，他們在表演時所依據的脚本往往只記錄不同於套路的創新部分，而對創作者和表演者都熟知的部分往往從略。本詩引子"孔雀東南飛，五里一徘徊"，原來可能不只兩行，而是一段，創作者或樂府歌者在脚本中只提示首尾兩行，略去其他（徐仁甫：《古詩別解》，上海古籍出版社 1984 年，第 114 頁）。這種推測是可信的。樂府詩在曹魏時大多是披於管絃的，但從曹植、陸機開始逐漸與音樂脱離，只以文字形式流傳。後人只見脚本，不見全詩，因此被省略的詩句就逐漸缺略或流失了。

"徘徊"一詞在不同場合，意思有一些細微的差別。王力認爲，"徘徊""盤桓""傍徨"同源，都是叠韵連綿字（王力：《同源字典》，商務印書館 1982 年，第 408 頁）。《荀子·禮論》云："今夫大鳥獸則失亡其群匹,越月逾時則必反鉛過故鄉,則必徘徊焉,鳴號焉,躑躅焉,踟躕焉,然後能去之也。"楊倞注云:"徘徊,迴旋飛翔之貌。"《荀子》使用"徘徊"的情境,正與本詩吻合。楊倞的這個解釋用在這句詩中,應該是確切的。

(二)"槌床便大怒。"(行 50)床作爲臥具,春秋時期就有文字記載。《詩經》中有"十月蟋蟀入我床下"(《豳風·七月》),"乃生男子,載寢之床"(《小雅·斯干》)等詩句。《廣韻》釋"床"云:"簀也。"《禮記·檀弓上》中有曾子臥病易簀的故事,當時其弟子子春就坐於床下。但是,東漢許慎《說文解字·木部》釋"床"云:"安身之坐者。"東漢劉熙《釋名·釋床帳》云:"人所坐臥曰床。"三國魏張揖《廣雅·釋器》云:"棲謂之床。"這說明漢代的床也可以是坐具。床與枰、榻、席等均爲傢俱,床一般爲木製,也有石製的。河北望都 2 號東漢墓中有一個石床,長 1.59 米、寬 1.00 米、高 0.18米,差可容一人臥息(孫機:《漢代物質文化資料圖說》(增訂本),2008 年,上海古籍出版社,第 251 頁)。河北滿城西漢中山靖王劉勝墓中有一套帳構,經過復原,帳長約 2.5 米,寬約 1.5 米,其下正好容一張大床(楊泓:《逝去的風韻——楊泓談文物》,中華書局,2007 年,第 50 頁)。但民間的床一般形制較小,有些僅供獨坐,不能睡臥。因此漢代的床大小不同,兼有坐臥兩種功用。

本詩中"床"字共出現三次,是臥具還是坐具,應作具體分析。"槌床便大怒"(行 50),前文說仲卿"堂上啓阿母"(行 24),由於古代建築主要分堂、室、房等,堂在室或房的前部,一般用於會客等社交活動,不用於寢息,因此,這裏的床應是坐具;"小姑始扶床"(行 118),嬰幼兒學步時倚着某個較大較重的物體學步,以免摔倒,這裏的床可以兼指臥具和坐具;"媒人下床去"(行 225),媒人是客人,這裏的床應是坐具,但是謂詞"下"字又暗示了那個床不是小型坐具。當時的床,可能在功能上有點像如今北方的炕,盤腿可以坐，躺下可以睡，可以自用，也可以延客。

另外，魏晉以後有一種“胡床”，其實就是如今的馬扎，可以垂下雙腳而坐。揚之水在《傢俱發展中若干細節的考證》一文中指出，唐代出現高型傢俱後，凡是上有面板、下有足撐者，不論置物、坐人或睡臥，都可以叫“床”（《故宫學刊》2005 年第二輯，第 294 頁）。

（三）“紅羅複斗帳，四角垂香囊。”（行 81—82）“複”，通“覆”。覆斗帳，或稱斗帳，形似倒置的斗。《釋名·釋床帳》云：“小帳曰斗帳，形如覆斗也。”在洛陽澗河西岸的大型磚室墓裏有一組鐵質帳構，有銘文“正始八年八月”等字，屬於三國時的製品。經過復原，帳的頂部應有一個與四根垂柱形成 109 度的微微突起的尖頂，是一個帶有四角攢尖頂的斗帳（楊泓：《逝去的風韻——楊泓談文物》，中華書局 2007 年，第 48—49 頁）。另外有一種平頂小帳，其功用可能類似於承塵。承塵是一種用於防塵、平張於床上的小幕，因爲頂部是平的，又稱“平帳”。平帳可能就是斗帳。漢斗皆爲平底，覆斗之狀正與平帳相近（孫機：《漢代物質文化資料圖説（增訂本）》，上海古籍出版社 2008 年，第 263 頁）。事實上，根據目前發現的漢代帳構復原的帳，都是頂部尖起的，在漢代的考古材料中，尚未發現這種頂部呈平面的斗帳的實例。2003 年在太原北齊徐顯秀墓中發現帶有“覆斗帳”的坐床的壁畫（《文物》2003 年第 10 期，第 21 頁）。從壁畫上看，帳的頂部有一複層，四邊略微向内聚攏，頂部爲平面，四周飾有彩色條紋。這種覆斗帳，比攢尖頂帳和幄帳的技術要求更高，它的形制更接近於本詩所説的覆斗帳。但由於沒有漢代的實例，“紅羅複斗帳”一句是否爲漢魏時期的原文，還有疑問。

幄帳上部四角或垂有羽葆流蘇等物，在漢代已見端倪。《漢書·西域傳·贊》記載，文景時期“興造甲乙之帳，落以隨珠和璧"。甲帳上的珠璧,估計應懸於帳角。(孫機:《漢代物質文化資料圖說(增訂本)》,上海古籍出版社 2008 年,第 263 頁)據東晉陸翽《鄴中記》,十六國後趙國君石虎,窮奢極慾,在御床的"帳之四面上十二香囊",說明至遲在東晉永和年間有帳角掛香囊的現象,但在民間可能絕少。而且在兩晉,帳的使用體現出森嚴的等級制度。據《太平御覽》引《晉令》,晉朝明令規定錦帳爲禁物,後來還規定,低級官吏不得設絳帳,有些甚至不得施帳。南北朝時依然如此(楊泓:《逝去的風韻——楊泓談文物》,中華書局 2007 年,第50 頁)。這反證了在三國至晉初,民間的帳上的裝飾可能已趨於華麗,而晉初直至南北朝則比較簡樸。詩中借一個小吏新婦之口,盛讚自己帳飾的華美,說明"四角垂香囊"這行詩很可能出現在三國至晉初,而不會出現在東晉南北朝。

（四）"腰著流紈素。"(行 97)"著",諸本作"若"。北京大學中國文學史教研室選注《兩漢文學史參考資料》列舉陳祚明、張玉穀、余冠英諸說,認爲古代詩賦常用"腰如束素""腰如約素"等語句來描寫女子,此言"劉氏以紈素束腰,光彩動蕩,非常纖麗"(中華書局 1962 年,第 548 頁)。此說有待商榷。古代詩賦裏的"腰如束素"等是說腰"像束着素的樣子",此處是說腰"像(紈)素"一樣,前者的"素"只是喻體的一部分,而後者的"素"即是喻體本身。將"流"釋爲"素"的修飾語,即"腰如流素","流素"即指在水中流動或漂動的素,與前者不屬於同一類比喻;而且"腰如束素"比喻腰細,而"腰如流素"是形容腰的輕柔靈動。總之,以前諸說略嫌牽強。筆者認爲,這裏前後數行"足下"與"頭上"、"腰若"與"耳著"、"指如"與"口如",都是對仗句式,"若"與"著"相對,似乎以釋爲動詞爲宜。據楊樹達《詞詮》,"若"可釋爲"擇",但經籍中僅此一例(中華書局 1979 年,第 247 頁),似亦未見於其他文獻,而且在本句中也欠通,因此難以遽斷。筆者提出另一種可能:漢魏古詩，尤其是樂府民歌，原本是並不回避用字重複的。"指如"與"口如"兩行"如"字不避重複，而"若"與"著"既爲對仗，又字形相近，是否可能是傳抄中的訛誤呢？南朝宋沈約等永明體作家提出"四聲八病"之説，要求"一簡之内，音韻盡殊；兩句之中，輕重悉異"（《宋書·謝靈運傳論》），相對兩行的聲韻或用字不得重複，那是以後的事情。由此似乎可以反證，這兩行詩很可能出現在漢魏兩晉，而非南朝人所加。

（五）"著我繡袷裙，事事四五通。"（行101—102）這兩行諸本均在"新婦起嚴妝"（行94）之後，今移置於"口如含朱丹"之後。郭錫良在《〈孔雀東南飛〉的一處錯簡》一文中指出，"事事四五通"，與所列舉各事在文理上欠通，新婦應最後穿裙，並總説一句"事事四五通"。按原來的順序，前後幾行的韻脚比較亂，經調整後，按上古音，前六行（妝、光、璫）押陽韻，中間兩行（根、丹）是元文通押（郭文稱押元韻），再後四行（通、雙）押東韻（郭錫良：《漢語史論集》，商務印書館2005年，第529頁）。立論持之有故，分析鞭辟入裏，理應遵從。這一錯簡説明，詩行的顛倒可能在晉以後，因爲當時人已不熟悉上古音，或以爲古韻可以無限通押，所以致錯。一般認爲，兩漢用韻與《詩經》《楚辭》相近，魏晉宋是上古音向中古音的過渡時期，用韻與《廣韻》相近，而漢末魏初是上古音與中古音的轉捩點，這時仍保留着上古音的遺存。從經調整後的情況來看，這幾行詩的創作年代應在漢魏時期。但根、丹兩韻似可存疑，因爲在本詩中，兩行互押較爲少見。

（六）"阿母大拊掌。"（行154）"拊掌"，諸本多釋爲"拍掌"。拍掌多指兩掌相擊，一般是高興而不是驚訝的動作。古詩文中的"拊掌"似乎都表示笑樂，只有《孔雀東南飛》中是表示驚訝。如果確實如此，該詞釋爲兩掌相擊就很有疑問。拊，拍也，從字面看，"拊掌"應僅指用手掌拍擊某物，未必是兩掌相擊。從常理推斷，一般人(尤其是老年人)在驚訝時會拍擊大腿,那麼這裏的"拊掌"是否即指"拊髀"呢?

(七)"媒人去數日,尋遣丞請還。"(行190—191)這兩行與以下數行,諸本解釋不一。一般解釋爲縣令遣縣丞來做媒,是因爲前面有"縣令遣媒來"一段,以縣令之子說媒不成,再以太守之子來說媒,所以"遣"的主語似乎是縣令,但此句"媒人去數日"的主語明明是"媒人"。媒人遣縣丞,是不太可能的事情,何況爲縣令之子說媒的媒人,不可能比爲太守之子說媒的媒人地位更高。再者,"請還"兩字,一般解釋爲請於太守而還於縣中,中間省略了"太守",但這種解釋有點牽強,因爲句中畢竟没有"太守"的字樣。筆者此處疑有脱誤,脱誤在兩行之間,其大致意思應該是:此事得聞於太守;太守有意向劉家提親。

(八)"遣丞爲媒人,主簿通語言:'直說太守家,有此令郎君。'"(行194—197)這四行諸本標點符號多有不同,說明各家在理解上的差異。太守家想與劉家通婚,似乎是"給劉家面子",必須派一名官員來安排才顯得體面,而太守府中的主簿便是安排這件事的人。但主簿也畢竟是個不小的官,下面仍須有個縣丞做媒人才對,所以,到劉家傳話的只是一個媒人而已。從"有第五郎"到"故遣來貴門"(行192—199)應該都是媒人的話。"丞"是縣丞的自稱。"主簿通語言"以下(行195—199)是媒人在自己的話中轉引主簿的話,實際上是引語套引語。"通語言"三字的結構關係應該是"通語+言",而不是"通+語言","言"字表示引述。直,但、僅也。直說,今言"只消說"。譯成白話是:"太守派我這個縣丞來做媒人,但在我上面還有太守府中的主簿專管此事(可見十分重視)。主簿跟我說過:縣丞啊,你去跟劉家提個親,只需要跟劉家的人說,太守家有個好郎君(劉家没有不同意的道理的)。""主簿通語言"云云,是縣丞借主簿的勢力來抬高自己的身價,而

"直説"兩字,從側面反映出主簿的傲慢,也生動地刻畫了媒人被人差遣時的得意之情。

（九）"説'有蘭家女,承籍有宦官'。"（行 201—202）這兩行諸本均在"尋遣丞請還"（行 191）之後。筆者認爲,兩行當在"阿母謝媒人"之後,即劉母見縣丞來説媒,提議另有蘭家之女,地位更高,更適合太守之子。蘭家之女,或如徐復所説,是對別人家女兒的泛稱（《徐復語言文字學叢稿》,江蘇古籍出版社 1990 年,第 319頁）。劉母提議另有一位"蘭家女",符合劉母的性格及其當時的處境,因爲早在縣令來説媒時,劉母就已謝絶,此處以"蘭家女"爲由,相當於對她此前"不堪吏人婦,豈合令郎君"（行 186—187）兩句的補充。聞一多曾提及他的朋友許駿齋（維遹）先有此説（朱自清等編:《聞一多全集・詩選與校箋》,三聯書店據開明書店版(1948)影印 1982 年,第 135 頁）,可惜後來注家均未留意。

（十）"其住欲何云。"（行 214）"住",諸本多作"往",今本亦無詳細解釋。此處當作"住"。"其"爲假設連詞,猶云"如果"。"云"爲助詞,無義,常與疑問詞或否定詞連用,如"曷云"或"何云""誰云""未云",有時説"云何""云誰"等。整句猶言"如果你這樣住着不走,你想怎麽樣呢?"徐復指出,"住"有"不去"的意思,並引黄節説,蘭芝兄其實是"不願其妹居家分食"（《徐復語言文字學叢稿》,江蘇古籍出版社 1990 年,第 326 頁）。這些意見符合詩的語境,是有見地的,理應遵從。

（十一）"雜綵三百匹,交用市鮭珍。"（行 248—249）"交用",諸本多作"交廣"。"交廣"指交州和廣州,代指極遠的地方。逯欽立《先秦漢魏晉南北朝詩》認爲,此處當作"交用",錢與雜綵皆是貨幣,故下言交用也。作"廣"者,後人不諳幣制故妄改（中華書局 1983 年,第 286 頁）。逯欽立的解釋較爲允當。"雜綵"和"交廣"都作"市"的狀語,修飾語過於密集,似嫌未妥,而"交用"作"雜綵"

的被動式謂語，更符合一般的語言習慣。前文極言其下屬效力之勤，也符合詩的語境，理應遵從。按唐詩句法，語義的表述往往在本行或兩行之內就大致完成。而唐前的敘事詩，經常有連屬數行而先後牽制的句法，其語義的表述未必都在兩行之內完成。如《木蘭辭》"問女何所思？問女何所憶？女亦無所思，女亦無所憶"，在這四行之後，一般注家都標以句號。問題是，木蘭既然無所思、無所憶，那爲什麼還要歎息呢？其實，這四行並沒有講完，而應與後數行（"昨夜見軍帖"云云）聯係起來一并解釋，後數行類似於虛擬條件句，即：若不是"昨夜見軍帖"云云，則木蘭本無所思、本無所憶。這兩行也同樣，當與前兩行（"齎錢三百萬，皆用青絲穿"）聯係起來解釋，"齎錢"和"雜綵"都是"交用"的賓語。

（十二）"因求假暫歸。"（行 269）"暫"，諸本均不注。郭在貽在《古代漢語詞義札記（一）》中引《漢書·李廣傳》"暫騰而上胡馬"，《論衡·四諱》"暫卒見若爲不吉"，《論衡·講瑞》"非卒見暫聞而輒名之爲聖"，指出"暫"有猝然之意。他認爲這行詩中的"暫"字應作此解，它表現了仲卿心情焦灼，立即向官府告假、疾速歸去的情境（郭在貽：《訓詁叢稿》，上海古籍出版社 1985 年，第186 頁）。其實，《說文解字·穴部》釋"突"云："犬從穴中暫出"，"暫"就是猝然之意。"暫"字在六朝詩文中經常作此解，如陶淵明的"遇涼風暫至，自謂是羲皇上人"（《與子儼等疏》），但陶詩中也有作暫時解的，如"荏苒經十載，暫爲人所羈"（《雜詩十二首·閑居執蕩志》）；本詩中有"卿但暫還家"（行 61）、"且暫還家去"（行134），都作暫時解，所以應區別對待。作猝然解時應加注，作暫時解時可不注。另外，白居易《琵琶行》中的"如聽仙樂耳暫明"，"暫"也應作猝然解，但注家多未注。

（十三）"新婦識馬聲，知是故人來。躡履相逢迎，悵然遙相望。"（行 272—275）這四行，諸本次序均爲"新婦識馬聲，躡履相逢迎。悵然遥相望，知是故人來”，這樣不僅在邏輯上有矛盾，而且找不到韻脚。蘭芝既已“識馬聲”，而且“相逢迎”，爲何到“遥相望”時才“知是故人來”呢？按理應該是：因“識馬聲”而“知是故人來”，於是“相逢迎”，然後“遥相望”。這四行次序的調整，主要是出於這樣的考慮。在用韻方面，這四行加上前後各兩行，共八行。“知是故人來”（行273）隔行與前面“摧藏馬悲哀”（行271）押韻，“悵然遥相望”（行275）隔行與後面“嗟歎使心傷”（行277）押韻，在用韻上相當完美。“望”和“傷”按上古音和中古音都屬陽韻。“哀”和“來”略爲複雜，我們引進再前面兩行“府吏聞此變，因求假暫歸”（行268—269）。“歸”與“哀”按上古音都屬微韻，而“哀”和“來”按中古音都屬哈韻。在這十行詩中，上古音與中古音並存，既保留着上古音的遺存，又透露出中古音的特徵。

（十四）偏義、兼訓與互文。偏義詞在古漢語中屬於常見，但有些不太明顯，容易導致理解上的偏差。本詩中“公姥”（行21、71、121）共出現三次，此外還有“父母”（行281）和“弟兄”（行282），都是偏義詞。“公姥”只有“姥”的意思，“父母”只有“母”的意思，“弟兄”只有“兄”的意思。“進止”（行72）是偏義詞，今言“舉止”，雖有“止”（不做）的意思，但聯係前文“敢自專”三字，其義偏向於“進”（做）。“進退”（行153）是偏義詞，只有“進”的意思，這裏指上堂進見長輩，“進退無顏儀”，即是説没有臉面去上堂拜見母親。“牛馬嘶”（行332）中的“牛馬”也是偏義詞，單指馬。牛一般不用“嘶”來形容。

“不迎而自歸。”（行163）細想當時的情境，劉母的驚訝究竟是在於“劉家没有接，蘭芝就回來了”，還是“焦家没有送，蘭芝就回來了”呢？筆者認爲應該是後者，因爲女兒出嫁時應有娘家人陪伴着過去，但新婦有事回娘家，理應有丈夫或婆家人陪伴着回來。在本詩的情境中，没有特別的理由要強調婆家人可以不送，而娘家人必須去接。這裏的"迎"應兼訓"送",即由娘家和婆家一起接送回來。錢鍾書所謂"語出雙關,文蘊兩意"者是也。但因這裏是否定句,意思又有所不同,即指沒有婆家人送,也沒有娘家人接。

"左手持刀尺,右手執綾羅。"(行 262—263)這兩行粗看起來沒有疑問,但仔細想想,一般人都是右手而不是左手用刀尺(左撇子反是),雖然也有因特殊情況偶爾兼用左手的。即使是這樣,一般刀和尺都是分開用的,無論哪只手,都不會同時使用刀和尺。這是詩歌語言的一個特點,意思是左手和右手一起操作,一會兒用刀,一會兒用尺,一會兒又執綾、執羅,是互文足義。"東西植松柏,左右種梧桐"(行 346—347)四行,未必指在種樹時,東西和左右分得很清。同樣,"枝枝相覆蓋,葉葉相交通"(行 348—349)兩行也是互文足義,指枝葉互相覆蓋並且相通。

三、《孔雀東南飛》的叙事藝術

《孔雀東南飛》在叙事方面具有較高的成就,現從作品結構、人物語言、細節處理、人物性格等四方面作一個粗略的賞析。

(一)結構。《孔雀東南飛》的基本框架,在漢魏時應該是比較完整的,但在流傳過程中可能有過文字殘缺,從今本中也能看出個別殘缺的迹象。應該説,本詩確曾經過後人的增飾,尤其在細節上有過補充,正因爲這些增飾和補充,本詩才更趨於完美。

故事的悲劇性根源,就是蘭芝與婆婆的矛盾,所以本詩一開始就借蘭芝之口,道出其與婆婆的衝突。故事最後,蘭芝和仲卿自盡,"兩家求合葬"(行 344),矛盾化解,故事結束,情節基本完整。在叙事過程中,情節有起伏、有衝突,例如開頭一段,蘭芝抱怨,仲卿求情,焦母不依,仲卿"長跪",焦母"槌床",仲卿退出,描寫得繪聲繪色。情節有發展,有高潮,例如蘭芝被遣,媒人説媒,蘭芝遭兄斥責,被逼成婚,遙聞馬聲而躑躅相迎,最後以死相約,達到高潮。詩中既有白描，如"雞鳴入機織"（行 13），蘭芝簡略地自述辛苦情狀，也有詳述，如"妾有繡腰襦"（行 79），細緻地描繪蘭芝的嫁妝如何精美；又如"絡繹如浮雲"（行 239），粗略形容衆人忙碌，也有"青雀白鵠舫"（行 240），詳細描繪舟車華貴。詩中既有群像，如"其日牛馬嘶"（行 332），婚禮前夕人多聲雜的景象，又有主角和次要人物的個別形象塑造，如蘭芝的兄弟，寥寥數語，形象鮮明。詩中既有實寫，如媒人兩次上門，言語間如聞其聲，又有虛寫，如"主簿通語言"（行 195），其奴才嘴臉躍然紙上。此外，本詩前後有多處呼應，如開首"十三能織素"（行 3）等語，在蘭芝被遣回家後通過劉母之口再次强調（行 156）；夫妻分手時，以蒲葦爲喻（行 142—145），相約永不變心，到兩人重逢時，仲卿又借蒲葦爲譏諷的口實（行 288—291）。又如，仲卿絶命時"自掛東南枝"（行 343），這"東南"二字值得玩味：蘭芝在絶命之前自言"魂去屍長留"（行 337），因爲古人相信人死之後，魂是會飛的。仲卿與蘭芝兩家不在一處，仲卿自掛東南枝，是否表明他希望死後的靈魂與蘭芝的靈魂相會呢？如果是，那這兩處就成了本詩開首一行"孔雀東南飛"的注脚，孔雀儼然就是兩位戀人的化身。以上這些，都説明本詩已具備了叙事詩的諸多要素，不愧爲中國古典叙事詩中的傑構。

（二）語言。人物的語言，是叙事作品的重要方面。本詩中人物的語言各各不同，相同的人物，語言也因時因地而富於變化。蕭滌非説，"'低頭共耳語'數句，與上'舉言謂新婦'數句，雖大體相同，然情有深淺，語有緩急，文有繁略，不但不可互易，抑亦各各不能增減"。（蕭滌非：《漢魏六朝樂府文學史》，人民文學出版社1984 年，第 120 頁）清賀貽孫在《詩筏》中説："叙事長篇動人啼笑處，全在點綴生活，如一本雜劇，插科打諢，皆在净丑。焦仲卿篇，形容阿母之虐，阿兄之横，親母之依違，太守之强暴，丞吏、主簿、一班媒人張皇趨附,無不絕倒,所以入情。"清沈德潛在《說詩晬語》中說:"詩共一千七百四十五言,雜述十數人口中語,而各肖其聲口性情,真化工筆也。"可以說,他們是以讀小說的眼光來讀本詩的。

(1)主要人物的語言。本詩通過蘭芝在不同場合下的不同話語,有效地表現了她的微妙情緒。需要提醒的是,本詩有些地方似乎前後矛盾,但有時却是作者"故露滲漏處"〔(清)張玉穀:《古詩賞析》,上海古籍出版社 2000 年,第 162 頁〕,讀者應該細心體味,不能只從字面理解。

蘭芝跟仲卿可以説情深意篤,所以在本詩的開首,蘭芝向仲卿的抱怨基本上沒有顧忌,她説"君家婦難爲"(行 18),矛頭直指婆婆,甚至主動提出將她自己"遣歸"。細心的讀者從仲卿上堂與焦母的初次對話中可以看出,仲卿真的有所不知,焦母已經對蘭芝"懷忿"(行 37)很久,甚至早就跟她説過要遣歸她,因爲她已經暗地裏爲他兒子相好了另一個"賢女"(行 39),而天真的蘭芝還以爲不會真的被遣歸。仲卿長期不在家,婆媳關係已經很差,但是蘭芝看重她和仲卿的感情,爲了不讓"守節情不移"(行 10)的丈夫擔心,她能忍則忍,心中委屈一直瞞着仲卿,以期"供養卒大恩"(行 76)。但隨着事態發展,無法再瞞,她才貌似主動地挑明,體現了蘭芝的善良、體貼,或許還有一點"愛面子"的想法。

得知婆婆的"宣判",蘭芝的心情是複雜的,一方面有怨氣,一方面也戀惜他們夫妻的感情,所以在仲卿提出將來再接她回來時,她先是説"勿復重紛紜"(行 68),嚴詞拒絕,甚至不無譏諷地説"人賤物亦鄙"(行 87),但回想起他們最初的美好生活,她還是把那一長段話歸結到"久久莫相忘"(行 92),體現了蘭芝的"温厚"〔(清)沈德潛:《古詩源》,中華書局 1977 年,第 87 頁〕。蘭芝經過細心打扮,次日清早上堂拜見婆婆,即使婆婆依然虎着臉,她還是以禮相待，態度矜持。但是蘭芝聰敏，話語中仍有些譏諷的反語，如"本自無教訓"（行109）顯然不是她的本意，"不堪母驅使"（行112）也隱然在說她婆婆驅使太甚。"今日還家去，念母勞家裏"（行113—114），言外之意，你嫌我做事不勤快，現在我走了，你自己試試，就知道我以前有多辛苦了。

長期與婆婆不和，使蘭芝很難相信在仲卿把她重新接回來後，她和婆婆會有什麼美好的前景。仲卿如此堅決地要接她回來，似乎透露出仲卿確實有所不知。但面對仲卿的款款真情，蘭芝心中再次升起對幸福生活的浪漫幻想，終於與仲卿盟誓要長相廝守。即使在愛火重新燃起之際，蘭芝也沒有忘記添上一句，"恐不任我意，逆以煎我懷"（行148—149），表現出蘭芝對現實的敏銳直覺。

蘭芝回到娘家之後，蘭芝與劉母的對話形成了鮮明的對照。蘭芝感到"進退無顏儀"（行153），故而話語極爲簡短。劉母說的一長段話語與詩的開首幾乎重複，貌似作者想表現劉母在驚訝之餘的感慨，實則是借劉母之口強調蘭芝的無辜，從中透露出作者對蘭芝遭遇不公的深切同情，並非浪下虛筆。遭到兄長的斥責之後，蘭芝的心情是痛苦而無奈的，但她對待兄長的態度依然很有禮貌，承認說"理實如兄言"（行216）。但是隨後便衝動地說要"登即相許和"（行223）。"登即"二字是反語，用在此處生動貼切，令人如聞其聲，透露出她無法抑制的內心煎熬，最終只能以自我犧牲來取得平衡。這是蘭芝的可敬、可愛、可悲之處。

蘭芝與仲卿重新會面時，"躡履相逢迎"（行274）、"舉手拍馬鞍"（行276），表現出蘭芝百感交集的"悵然"（行275）情態，但當她開口時，却是從"自君別我後"（行278）說起，在激動中透露出超常的冷靜，讀者可以想象，她在開口之前有過一長段沉默。而當仲卿以反語相激時，蘭芝立刻恢復了真實的情態，道出了心中長久的怨憤,"同是被逼迫,君爾妾亦然"(行 296—297),這兩行成爲她在本詩中最見精神、最出彩的詩句。這時的她,已經不再是作爲劉家媳婦的蘭芝,而是對自己的遭遇有過深刻思考的成熟女子,與仲卿站在同等的地位上,甚至在精神上超過了仲卿。相約赴死的兩行,"黃泉下相見,勿違今日言"(行 298—299),決然得沒有絲毫迴旋的餘地,簡直把仲卿推到了無法反悔的地步。

(2) 次要人物的語言。本詩依次出場的人物共九名:蘭芝、仲卿、焦母、小姑、劉母、縣令的媒人、縣丞、蘭芝兄長、太守,詩中提及的人物六名:秦羅敷、縣令、縣令之子、主簿、蘭家女和太守之子。兩個媒人的語言都是媒人的典型話語:用"窈窕世無雙"(行170)、"便言多令才"(行 172)來描述縣令之子,明顯帶有媒人的職業色彩,在焦母兩度向仲卿誇耀鄰家女子"秦羅敷"(行 40、323)時,也可以看到一些影子。如果說縣令之子還需要推銷,那麼太守之子根本無需推銷,所以也沒有太多描寫。從主簿指使縣丞去說媒時所用的傲慢口氣,頗能讀出一個中層官員的欺下媚上的身份特徵。縣丞得到允諾,隨後就在太守面前竭力表功。讀到這樣的語言,連他們的表情都能想象出來。太守得到回復後,急忙查看黃歷,要求在數日内成婚,侍從們準備起超豪華的婚禮,表現了太守獨斷的性格。這些都與人物各自的身份極爲吻合。蘭芝兄長"舉言謂阿妹"(行 207)一段話,表現了一個社會中下層的人物,在榮華富貴向他招手時特有的心態。他厲聲斥責蘭芝"作計何不量"(行 208),透露出他做事一向是處心積慮的。他想象蘭芝出嫁後可以"否泰如天地"(行 211),可見他對富貴人家瞭解甚少,只有浪漫和美好的幻想。他說"其往欲何云"(行 214),潛臺詞就是:"女人家不出嫁,難道你想一輩子呆在我哥哥家裏吃閑飯嗎?"用語極爲粗俗,說明他無法理解蘭芝爲何要放棄這個榮華富貴的大好機會,不知道人在求生之外,還需要其他的東西,反映了當時在物質生活壓迫下的一個普通人的庸俗想法。這些人物的語言都和他們的思想是吻合的。

（三）細節。本詩中的一些細節處理，也很能看出作者的敘事技巧。蘭芝是這齣悲劇的中心，她遭受各種不公待遇，她的哭與不哭，從一個側面反映出她的性格特徵。面對强悍無理的人，她不哭，但在與自己地位相等，在理解她的人面前她才哭。本詩對蘭芝的幾次哭泣，都寫得極有分寸。蘭芝被遣回家，與婆婆話別時没有落淚，但在跟小姑分別時則“淚落連珠子”（行 116），因爲她與小姑年齡相仿，平時就像姐妹，分別時痛哭在情理之中；同時也可以想象此前她與焦母話別時忍耐了多久，這也透露出蘭芝倔强和脆弱的兩面。臨行時在車上，蘭芝“涕落百餘行”（行 126），那是她躲在車中獨自哭泣，“百餘行”表明她已正面現實，情緒漸趨平緩，哭泣裏更多是對自己人生遭際的悲哀。縣令來説媒，劉母説“汝可去應之”，蘭芝“銜淚”（行 175）答話。一方面，她深知母親愛女心切，另一方面，她與仲卿情深意篤，兩者都是她所愛的，兩難之下，淚水在眼眶中打轉，這時的“銜淚”，表現了親情中的兩難處境。蘭芝聽到兄長的辱駡之後，没有哭泣，只是“仰頭”（行 215）答話，此時蘭芝的心情是辱恨交加的，她没有想到兄長會用那種話來趕她出門，同時也恨自己無力抗爭。太守來信，明日就娶，她“默無聲，手巾掩口啼，淚落便如瀉”（行 257—259）。這時，蘭芝的情緒已經從憤怒，轉爲對自己命運的愁苦，感受灾難不斷臨近的煎熬。製成嫁衣，蘭芝“愁思出門啼”（行 267），此時的蘭芝知道事已無法挽回，但家人不僅不理解她的痛苦，甚至還有些喜慶的意思，所以孤獨的她，只能出門獨自哭泣。“出門”二字，於情於景，都十分周恰。重新與仲卿相見，本應向愛人哭訴原由，但蘭芝没有哭泣，只是“嗟歎”（行 277）。執手相別，生死當前，本應哭泣，但蘭芝没有哭泣。新婚之夜，蘭芝也没有哭泣，因爲哀莫大於心死。寂寂人定，舉身赴池，蘭芝沒有哭泣，表現了一個女子慷慨赴死時的悲壯情懷。哭與不哭，在什麼時候哭，在什麼地點哭，不只是個細節問題，它在整首詩的人物塑造中，具有重要的提示作用。

（四）主要人物的性格。清陸時雍在《詩鏡總論》中列舉了《孔雀東南飛》的三大缺點，並特別提出本詩"情辭訛謬"，認爲本詩情感與事件常有相違背的地方。其中有一例，"其母之謝媒，亦曰'女子先有誓，老姥豈敢言'，則知女之有志，而母固未之強也。及其兄悵然，蘭芝既能死誓，何不更申前說大義拒之"。陸時雍提出這種觀點，實在是未能深刻體會到本詩的婉轉曲折之妙。蕭滌非說，"'阿女含淚答'，……'蘭芝仰頭答''登即相許和'……蓋前答對母，是初次危機，故猶存希冀之心。後答對兄，是再度逼迫，已心知無望，故態度轉入於決絕崛強。"（蕭滌非：《漢魏六朝樂府文學史》，人民文學出版社 1984 年，第 120 頁）此言甚是。再者，劉蘭芝可以跟母親推托，但無法向兄弟申說，其中是有原因的。

叙事詩區別於抒情詩的特徵之一是情與理的密切關係。焦、劉兩個家庭對各自人物的性格形成都具有一定影響。焦、劉兩家屬於兩種家庭，焦家的社會地位似乎高於劉家，這從焦母所言"汝是大家子"（行 319）、"貴賤情何薄"（行 322），蘭芝自言"生小出野里"（行 108），劉母所言"貧賤有此女"（行 184）等語中可以看出。兩家孩子似乎都已喪父，只有母親，兩位母親的性格也很不相同，焦母粗暴，劉母溫厚。焦家除了社會地位比較高之外，家產也可能比劉家多一點，由焦母主持家政是比較自然的，而且焦母在家庭中有責成兒子承繼家業的責任。焦母對仲卿的態度和對蘭芝同樣嚴厲，也可以解釋仲卿的性格相對較爲怯懦。劉家的家底較弱，所以必須靠一個強勞動力來支撐這個家庭。蘭芝的兄長可能是這個家庭的頂梁柱，而且劉母可能還須靠蘭芝的兄長接濟生活,所以劉母的性格較弱是必然的,而蘭芝的兄長乃至蘭芝本人的性格較强,也是在跟劉母的對比中形成的。在媒人説媒時,劉母用建議的口吻聽取蘭芝的意見["汝可去應之"(行 174)],在蘭芝被迫成婚的前一天,她用委婉的語氣催促她做些準備["何不作衣裳,莫令事不舉"(行 255—256)]。鑒於這樣的母女關係,蘭芝可以跟劉母推託婚事,但對於一家之主的兄長,蘭芝是無法"自專任"的。蘭芝兄長的性格比較暴烈,可能是在這個家庭的惡劣的生存環境中養成的,所以他的用語也比較粗鄙、世俗["作計何不量"(行 207)、"足以榮汝身"(行 212)],非常勢利,甚至會出口傷人["不嫁義郎體,其往欲何云"(行 213—214)]。俗語説,"從小親兄弟,長大各開門","嫁出去的女兒,潑出去的水",父母對子女有養育的責任,但子女長大後,兄弟姐妹之間是不必有這種責任的。蘭芝出嫁以後"中道還兄門"(行 218),畢竟是住在兄長家裏,所以兄長既然出此無情之語,蘭芝只有再嫁這一條路了。

劉蘭芝的性格是複雜的。她的聰敏,可能也是由於家庭的艱難造就的。她從小就接受母親的嚴格教誨,學習織布、學習文化,而且聰敏好學。她母親認爲這些對於一個貧困家庭的女子將來安身立命猶爲重要。這一點從蘭芝回家後,她母親對蘭芝成長過程的一長段復述中可以看到。另一方面,蘭芝的性格剛烈。在遭受難以忍受的痛苦時,她三度説出違背自己心願的、衝動而帶譏諷的反話。第一次是在焦母的逼迫下,主動向仲卿提出"便可白公姥,及時相遣歸"(行 21—22)。第二次是被兄長逼迫再嫁時,主動要求"登即相許和,便可作婚姻"(行 223—224)。這兩次衝動的話語,其實是她向他人表示不滿,是反話,可他人並没有理會她,只是順着這話的表面意思,爲她鋪設起通向死亡的道路。第三次,蘭芝即將再嫁,仲卿趕回來見她,她受不了仲卿的譏諷,一氣之下,順水推舟地約定"黃泉下相見,勿違今日言"(行 298—

299），終於造成兩人以死抗爭的悲壯結局。蘭芝剛烈，但她的剛烈是脆弱的，因爲她每一次剛烈的表示，都是以犧牲自我爲前提，都是針對自己的；她"專由"，但她的專由不是針對別人的，不像焦母指責的那樣。一旦真的如她"自請"的那樣被遣回家時，她並不專由，而是整頓衣裳，清早便上堂向婆婆告別，並把家務等都交代得井然有序，做得有禮有節；在被逼再嫁的前一天，母親勸她準備嫁妝，她並不專由，而是顧全大局，早夜趕製衣物，以求息事寧人；在約定共赴黄泉之後，她並不專由，而是以一個弱女子的誠信，履行了他人聽起來可能十分荒唐、完全可以視爲無效的誓約。

仲卿性格怯懦，也有堅持，比如前後兩次信誓旦旦地表示讓蘭芝"暫還家"，不久一定會"歸還""相迎取"（行 61—64；行 134—137），一片誠意，終於打動了蘭芝的芳心。又比如他"長跪"着請求母親不要遣歸蘭芝，否則"終老不復取"（行 48），但當母親"槌床便大怒"（行 50）時，他就"再拜"後回到自己的房間，表現得很怯懦。怯懦往往和遇事偏激相關聯。蘭芝即將成婚，仲卿來看她，蘭芝心情複雜，只能籠統地解釋説"又非君所詳"（行 281），表現了蘭芝的成熟，甚至是對仲卿的體貼。但仲卿突然以反語相加，實在顯得不明事理。因此，仲卿在説"吾獨向黄泉"（行 293）時，可能只是出於衝動，並沒有真想赴死。當他赴死之前，與母親話別，言辭中依然體現了一個孝子對母親的深情，雖有絶命之意，但却"轉頭向户裏，漸見愁煎迫"（行 330—331），説明他仍有遲疑。作者在這裏按下不表，待説完蘭芝那邊再説這邊，手法相當高明。要是仲卿一個人，是下不了這個決心的，而蘭芝的赴死是有現實原因的，甚至在一定程度上説是她真實的意圖。可以説，促成兩人赴死的直接原因，主要是蘭芝所説的"黄泉下相見"（行 298）。本詩在情節的安排上也印證了他倆在性格上的差別，一個主動，一個被動。雖説共赴黄泉，但畢竟是蘭芝先"舉身赴清池"

（行 339），仲卿是“聞此事”之後才“自掛東南枝”（行 343）的。

　　促成蘭芝首先慷慨赴死的，是蘭芝所特有而仲卿不具備的内在因素：一個人決定去死，有一個先決條件，即他/她没有任何出路。但凡有一條出路，他/她就不會去慷慨赴死。人總要有一個生活的支點，活下去的理由。對蘭芝來説，生活中不能没有真愛，她把真愛視爲她活下去的一個必要條件。這是她與常人不同的地方，也是她的可愛之處。世俗的婚姻使她無法忍受，但如果有人能够理解她，她也可以忍受委屈，可以認命。即使無法與自己的愛人共同生活，至少有人理解她。可現在連自己所愛的人也不理解她，她不死也不成。對仲卿而言，他的母親畢竟還是愛自己兒子的，仕途也還有點希望，他有充分的理由活下去，所以後蘭芝而死，也是勢所必然。他在品格上遠不及蘭芝，但他畢竟能守約而赴死，説明他對蘭芝愛得至深，也可以説他難能可貴了。

書山發藏

吹萬樓望江南詞

高　燮

　　編者按：高燮（1878—1958），南社耆宿，吹萬其字也。上海金山人。丁丑東南被兵，金山陷落，倉皇避難，賃廡海上，追憶家園，成《望江南》詞六十四闋。大都言山中四時閒居之樂，觀化體物，時寓感慨。有一九四五年鉛印綫裝一冊，題曰《天人合評吹萬樓詞》，合評者：木道人、田魯叟、孫滄叟三家也。又有諸家總評及題辭，然皆泛論，不及具體，囿於篇幅，未予迻録。而題辭亦有署“木道人”者一首，落款則“甲申初夏時年正二百歲”，此“天人合評”之所自也歟？《近現代人物名號大辭典》謂高燮別署“木道人”，倘取作者自序合觀，頗堪尋味。至田魯叟，名毓璠，號魯嶼，光緒進士，江蘇山陽人。孫滄叟，名儆，字敬人，舉人，江蘇南通人。

自序

　　或問於余，此詞作者自謂言皆真實，字字不虛。似矣，然諸評首冠“木道人云”，試問木道人在何處？余大笑，曰此即所以證明真實無虛耳。子以木道人爲僞，則一僞而無不僞，便可不必讀我詞。印既成，因書其語於卷首。

乙酉仲夏　吹萬居士

　　天人諸家所評拙詞，係各自呈正，故其評語亦各不相謀。即有所見相同之處,而風派吐屬仍各不同,諸家所感亦各有不同也。要之,拙詞都爲村野鄉農之言,而諸家又皆富於鄉野樸質之趣者,故評語每多偏愛過譽。在作者固不免因而自喜,惟恐不足當大雅華貴之一笑耳。

乙酉五月二十六日　吹萬居士又識

望江南詞

山廬好,得似古人無。雖遜南陽桑百本,却超彭澤柳千條。多少不妨殊。

木道人云:"得似古人無","多少不妨殊",一問一答,別有古趣。

田魯叟云:南陽桑,仕者之績;彭澤柳,隱者之風。非仕非隱,作者其自居夷惠之間乎?

孫滄叟云:開篇即以古人自比:南陽桑,可稱高尚;彭澤柳,可稱淡雅。先生固自命不凡。

山廬好,一角對秦山。頑石飛來鍾秀氣,洞天深處露煙鬟。古寺夕陽殷。

自註:秦山在山莊東南,有飛來石,下爲南厓。洞天寺在山之巔。

木道人云:秦山之勝一聯,足該以"夕陽殷"三字著色補景,倍覺鮮明。

田魯叟云:予客西湖三年,讀此如坐湖濱園亭,夕陽西下時遥望葛嶺孤山一帶情景,頓令我有抛得杭州之感。

孫滄叟云:對秦山與敝廬對北山相仿,雖無飛來石,却有洞天福地石額。"古寺夕陽殷",北山西有夕陽樓,正遥遥相映。

山廬好，即此是森林。綠水彎環如有意，白雲來去本無心。不受片埃侵。

木道人云：讀此闋，如與晉人相接在山深林密處，擬諸畫本，是爲逸品。

田魯叟云：靜者心多妙，水流雲行，觸目皆是妙境，豈復有纖埃能滓其胸中耶！

孫滄叟云：綠水彎環，白雲來去，敝廬亦相同，讀此詞，令人不能無鄉園之感。

山廬好，春轉歲初朝。魚蟹村中聞爆竹，鷄豚社裏聽餳簫。風軟紙鳶高。

木道人云：歲朝村景無一字不真，無一句溢量。"風軟紙鳶高"之"軟"字，令我讀之意軟。

田魯叟云：鄉村初春情景如繪，末句尤當行語。紙鳶風狂風細均不得高，何善狀物情乃爾。

孫滄叟云：魚蟹兩句恰是鄉園情景，敝廬亦相同。末句"紙鳶高"，人人意中所有，"風"字上加"軟"字，既熨帖又活潑。此"軟"字從何處想來！

山廬好，園圃愜幽尋。梅折一枝香到骨，蘭開幾朵素盟心。孤抱自深深。

木道人云：詠梅詠蘭詠孤抱，一氣同化。

田魯叟云：梅香到骨，蘭素盟心，冷豔孤芳，獨饒馨逸。乃幽人自寫照爾。

孫滄叟云：專論園圃，却自寫懷抱，如梅香到骨，蘭素盟心，寫梅蘭，實自況也。末句爲點睛語。

山廬好，樹密鳥聲齊。節奏音清鳴百舌，笙簧韻協囀黃鸝。盡日客來稀。

木道人云："樹密鳥聲齊"下一"齊"字，最有分寸，最耐尋味。

田魯叟云："樹密鳥聲齊"，非生長農村、留心物候者不能道。春林夏木間天籟競發，廣野樂張，盪魄醉心，能領會者其惟詞人乎？

孫滄叟云：此專言鳥聲如百舌、如黃鸝，靜聽皆足移情。末加"客來稀"三字，具見閑閑山人風味。

山廬好，亭榭起湖濱。屋外有堤環四面，門前列石坐千人。幽敞十分春。

木道人云：詞亦幽敞十分春。

田魯叟云：古傳句"春到人間已十分"，空言耳。此闋實舉其地而以"幽敞"二字該之，便覺春意滿前，十分酣暢。

孫滄叟云：屋外兩句寫當地風景，如見輞川詩畫，幽敞極矣。而以"十分春"作結，尤爲圓滿。

山廬好，臨水野人家。笋爲雷多齊破籜，蘆緣春漲碧抽芽。新竹數竿斜。

木道人云：搖曳生情，春意滿紙。

田魯叟云：草木爭春，眼前生意盎然，物物新妍可喜。然惟詞人能指點得出耳。

孫滄叟云：寫野人家景況，而曰笋爲雷多則"齊破籜"，蘆緣春漲則"碧抽芽"，真絕妙好辭。末一語是野人家極好景況。

山廬好，春滿浩難遮。映水無言紅杏樹，臨風欲語碧桃花。綺麗又高華。

木道人云：讀此闋，不見杏桃，衹見妙齡仙子，臨風曼舞而已。

田魯叟云：杜老“漏洩春光有柳條”，衹微覺洩漏耳。似此紅杏無言、碧桃欲語，以映水臨風寫之，春光旖旎，發洩無餘。

孫滄叟云：春滿句，“浩難遮”三字最佳。說紅杏，說碧桃，皆從“浩難遮”三字生出。末句“綺麗又高華”，先生不啻自道。

山廬好，玩物亦當歌。芍藥花開同佛面，棕櫚筍長似波羅。永矢考槃阿。

自註：王璘詩“芍藥花開菩薩面”，東坡有棕笋詩。按棕笋生棕櫚，膚毳中蓋，花之方孕者，味如苦笋而加甘芳，蜜煮酢浸，可致千里，殆即似今之罐頭食物中之波羅蜜。

木道人云：吹萬誠善於玩物，故能如數家珍，説得親切有味如此。

田魯叟云：東坡以泉聲爲廣長舌，山色爲清净身，觀茲“芍藥”一聯亦同其見。解此，自關文人智慧，不必觀空坐禪，方臻此境。

孫滄叟云：芍藥花同“佛面”，棕櫚筍似“波羅”，詞有禪意。

山廬好，一笑物能容。傲慢向人鵝步穩，迷離對我兔睛紅。何必辨雌雄。

木道人云：狀態鵝兔，惟妙惟肖，何物吹萬，一枝筆竟作怪乃爾。

田魯叟云：鵝性隘，每窘人；兔性馴，常親人。家畜性真，一一寫出，雖尋常習見，亦饒奇趣。

孫滄叟云：量能容物。於傲慢流而曰“鵝步穩”，迷離輩而曰“兔睛紅”，巧不可階。末句“何必辨雌雄”，此種人蓋亦無暇辨之矣。

山廬好，偶爾品花顏。却厭牡丹稱富貴，頗嫌翠玉太酸寒。最是大方難。

木道人云：吹萬之骨格個性，在此顯出做人應大方，作詩亦應大方。此兩者，在吹萬固難而不難。

田魯叟云：花如此，人亦然。於百卉中求大方，其惟可與久處之幽蘭、永抱冬心之寒梅乎？但未可以貌求之。不識品花，高士謂之何也！

孫滄叟云：說到品花，是閑閑應有意境。於牡丹富貴而加一"厭"字，於翠玉酸寒而加一"嫌"字，極中肯。末謂大方難，以"大方"兩字評花，亦難乎其爲花矣。

山廬好，寒食例分荷。屈指花開如月滿，並頭蓮種逐年多。培養莫蹉跎。

木道人云：是植荷專家，故有此種經驗。

田魯叟云：盆栽花卉，非分根不茂，尤須按時爲之。寒食分荷，江南氣溫則然，江北須過清明，逾時不宜培養。"莫蹉跎"，的是經驗語。

孫滄叟云：單說分荷，"屈指"一聯，工巧極矣，又極確切。是謂體物入微。

山廬好，濕雨正初晴。上水蝦蟆群結隊，出林鳩雀聚歡聲。佳節近清明。

木道人云：蝦蟆結隊，鳩雀歡聲，全在"上水""出林"等字眼襯托得妙；而尤妙在"濕雨正初晴"五字。此一境界，不是詩人說不出。

田魯叟云：昔人云"滿城風雨近重陽"，讀之即想見重陽前光景。此闋所寫物情，亦的是清明前景況。其妙皆在一"近"字。

孫滄叟云：清明節近，又逢濕雨初晴，想到上水蝦蟆，出林鳩雀，非深通物理，不能有此語句。

山廬好，蟲鳥一時棲。蛻蛹美逾蝴蝶美，子規啼後鷦鴣啼。耳目兩迷離。

木道人云：讀"蛻蛹美逾蝴蝶美，子規啼後鷦鴣啼"一聯，亦復令人有耳目迷離之感。

田魯叟云：蛻蛹初出，美逾蝴蝶；子規啼罷，始聆鷦鴣。及時耳目見聞，隨手招來，都成妙趣。

孫滄叟云：說蟲鳥，想到蝴蝶美，又想到蛻蛹美；子規啼，再想到鷦鴣啼。乃有此天然對仗，是謂絕頂聰明。末句"耳目兩迷離"，耳目並不迷離而云迷離，妙！

山廬好，俯仰味醰醰。水際白鷗飛下上，梁間紫燕話呢喃。人向靜中參。

木道人云：鷗飛下上，燕語呢喃，分明無靜可言，然一入詞人之目，便多靜趣。此係境因心靜，非心因境靜。

田魯叟云：描寫閒中物趣，靜裏天倪，想見書味在胸，魚躍鳶飛，悠然有會。作者不獨詞人，且是學人矣。

孫滄叟云："味醰醰"句包涵萬有，"白鷗"兩句，敝廬風景不殊。末句則爲獨到語。

山廬好，詩句北窗敲。碧影參差慈竹室，朱欄掩映歲寒橋。楊柳萬絲搖。

木道人云：實情實景，如話如畫。

田魯叟云：詩情多因境觸發，所以古人謂"詩思在灞橋風雪中"。如此闋所繪境況，那得不勾起詩魂縈繞於柳絲竹影之間耶！

孫滄叟云：慈竹室，歲寒橋，觀其題名，皆典雅新鮮，非讀破萬卷者不能道。末句搖曳多姿，極從容自在之樂。

山廬好，風暖日遲遲。蜜已釀成蜂力倦，花方開處蝶情癡。蠶到欲眠時。

木道人云：蜂蝶一聯，蘊藉有致。倦字，癡字，何等醒目。

田魯叟云：蜂釀蜜，蝶戀花，鳳暖日遲，蠶眠初屆，確是暮春時節物態。詞意亦妍麗纏綿。

孫滄叟云：正風暖蠶眠之日，謂蜜釀成，蜂力倦；花開處，蝶情癡。倦字、癡字，貼切不可言。末句說"蠶到欲眠時"，頗有順流而下之勢。

山廬好，鄰舍話聯歡。守戶犬兒宜有禁，犁田牛老不勝鞭。我見亦加憐。

木道人云：畢竟詩人主公道，應教賞罰兩分明。

田魯叟云：鄰犬猛獰宜禁，犁牛疲老堪憐。扶弱抑強，猶有風人不畏強禦、不侮鰥寡之遺意焉。

孫滄叟云：說到鄰舍聯歡，言犬兒宜禁、牛老難鞭，鄰舍往往有此狀態。末句"我見加憐"，似應有此一種心理。

山廬好，農事試秧田。群鴨暖浮紅掌逸，萬蛙爭鬧綠衣翩。車水上平阡。

木道人云：群鴨萬蛙一聯，躍躍欲出，置諸劍南或石湖集中，伊誰辨之？

田魯叟云：水鄉風物，鴨浮蛙鬧，亦太尋常。詞人於其紅掌綠衣加以"逸""翩"二字，自覺清新刷目，活潑爭妍。

孫滄叟云："紅掌逸"三字雅極，以"綠衣翩"爲對，可謂絕妙好辭。

山廬好，畦隴菜花肥。嫩茁茅鍼連茹拔，忙催布穀帶聲飛。無數綠陰齊。

木道人云：菜花肥共茅鍼嫩，寫出鄉村四月圖。

田魯叟云：菜花肥候、茅鍼嫩茁，句已秀穎矣。至寫布穀帶聲忙飛，繪影繪聲，讀之如親聞見，尤妙絶神采之筆。

孫滄叟云：由春入夏，是菜花正肥之候，茅鍼茁嫩，每每連茹拔之。布穀忙催，"催"字上有一"忙"字，下"帶聲飛"三字，遂活躍紙上。"無數綠陰齊"，見光陰之迅速，爲意想所不到。

山廬好，梅雨氣氳氲。蚓始出泥圈作篆，蝸能上壁寫成文。五典或三墳。

木道人云：心何其細，氣何其靜；語何其雋，情何其真。任他梅雨氣氳氲，一切易於上黴，而吹萬之作必不致上黴矣。

田魯叟云：古意盎然，令人神遊羲皇以上。

孫滄叟云：因梅雨想到蚓出泥、蝸上壁。蚓出泥又謂爲"圈作篆"，蝸上壁又謂爲"寫成文"，仍不離詩書況味，且對仗極工。末謂"五典或三墳"，人人讀不到之書，而蚓能篆之，蝸能成之。下一"或"字，神味尤雋永。

山廬好，長日漸如年。採取薔薇花作露，曬將苜蓿草生煙。打麥趁晴天。

木道人云：讀"薔薇""苜蓿"一聯，字面之工巧，句法之秀麗，真無以復加。尤其"草生煙"三字，可謂神來之筆。此情此景，非田野詩人不能道出。"打麥趁晴天"五字，農事如繪。

田魯叟云：花蒸作露，草曬生煙，打麥聲聲，天晴日永，讀之令我回溯都湖督耕情況,如在目前。

孫滄叟云:薔薇作露,苜蓿生煙,長日景況。而趨重則在末一語"打麥趁晴天",蓋非常鄭重也。

山廬好,萬木四圍遮。拂檻兩行甘露葉,當門一架紫藤花。此處是吾家。

自註:吾鄉稱芭蕉爲甘露葉。

木道人云:豈但是"吾家",亦是吾家。蓋當年道人禪院中,亦植有芭蕉紫藤。及今駐錫此處,猶屬植此二者於窗前,所以招涼迎秋,莫此爲勝。

田魯叟云:隔闌蕉影,分綠上窗;當户藤陰,落紅滿地,自是山莊勝概。安得從君卜宅,樂數晨夕,終吾生以尚羊耶?

孫滄叟云:此闋亦與敝廬相似,首句境相同。拂檻有甘露葉,當門有紫藤花,真相差不遠。"甘露葉"三字新鮮之至,敝處不有此名。末句點明是"吾家",是真相無虛飾。

山廬好,節物不論錢。連串櫻桃紅的的,堆盤角黍綠縣縣。真覺口流涎。

木道人云:以"紅的的"狀櫻桃,以"綠縣縣"狀角黍,二句活現紙上,隨手可捫,接口可啖。

田魯叟云:櫻桃紅湛,壓架初垂;蘆葉香溫,裹蒸正熟。讀此殊令慨想夙昔鄉園時節,佩艾插蒲,簫鼓滿村,兒童嬉戲端陽情況。

孫滄叟云:啖櫻桃,啖角黍,真有不論錢意態。此中連串"紅的的"、堆盤"綠縣縣",口之垂涎,宜也。難得用筆自然。

山廬好,愛博漫輕誇。只爲惜花宜剔蠹,何妨打草欲驚蛇。

不許去蟠蛙。

自註：我家水鄉，當春夏之交，常見有蛇食青蛙者，俗名蛇蟠田鷄。其聲極慘不忍聞。

木道人云：詩人之仁，仁人之詩。

田魯叟云：仁人之言藹如，物類相殘，乘時肆惡，世之憑權勢以吞噬同類者，何以異是。安得仁人放流之，不與同中國耶。

孫滄叟云：不主愛博，云惜花剔蠹、打草驚蛇，並云不許蟠蛙。如舜除四兇，孔子誅少正卯，孟子不喜兼愛，後人多少爲墨子袒護，終無是處。

山廬好，佳果種成行。紫蒂滿筐梅杏熟，金丸萬顆枇杷黃。童稚喜尤狂。

木道人云：道人讀至此，不禁饞涎欲滴。不甘贊吹萬之佳作，轉恨吹萬之惡作劇矣。

田魯叟云：佳果在樹，童稚日走仰望。及其成熟，有不歡喜欲狂耶！爛縵天真，情事如見。

孫滄叟云：說佳果，言梅杏、言枇杷，皆及時之果。末句說到童稚狂喜，情景逼真。

山廬好，玩笑手蒲葵。土埕時鳴長頸鸛，玻缸曾蓄綠毛龜。亦足恣談麈。

木道人云：鸛龜一聯，尋常語道來，樸質儁雅如此，應非尋常語矣。

田魯叟云：手蒲葵，當麈尾指麈談笑。厭長頸鸛，賞綠毛龜，是何意態！的是才人吐屬，名士風流。

孫滄叟云："玩笑"句，具見聞情逸致。鳴長頸鸛，蓄綠毛龜，皆聞情逸致之見端也。末句"恣談麈"，真足以資談助。

山廬好，緩步向前津。桑葚摘來甜似蜜，柳縣飛去覆如茵。濃綠戲藏身。

木道人云：“濃綠戲藏身”五字，應予大圈特圈。或問好在何處？曰“濃綠藏身”已够趣，而尤趣在一“戲”字，此吹萬童心活躍處，亦返老還童之壽徵。謂予不信，驗諸後日。

田魯叟云：桑葚垂林，柳縣鋪地，二語尚未見其妙。妙在末句，天機活潑，稚氣酣嬉，真畫意所不能到。

孫滄叟云：桑葚柳縣，似蜜如茵，清新俊逸。“濃綠”句尤興趣盎然。

山廬好，策杖一盤紆。草際躍過青蚱蜢，路旁蹲得老蟾蜍。物態野而迂。

木道人云：吹萬如爲畫家，其於寫小動物應有獨到處。不經意之事，詠來莫不惟妙惟肖。“野而迂”三字，更見辭圓義洽。

田魯叟云：蚱蜢蟾蜍，分別“躍”“蹲”二字形容之，刻畫物態，惟妙惟肖，不能移易其他蟲類，洵寫生高手也。

孫滄叟云：此亦《碩人》《考槃》之意。蚱蜢言躍，蟾蜍曰蹲，“躍”字“蹲”字，兩物如畫。末以“野而迂”評之，體物尤惟妙惟肖。

山廬好，衆卉逐光昌。五月榴花明可照，百年柿樹欲爭長。透過屋檐牆。

自註：山莊樹木數千株，皆余二十餘年來所手植。惟牆外柿樹一株，則爲向時老樹。

木道人云：讀至末句，覺通篇傳神。

田魯叟云：園林以有古樹爲貴，若但群花豔冶，衆木扶疏，不足動人尊仰之意、似此榴花照眼，旁有百年柿樹牆角高騫，自見故家風派。

孫滄叟云：此闋亦與敝廬相同。敝廬所有樹木亦余卅年所植，惟百年柿樹則缺，新柿尤多。數言"光昌"、言"透過"，使余益增興廢之感。

山廬好，人物兩無猜。手供瓶花兼蝶至，肩垂岸柳帶蟬來。妙趣畫難該。

木道人云：不可言，不可言妙不可言。吾無以評之矣。

田魯叟云：花兼蝶至，柳帶蟬來，不必果有其事，却亦能有此理。不知從何想來，得此妙趣。然妙趣由於筆妙，筆妙由於人妙，乃有此絕妙之詞。

孫滄叟云：兼蝶至，帶蟬來，詩中有畫，妙趣環生。

山廬好，生意盎然長。鷄撫群雛爭護母，貓生一子宛如孃。物類亦慈祥。

木道人云：此闋除豐子愷能以漫畫筆繪得淋漓盡致、情景逼真外，亦惟有吹萬之詞筆能補繪之。一種春氣生機，橫溢紙上，讀之不期其然而然生慈祥想。"貓生一子"四字極粗極俗，乃接以"宛如孃"三字，便有點鐵成金之妙。爲之擊節者再。

田魯叟云：鷄雛護母，可通孝思；貓子如孃，亦有慈意。可知物性即天性，體察及此，詞人而仁人矣。

孫滄叟云：寫物類，説鷄説貓，皆有慈祥至意。物類如此，其家可知。

山廬好，物各養其天。池面曝晴魚入定，枝頭避暑鳥參禪。蓮葉正田田。

木道人云：此闋非詞人，乃道人之偈。非定中人無此境界，非魚鳥知己，不能道出隻字。

田魯叟云：予嘗於夏日侵曉臨池閒步，見水面魚浮不躍，枝頭鳥集無聲，竊自覺有禪定意味，不圖竟被作者道破。

孫滄叟云：物各養其天，主人可想。至魚能入定，鳥能參禪，其人之有佛性可知。蓮葉田田，不論動植物皆各養其天。

山廬好，初暑御單衣。點水蜻蜓當面立，迎風蝙蝠掠肩飛。緬想浴乎沂。

木道人云：以"點水蜻蜓當面立"句，與"點水蜻蜓款款飛"句相較，一真一泛。但迷信杜老者必曰杜句好；而迷信高老者必曰高句好。質諸兩不迷者，以爲如何？"迎風蝙蝠掠肩飛"，對仗極工。韓愈詩云"黃昏到寺蝙蝠飛"，道人原寺中人，與蝙蝠最親，故覺"掠肩飛"之情景尤真實。

田魯叟云：曾點浴沂之志，妙在物各得所。作者同其襟抱，舉蜻蜓點水、蝙蝠亂飛，相與各適其適，玩心高明，亦儼有童冠與偕之趣。

孫滄叟云：說御單衣時，想到蜻蜓當面立，蝙蝠掠肩飛，又想到浴乎沂。蓋有隨物游行、自樂其樂之致。

山廬好，人靜夜乘涼。槐影移窗偏漏月，蓮包含蕊自聞香。更喜切瓜嘗。

木道人云：乘涼景象，活活寫出。滿紙靜趣，只在一"偏"字、一"自"字，一"更"字中體味出。

田魯叟云：夏夜露坐，覺槐月弄影，荷風送香，極得自然天趣。此時切瓜嘗之，涼侵心脾，何等疎爽。

孫滄叟云：靜夜乘涼，槐影移窗，偏偏漏月；蓮花含蕊，恰恰聞香。好景之足以娛人也，況更有切瓜之事乎！"漏月"二字下，"喜"字尤有味。

山廬好，無物不忘機。洗研招魚吞墨飽，曝書遇蠹食仙肥。他日或能飛。

木道人云："吞墨飽""食仙肥"一聯，不但有静趣，且有古趣。"他日或能飛"五字，則更有奇趣。

田魯叟云：人不能離物獨立，而物嘗避人者，以人有機心也。若此洗研招魚，任其吞墨；曝書遇蠹，冀其能飛，與物相忘，機心悉泯，胸次抑何超脱。

孫滄叟云：此言忘機。洗研招魚，下一"飽"字；曝書遇蠹，下一"肥"字。寫"忘機"二字入神。至他日能飛，是忘機而得化境。

山廬好，風細動輕裾。蠅欲集時將塵拂，蚊當聚處把煙驅。何必過傷渠。

木道人云：此闋不可當詞讀，最好當經誦。陽復子在天聞之，頻領其首不止。

田魯叟云：於微物且不忍痛予誅鋤，固具儒生胞與之懷，亦達佛法慈悲之旨。

孫滄叟云：蠅集時，將塵拂；蚊聚處，把煙驅。上"風細"兩字即已伏根。皆慈祥所流露，末句點明。

山廬好，陣雨起晴空。荷蓋高張珠滴瀝，桐音微戞玉玎琮。炎暑散清風。

木道人云：倘前數月中有此作，能鈔示藴齋讀之，彼亦不致赴北戴河避暑，而省却川資不少矣。

田魯叟云：雨停荷蓋翻珠，風過桐音戞玉，此最夏日天然妙景，然非趨炎熱者所能領略，惟吾詞人消受耳。

孫滄叟云：寫炎暑，説到陣雨、荷珠滴瀝、桐韻玎琮，何等自然，何等開爽。

　　山廬好，弄巧試模型。偶琢樹根成矮几，喜編瓜蔓當圍屏。亦覺小玲瓏。

　　木道人云：有此閒工夫，更有此雅興，使之作園丁經營泉石草木，必有大觀。

　　田魯叟云：樹根琢几，瓜蔓編屏，鄉間習見事耳，自譜入詞內，則笨質之具亦覺文明游戲之爲。胥關風雅，固是遣辭妍妙，亦由落想新奇。

　　孫滄叟云：樹根成矮几，瓜蔓當圍屏，雖弄巧，皆風雅事。末句自覺玲瓏可喜。

　　山廬好，我本不材才。豕栅何妨閒誦讀，羊群亦足小徘徊。人笑指書獃。

　　木道人云：丁茲亂世，與豕羊爲伍，實賢於與人爲伍。況出以誦讀徘徊之情，獃於何有？笑之者，其真獃也。

　　田魯叟云：吾輩乘時，豕栅之旁，亦堪歌詠；羊群之內，儘可徘徊。良由意興所驅，結想高遠，信步所至，不復選擇，任人非笑，燕雀安知鴻鵠之志。此闋云云，豈欺我哉！

　　孫滄叟云：自謙謂“不材才”，豕栅羊群，皆我誦讀徘徊之所，足見好學之士不在擇地，雖豕栅羊群亦無在不可嚮學。人或笑書獃，如先生正塵世無覓處。

　　山廬好，物換境遷流。結網蜘蛛纔送夏，絮甄蟋蟀又鳴秋。隨遇我無求。

　　木道人云：蜘蛛結網，蟋蟀鳴秋，便是平常語，今配以“送夏”“絮甄”等字眼，便跳脫不凡。“隨遇我無求”之我字，正是詩中有主。此處雖有“我”字，但無“我”相。

　　田魯叟云：蟲鳥得氣之先，時序遷移，候蟲先報。心能無欲，則隨時俯仰，任運信天，自然於其間見之聞之，獨饒趣味，此闋是也。

孫滄叟云：物換境移，結網蜘蛛，纔逢送夏；絮甄蟋蟀，又正鳴秋。真有隨遇而安，與世無求之樂。"絮甄"二字雅極。

山廬好，安樂可名窩。綠橘黃橙生樹滿，白蘋紅蓼占秋多。歲月此婆娑。

木道人云：此闋吹萬大用彩筆著色，綠橘黃橙，白蘋紅蓼，閃爍眩目，令我心醉神往。

田魯叟云：東坡詩"一年好景君須記，最是橙黃橘綠時"，此闋復益以白蘋紅蓼，此大塊假我以文章也。淵明所謂"不樂復何如"！

孫滄叟云：有安樂窩，又有綠橘黃橙，更兼白蘋紅蓼。一則曰"生樹滿"，一則曰"占秋多"。邵先生於白蘋紅蓼，或者舉目可親；至綠橘黃橙，生樹皆滿，恐邵先生未必能如此，惟先生有之。末句云云，是先生獨占有之境。

山廬好，滅燭起簾鉤。螢火隨風飄葛帳，蟲聲如雨上高樓。一榻臥深秋。

木道人云："滅燭"句有怪氣，"螢火"句有鬼氣、"蟲聲"句有仙氣，"一榻"句有佛氣。

田魯叟云：涼宵情景，即目前物態寫來，頓覺秋氣蕭然，如接耳目。

孫滄叟云：山廬滅燭，正螢火飄蕩之時，云"飄葛帳"，亦情理所有。蟲聲如雨，謂"上高樓"，蟲聲未必上高樓，而自樓上人聽之，不啻其上高樓也。"上高樓"三字最新最切。末云"一榻臥深秋"，"臥"字韻極。

山廬好，秋氣總澄鮮。幾架豆花風細細，半湖菱葉露娟娟。涼意不能傳。

木道人云：此闋譜來秋氣襲人。"豆花""菱葉"一聯，疑非人境，而尚曰"涼意不能傳"。非吹萬謙語，即吹萬誑語。

田魯叟云：菱葉露泫然娟娟，豆花風穆如細細，清秋涼意，曲已傳出，乃更進一步而曰"不能傳"，殊耐人十日思也。

孫滄叟云：寫秋氣，說到豆花之風，菱葉之露，是涼意明明傳出，而曰"不能傳"，三字可味。

山廬好，夜夜聽蟲忙。織布居先經布後，發聲始短繼聲長。肇錫合名娘。

自註：蛩蟲有名織布娘及經布娘二種，其鳴與織布經布聲絕肖。鄉間深秋時每夜可聽，滬上竟未聞也。

木道人云：讀此闋恍置身豆棚瓜架下，聽取秋夜蟲聲。吹萬於昆蟲學、植物學均有心得，故言之親切，使我神移。

田魯叟云：天心仁愛，及時蟲聲，促人工作。經布織布，吾鄉亦多，然非經詞人賦物之工，聲短聲長，尚漫不加察耳。

孫滄叟云：吾通以花布著名，此蟲亦名織布娘，又名同管鳥。名鳥者，恐由娘字呼誤，娘鳥本雙聲。同管，則由紡紗後必用同管然後經布者。此蟲聲如同管然，故亦以"同管"名，無稱經布者。大約並織布經布爲一耳。時至夏秋，所在皆是。余在滬不聞此聲亦久矣，讀此詞，使吾益增離鄉之感。

山廬好，忙事比人多。晨起階前憐鬬蟻，夜來燈下救飛蛾。悲憫付微哦。

木道人云：仁慈愷惻之言，讀至此，人我之見悉泯。

田魯叟云：世界蠻觸之争未已，而投身砲火，死者何限。誰能如詞客有情，一一憐而救之，可勝慨哉！

孫滄叟云：先生本不忙，而曰"忙事"，所忙之事，都是憐鬭蟻、救飛蛾，全是一段悲天憫人氣象。末句點出，胸襟可想。

山廬好，凡卉盡風流。鶴頂明如仙鳳額，鷄冠矮似老人頭。絕妙一庭秋。

木道人云：讀此闋，乃畫筆而非詩筆。吾疑缶廬一庭之精魂不散，在此中盤旋。

田魯叟云：鳳仙鷄冠，秋花之最普徧者，然庭無二物，便少顏色。鳳仙鶴頂，佳矣；鷄冠狀似老人頭，何其趣耶！不知作者何處想來，使人絕倒。

孫滄叟云：論到凡卉，有盡占風流之卉。"鶴頂明如仙鳳額"，句亦風流；"鷄冠矮似老人頭"，則體會微至，妙不可言。末謂"絕妙一庭秋"，一庭中有此點綴，仿佛秋景爲高氏山廬獨有也。

山廬好，泛櫂向山塘。初日澹煙描曙色，夕陽紅樹染秋光。疑在虎邱旁。

自註：吾家秦山塘長十餘里，水清見底，風景之佳，不下於虎邱山塘也。

木道人云：描曙色之"描"字，染秋光之"染"字，放置得最妥最帖。

田魯叟云：四十年前庚子歲，曾客蘇臺，一訪虎邱，亦在清秋時節。讀此闋，悵憶前遊，不勝世變滄田之感。

孫滄叟云：泛櫂事敝處亦有之，君向山塘，余則向滄園。滄園比嘉興鴛鴦湖小，而情景甚佳，今則膹有土墩矣。"初日""夕陽"二語，敝處風景相同。過眼興亡，嗟歎不盡。

山廬好，時序爛成霞。夏似春光桃夾竹，老逾年少葉如花。詩句發天葩。

木道人云：葩廬詩句，擅發天葩，自昔已然，於今爲烈。夾竹桃，老少年，本非門當户對。多謝吹萬作月老，經過一段顛三倒四之説合，居然將他們匹配，作成佳耦。桃小姐春去猶賣春，老少年老而不甘老，"詩句發天葩"，不禁拍案叫絶。

田魯叟云：夾竹桃，凡卉也；老少年，下品也。一則籬角風薰，爭豔於酴醾開了；一則牆陰霜染，抗顏於楓葉濃時。譜入小詞，彌增斌媚。

孫滄叟云：開口謂"時序爛成霞"，收句謂"詩句發天葩"，遥遥相對，中以夾竹桃與老少年相對，以"葉如花"對"桃夾竹"，真是佳聯。

山廬好，居士足閑閑。大木千章陰蔽野，黄花萬本疊成山。觴詠盡開顔。

木道人云："大木千章""黄花萬本"一聯，氣勢剛健，落落大派。此中主人，亦作如是觀。

田魯叟云：吾鄉邵園，每至秋深，即開菊花盛會。園中大木，既極蕭森；架上群花，更相攢簇。流連觴詠，盛極一時，與此闋情況差似。屈指不與是會，已八年矣。

孫滄叟云：樹陰蔽野，菊疊成山，寫出閑閑風味。觴詠開顔，見主賓之樂。

山廬好，小病也無名。蟬殼窗間穿日澹，蝦鬚簾外逗風輕。一縷藥煙清。

木道人云：此闋來自神仙境中人，一種静趣，發人禪思。"小病也無名"五字，前人並未道過，應加雙圈示獎。

田魯叟云：此闋寫病餘閒靜意趣，時則念空塵淨，第見窗明簾妥，日朗風和，煙起藥鑪，篆入空際。詩心澹宕，與境相忘，不覺微疴之去體矣。

孫滄叟云：此言小病，而"穿日澹""逗風輕"，具見無甚關係。末句"一縷藥煙清"，尤見瀟灑之致。

山廬好，與物共間舒。栩栩蘧蘧人是蝶，洋洋圍圍我非魚。或者不能如。

木道人云：讀"栩栩蘧蘧""洋洋圍圍"句，讀者亦覺間舒之至。結句"或者不能如"五字，發我詩思禪思不少。

田魯叟云：神與天游，指與物化，自是會心人語，不必蒙莊獨有神契也。

孫滄叟云："與物共間舒"，本閑閑山人態度。一用莊"栩栩蘧蘧"，一用孟"洋洋圍圍"，對句工極；一云"人是蝶"，一云"我非魚"，則尤工。可謂天造地設。末云"或者不能如"，更靈活。

山廬好，雨後稻苗肥。十畝橋頭鄰叟語，六弓灣口釣船歸。樹杪襯斜暉。

木道人云：詩中有畫，畫中有詩。吾不見王摩詰矣，得見吹萬，斯可矣！於是闋亦云爾。

田魯叟云：田家風景，最是霞烘日落時，動人逸興。橋頭人語，灣口船歸，分明想見一幅天然圖畫。

孫滄叟云：稻苗肥矣，穫期至矣。曰"鄰叟語"，曰"釣船歸"，好景如畫。末句尤覺江上峰青。

山廬好，連日早霜濃。籬畔女蘿猶吐豔，堤邊烏柏欲爭紅。未必讓丹楓。

木道人云：籬畔女蘿，堤邊烏桕，却從"早霜濃"中脱出，祇覺冷豔欲流，拍到"未必讓丹楓"句，一氣呵成。

田魯叟云：霜晨景象，百卉蕭條，烏桕女蘿，等閒物耳，出自詞人品題，便生佳趣，能移人情。

孫滄叟云：連日霜濃，説到女蘿，説到烏桕。敝廬左右，栽烏桕最多。末句"未必讓丹楓"，品評最當。

　　山廬好，耕讀慕商須。學稼艱難常有願，勘詩風雨亦成圖。識字老農夫。

木道人云：抱耕讀而言，一聯最灑脱，"識字老農夫"五字，尤典雅。孔子曰："吾不如。"道人曰："吾亦不如。"

田魯叟云：耕而不讀則鄙野，讀而不耕則枵虛。作者樂享田園，胸羅經史，既耕既種，還讀我書。真能繼淵明之風軌矣。

孫滄叟云：學稼艱難，余亦嘗從事矣。勘詩風雨，則惟君獨有。末句用成語，佳！

　　山廬好，静讀一燈孤。風起先聞鈴自語，夜寒忽聽鴈相呼。有似唱喁于。

自註：山莊門亭之頂建繫一鐘，風起則鈴聲自響。

木道人云：是處秋聲，應非凡響，非一燈静，讀者不能領略之。

田魯叟云：寫出静夜中寂寥境況，如聞其聲。

孫滄叟云：静讀一燈之時，或聞鈴語，或聽鴈呼，而末謂"唱喁于"，山人生平和祥可想。

　　山廬好，物競我無争。野外時看鷹振翮，檐前常見鵲梳翎。各有疾徐情。

木道人云：疾徐有致，遠近無猜，雅韻欲流。

田魯叟云：鷹盤霄漢，振翮高騫；鵲隱檐牙，梳翎自惜。豈各適其適耶，抑畏鷹鸇，踡伏於此耶？時至今日，不見鸞鳳，悉化鷹鸇，結隊聯群，爭相攫挈，以飽谿壑；使鳥雀驚竄，分飛散處，不獲投林棲息，以謀一夕之安。嗚呼，作者託諷之意微而寄慨之情深矣。

孫滄叟云："物競我無爭"，尤見閑閑風味。鷹振翮，常於野外見之；鵲梳翎，時於檐前見之。有疾有徐，亦聽其自然而已。

山廬好，昨夜更嚴寒。數尺晶瑩垂雪箸，一篙珠玉打冰船。踏凍趾難前。

木道人云：前闋寫雪，此闋寫冰，各得冷趣，而不落前人窠臼。"踏凍趾難前"，五字更逼真。

田魯叟云：雪檐垂箸，凍船打冰，日瘦風寒，人皆閉戶不出，的是村居嚴冬境況。

孫滄叟云：天氣更冷，至於"垂雪箸""打冰船""凍趾難前"，皆是實事。"數尺晶瑩""一篙珠玉"，尤工整極矣。雅人深致，固時時流露也。

山廬好，早起雪交加。一夜圍廊都變玉，滿庭禿樹盡生花。此景冷堪誇。

木道人云：寫冷景不難，難在冷堪誇。此闋"變玉""生花"一聯，真"冷堪誇"矣。

田魯叟云：淵明"傾耳無希聲，在目浩已潔"，與"童子開門雪滿山"，昔人謂皆善狀雪景。此闋詞意，亦正兩肖其神理。

孫滄叟云：飛雪天氣，廊都變玉，樹盡生花，煞是好看。而云冷景"堪誇"，堪誇者，大有不肯辜負雪景意思。

山廬好，蔬食莫憎嫌。蔔尾經霜梨片嫩，菠根壓雪薺兒甘。自種自家甜。

木道人云：勸人素食，原屬老僧常談，然而十九罔效。倘以此闋示人讀之，尠不動素食之想，此正是文字般若。"蔔尾經霜梨片嫩，菠根壓雪薺兒甘"，允屬千古名句，爲人人意中有此想而無此句者，應予大圈特圈，補入《隨園詩話》內。更讀末句"自種自家甜"，不禁令我舌本上自然而然發出甜味。詩之妙用竟如此，謂予不信，試讀之，方信我言之不虛。

田魯叟云：園蔬風味，甘美逾於肥羜，尤其出自手植，更悅口饜心。予曾領略過，讀此，真口欲流涎矣。

孫滄叟云：言素食，又言及"蔔尾""菠根"，末句"自種""自甜"，具見山人儉德。但其中頗有至樂，云"梨片嫩"，云"薺兒甘"，此固佳聯，香甜可口情形，令人豔羨。

山廬好，畎畝舊家風。釜底柏香蒸飯熟，甕頭酒氣釀糟濃。歲暮慶農功。

木道人云："蒸飯""釀糟"一聯，一字一層，此景令人羨煞，此詞令人愛煞。

田魯叟云：在昔農村歲暮，家家有此風味，不爲殊特。即今追憶，固已歎爲隆平氣象矣。

孫滄叟云：畎畝家風，敝廬亦適合。柏蒸飯、酒釀糟，皆歲寒常有之事。末謂"歲暮慶農功"，此二事多做於慶農功之後，非真正農家不知此味，下"慶"字極明確。

山廬好，一室共圍爐。凍雀迎風飛不起，寒鴉繞樹競相呼。伏臘亦歡娛。

木道人云：描摹冬景，恰到好處。是能以少許勝人多許者，語語親切有味。

田魯叟云：鄉間樂處，最是冬間爐火圍坐，鄰舍婦稚，擁滿一室。門外鴉鳴雀噪，充耳不聞，說鬼談天，笑聲鬨然，溢於戶牖。

孫滄叟云：一室圍爐，天寒極矣。至雀飛不起，鴉競相呼，畏寒情形畢露。但圍爐固歡娛事也，末句點醒。

山廬好，雖好不思歸。劫後殘書聊可讀，窮來賃廡尚堪棲。故里且休提。

木道人云："山廬好"句下，續以"雖好不思歸"句，誰不叫好！尤其道人評吹萬詩詞，素有好好先生之目，此處發覺兩"好"字，更當大叫其好矣。"劫後殘書聊可讀"，是真情，而"窮來賃廡尚堪棲"之"窮"字，乃非真情。因吹萬雖今不如昔，即不得稱富，究未可謂窮。惟就詞論詞，此處正"窮"得好，不"窮"便不好。"窮而後工"，豈其然乎！末句輕輕用一反筆結束之，出人意表。六十四闋詞把故里大提特提，而忽於結句曰"且休提"，何等氣勢，何等感慨，何等蘊藉！名山老人之作，固可藏諸名山，而吹萬之作，亦自得萬口交吹。顧名思義，望重江南，復何疑乎！

田魯叟云：通體臚舉景物，第覺閒雅富麗，毫不露哀怨之情。至此闋忽反折作收，"不思歸"，正思之深，不須提，已提之徧。詞源霧霈，悉吐寸心，令人驚歎叫絕。此真畫龍點睛手筆，吾於此，亦歎爲觀止矣。

孫滄叟云：末闋寫現時情事，將山廬撇去，中兩語覺得事事隨緣，頗得禪意。結句決絕，坡老瓊州、陽明驛所，倘不外此意乎！

自識

按拙詞六十四闋，所寫皆爲實景真名，凡山廬之所有者，無不盡情摹出，而山廬之所無者，不敢有一字之虛造也。如第十七闋之慈竹室、歲寒橋，第五十四闋之十畝橋、六弓灣，皆用原名。外即所列動植諸物，幾逾百數，亦皆非隨意空寫，蓋私冀以此爲山廬之小史，亦無不可耳。慈竹室，即慈竹長春室之簡稱。是室建於戊辰春間，先節孝曾起居於此，額字爲余所題。室之兩旁皆爲竹園，其北臨河而建者，爲歲寒精舍。余史部之書皆藏於此，今已無一冊存矣。精舍西側築一橋，以接通後園，因即名歲寒橋。橋欄以朱髹之。園之沿河，所植皆高槐大柳，橋從密竹中穿而北，映以朱欄，拂以綠柳，頗饒畫意。十畝橋在園西不數武，六弓灣在橋之直南半里許。從十畝橋以達六弓灣，亦皆種柳成陰，鶯啼時候，飛絮撲天，即山莊之八景之一，所謂柳岸啼鶯也。略記一二，不能悉牋。

吹萬居士自識

歷代六言詩選前言

吳　忱

　　絕句六言不知起於何時，有始於西漢司農谷永之説，然其作失傳，不復可見。及至東漢之末，又有建安七子孔融六言三首之作，其後六朝諸家亦時有佳句，更有不限四句而長篇鋪叙者。唐宋以還，作者蜂起，往日作配角之六言，從此別開蹊徑，獨樹一幟矣。

　　六言絕句作法靈動，有前兩句對起，後兩句散結者，也有四句皆對，或四句皆不對者。而陸時雍《唐詩鏡》則謂六言“易得佳句”，如唐人顧況《歸山作》“心事千莖白髮，生涯一片青山。空林有雪相待，野路無人獨還”，讀來自然流轉。宋人楊誠齋《宴客夜歸》“月在荔枝梢上，人行豆蔻花間。但覺胸吞碧海，不知身落南蠻”，雄健富麗，殆將及之。而劉子翬六言“鼎食鼎烹謀拙，山北山南興長。片夢彭殤壽夭，一枰楚漢興亡”，言淺意深，言近意遠，又有不可勝言之妙。

　　按歷代六言作品，除宋洪邁《萬首唐人絕句》五十首及清嚴長明《千首宋人絕句》九十八首外，其餘則上起漢魏、六朝，下至唐宋、金元，以及明清，共得作者一千五百家，集作品一萬二千首，並匯編成册。又有選本，願與讀者諸君共賞。

歷代六言詩選

先唐第一

[漢]
孔　融

六言三首

漢家中葉道微，董卓作亂乘衰。僭上虐下專威，萬官惶怖莫違，百姓慘慘心悲。

郭李分爭爲非，遷都長安思歸。瞻望關東可哀，夢想曹公歸來。

從洛到許巍巍，曹公憂國無私。減去廚膳甘肥，群僚率從祈祈。雖得俸祿常飢，念我苦寒心悲。

[魏]
曹　丕

董逃行

晨背大河南轅，跋涉遐路漫漫。師徒百萬譁誼，戈矛若林成山，旌旗拂日蔽天。

黎陽作詩

奉辭罰罪遐征，晨過黎山巉崢。東濟黃河金營，北觀故宅頓傾。中有高樓亭亭，荆棘繞蕃叢生。南望果園青青，霜露慘凄宵零，彼桑梓兮傷情。

寡婦詩

霜露紛兮交下，木葉落兮凄凄。候雁叫兮雲中，歸燕翩兮徘徊。妾心感兮惆悵，白日急兮西頹。守長夜兮思君，魂一夕兮九乖。悵延佇兮仰視，星月隨兮天回。徒引領兮入房，竊自憐兮孤棲。願從君兮終没，愁何可兮久懷。

友人阮元瑜早亡，傷其妻孤寡，爲作此詩。

令詩

喪亂悠悠過紀，白骨縱橫萬里。哀哀下民靡恃，吾將以時整理，復子明辟致仕。

獻帝時，太史丞許芝條上魏王代漢圖讖。王令曰，昔周文王三分天下有其二，以服事殷。公旦履天子之籍，聽天下之斷，終然復子明辟。吾雖德不及二聖，吾敢忘高山景行之義哉。吾作詩云云，庶欲守此辭以自終，卒不虚言也。

曹　植

妾薄幸

還行秋殿層樓，御輦從□好仇。排玉闥□椒房，丹帷楚組連綱。

嵇　康

惟上古堯舜

二人功德齊均，不以天下私親。高尚簡樸茲順，寧濟四海

261

烝民。

唐虞世道治

萬國穆親無事，賢愚各自得志。晏然逸豫内忘，佳哉爾時可喜。

知慧用有爲

爲法滋章寇生，紛然相召不停。大人玄寂無聲，鎮之以静自正。

名與身孰親

哀哉世俗狗榮，馳騖竭力喪精。得失相紛憂驚，自是勤苦不寧。

生生厚招咎

金玉滿堂莫守，古人安此粗醜。獨以道德爲友，故能延期不朽。

名行顯患滋

位高勢重禍基，美色伐性不疑。厚味腊毒難治，如何貪人不思。

東方朔至清

外以貪污内貞，穢身滑稽隱名。不爲世累所攖，所欲不足無營。

楚子文善仕

三爲令尹不喜，柳下降身蒙恥。不以爵禄爲己，靖恭古惟二子。

老萊妻賢名

不願夫子相荆，相將避祿隱耕。樂道閒居採萍，終屬高節不傾。

嗟古賢原憲

棄背膏梁朱顏，樂此屢空飢寒。形陋體逸心寬，得志一世無患。

[晉]
傅　玄

董逃行歷九秋篇

歷九秋兮三春，遣貴客兮遠賓。顧多君心所親，乃命妙伎才人，炳若日月星辰。序金罍兮玉觴，賓主遞起雁行。杯若飛電絕光，交觴接卮結裳，慷慨歡笑萬方。奏新詩兮夫君，爛然虎變龍文。渾如天地未分，齊謳楚舞紛紛，歌聲上激青雲。窮八音兮異倫，奇聲靡靡每新。微披素齒丹唇，逸響飛薄梁塵，精爽眇眇入神。坐咸醉兮沾歡，相樽促席臨軒。進爵獻壽翻翻，千秋要君一言，願愛不移若山。君恩愛兮不竭，譬若朝日夕月。此景萬里不絕，長保初醮結髮，何憂坐成胡越。攜弱手兮金環，上遊飛閣雲間。穆若駕鳳雙鸞，還幸蘭房自安，娛心極意難原。樂既極兮多懷，盛時忽逝若頹。寒暑革御景回，春榮隨風飄摧，感物動心增哀。妾受命兮孤虛，男兒墮地稱珠。女弱雖存若無，骨肉至親更疏，奉事他人托軀。君如影兮隨形，賤妾如水浮萍。明月不能常盈，誰能無根保榮，良時冉冉代征。顧繡領兮含輝，皎日回光則

微。朱華忽爾漸衰，影欲捨形高飛，誰言往思可追。薺與麥兮夏
零，蘭桂踐霜逾馨。禄命懸天難明，妾心結意丹青，何憂君心
中傾。

夏侯湛

寒苦謠

惟立冬之初夜，天慘懍以降寒。霜皚皚以被庭，冰溏瀨於井
幹。草槭槭以疎葉，木蕭蕭以零殘。松隕葉於翠條，竹摧柯於
綠竿。

陸　機

董逃行

和風習習薄林，柔條布葉垂陰。鳴鳩拂羽相尋，倉庚喈喈弄
音，感時悼逝傷心。日月相追周旋，萬里倏忽幾年。人皆冉冉西
遷，盛時一往不還，慷慨乖念悽然。昔爲少年無憂，常怯秉燭夜
遊。翩翩宵征何求，於今知此有由，但爲老去年逍。盛固有衰不
疑，長夜冥冥無期。何不驅馳及時，聊樂永日自怡，齎此遺情何
之。人生居世爲安，豈若及時爲歡。世道多故萬端，憂慮紛錯交
顏，老行及之長歎。

上留田行

嗟行人之藹藹，駿馬陟原風馳。輕舟泛川雷邁，寒往暑來相
尋。零雪霏霏集宇，悲風徘徊入襟。歲華冉冉方除，我思纏綿未
紓，感時悼逝悽如。

[齊]

謝　莊

黑帝歌

歲既暮日方馳，靈乘坎德司規。玄雲合晦鳥蹊，白靈繁互天涯。晨晷促夕漏延，太陰極微陽宣。

[梁]

蕭　統

貌雪詩

既同摽梅蕚散，復似大谷花霏。密如公超所起，皓如淵客所揮。無羨昆巖列素，豈匹振鷺群飛。

蕭　綱

倡樓怨節詩

朝日斜來照户，春鳥争飛出林。片光片影皆麗，一聲一囀煎心。上林紛紛花落，淇水漠漠苔浮。年馳節流易盡，何爲忍憶含羞。

王　規

細言應令詩

針鋒於焉止息，髮杪可以翱翔。蚊眉深而易阻，蟻目曠而難航。

[北周]
王　褒

高句麗

蕭蕭易水生波，燕趙佳人自多。傾杯覆碗灌灌，垂手奮袖婆娑。不惜黃金散盡，只畏白日蹉跎。

庾　信

怨歌行

家住金陵縣前，嫁得長安少年。回頭望鄉淚落，不知何處天邊。胡塵幾日應盡，漢月何時更圓。爲君能歌此曲，不覺心隨斷絃。

舞媚娘

朝來户前照鏡，含笑盈盈自看。眉心濃黛直點，額角輕黃細安。祇疑落花慢去，復道春風不還。少年唯有歡樂，飲酒那得留殘。

黑帝雲門舞

北辰爲政玄壇，北陸之祀員官。宿設玄璜浴蘭，坎德陰風禦寒。次律將回窮紀，微陽欲動細泉。管猶調於陰竹，聲未入於春絃。待歸餘於送歷，方履慶於斯年。

配帝舞

地始坼虹始藏，服玄玉居玄堂。沐蕙氣浴蘭湯，匏器潔水泉香。陟配彼福無疆，君欣欣此樂康。

羽調曲五首

樹君所以牧人，立法所以靜亂。首惡既其南巢，元兇於是北竄。居休氣而四塞，在光華而兩旦。是以雨施作解，是以風行惟渙。周之文武洪基，光宅天下文思。千載克聖咸熙，七百在我應期。實昊天有成命，惟四方其訓之。

運平後親之俗，時亂先疎之雄。逾桂林而驅象，濟弱水而承鴻。既浮千吕之氣，還吹八律之風。錢則都内貫朽，倉則常平粟紅。火中乃寒乃暑，年和一風一雨。聽鐘磬念封疆，聞笙竽思畜聚。瑶琨篠簜既從，怪石鉛松即序。長樂善馬成厩，水衡黃金爲府。

百川乃宗巨海，衆星是仰北辰。九州攸同禹迹，四海合德堯臣。朝陽栖於鳴鳳，靈時牧於般麟。雲玉葉而五色，月金波而兩輪。涼風迎時北狩，小暑戒節南巡。山無藏於紫玉，地不愛於黃銀。雖南征而北怨，實西略而東賓。既永清於四海，終有慶於一人。

定律零陵玉管，調鐘始平銅尺。龍門之下孤桐，泗水之濱鳴石。河靈於是讓珪，山精所以奉璧。滌九州而賦稅，乘三危而納錫。北里之禾六穗，江淮之茅三脊。可以玉檢封禪，可以金繩探策。終永保於鴻名，足揚光於載籍。

太上之有立德，其次之謂立言。樹善滋於務本，除惡窮於塞源。沖深其智則厚，昭明其道乃尊。仁義之財不匱，忠信之禮無繁。動天無有不屆，惟時無幽不徹。作德心逸日休，作僞心勞日拙。自非剛克掩義，無所離於剿絶。

[陳]

陸 玠

賦得雜言詠栗詩

貨見珍於有漢，木取貴於隆周。英肇萌於朱夏，實方落於素秋。委玉盤雜椒糈，將象席糅珍羞。

陸 瓊

還台樂

蒲萄四時芳醇，瑠璃千鍾舊賓。夜飲舞遲銷燭，朝醒絃促催人。春風秋月恒好，驪醉日月言新。

定襄侯

六言回文

青山映雪含思，碧草抽煙繫晴。屏香夢愁月落，棹蘭吟苦風清。零珠淚紅軫促，慘雲娥翠杯停。聽君唱我離恨，聲悲心悽骨驚。

歷代六言詩選

唐人第二

沈佺期

回波樂

回波爾時佺期，流向嶺外生歸。身名已蒙齒録，袍笏未復牙緋。

楊廷玉

回波樂

回波爾時廷玉，打獠取錢未足。阿姑見作天子，傍人不得桹觸。

優　人

回波樂

回波爾時栲栳，怕婦也是大好。外邊只有裴談，内裏無過李老。

李景伯

回波樂

回波爾時酒卮，微臣職在箴規。侍燕既過三爵，喧嘩竊恐非儀。

張　說

破陣樂二首

漢兵出頓金徽，照日明光鐵衣。百里火幡焰焰，千行雲騎騑騑。蹴踏遼河自竭，鼓噪燕山可飛。正屬西方朝駕，端知萬舞皇威。

少年膽氣凌雲，共許驍雄出群。匹馬城南挑戰，單刀薊北從軍。一鼓鮮卑送欵，五餌單于解紛。誓欲成名報國，羞將開口論勳。

舞馬詞六首

萬玉朝宗鳳辰，千金率舞龍媒。昞鼓凝驕蹙躞，聽歌弄影徘徊。

天鹿遥徵衛叔，日龍上借羲和。將共兩驂爭舞，來隨八駿齊歌。

綵旄八佾成行，時龍五色因方。屈膝御杯赴節，傾心獻壽無疆。

帝皂龍駒沛艾，星蘭驥子權奇。騰倚驤洋應節，繁驕接迹不移。

二聖光天合德，群靈率土可封。繫石驂驔紫鷰，摐金願步蒼龍。

聖君出震應籙，神馬浮河獻圖。足踏天庭鼓舞，心將帝樂踟躕。

王　維

田園樂七首

出入千門萬户，經過北里南鄰。蹀躞鳴珂有底，崆峒散髮何人。

再見封侯萬户，立談賜璧一雙。詎勝耦耕南畝，何如高卧東窗。

採菱渡頭風急，策杖村西日斜。杏樹壇邊漁父，桃花源裏人家。

萋萋芳草春綠，落落長松夏寒。牛羊自歸村巷，童稚不識衣冠。

山下孤煙遠村，天邊獨樹高原。一瓢顏回陋巷，五柳先生對門。

桃紅復含宿雨，柳綠更帶春煙。花落家僮未掃，鶯啼山客猶眠。

酌酒會臨泉水，抱琴好倚長松。南園露葵朝折，東谷黃粱夜春。

劉長卿

尋張逸人山居
危石纔通鳥道，空山更有人家。桃源定在深處，澗水浮來落花。

發越州赴潤州使院留別鮑侍御
對水看山別離，孤舟日暮行遲。江北江南春草，獨向金陵去時。

送陸澧還吳中
瓜步寒潮送客，楊柳暮雨沾衣。故山南望何處，秋草連天獨歸。

蛇浦橋下重送嚴維

秋風颯颯鳴條，風月相和寂寥。黃葉一離一別，青山暮暮朝朝。寒江漸出高岸，古木猶依斷橋。明日行人已遠，空餘淚滴回潮。

苕溪酬梁耿別後見寄

清川永路何極，落日孤舟解携。鳥向平蕪遠近，人隨流水東西。白雲千里萬里，明月前溪後溪。惆悵長沙謫去，江潭芳草萋萋。

劉方平

擬娼樓節怨

上苑離離鶯度，昆明冪冪蒲生。時光春華可惜，何須對鏡含情。

皇甫冉

送鄭二之茅山

水流絕澗終日，草長深山暮春。犬吠雞鳴幾處，條桑種杏何人。

小江懷靈一上人

江上年年春草，津頭日日人行。借問山陰遠近，猶聞薄暮鐘聲。

問李二司直所居雲山

門外水流何處，天邊樹遶誰家。山色東西多少，朝朝幾度
雲遮。

張　繼

奉寄皇甫補闕

京口情人別久，揚州估客來疎。潮至潯陽回去，相思無處
通書。

顧　況

歸山作

心事千莖白髮，生涯一片青山。空林有雪相待，古道無人
獨還。

過山農家

板橋人渡泉聲，茅簷日午雞鳴。莫嗔焙茶煙暗，却喜晒穀
天晴。

思歸

不能經綸大經，甘作草莽閑臣。青鎖應須長別，白雲漫與
相親。

包　佶

顧著作宅賦詩

幾年江海煙霞，乘醉一到京華。已覺不嫌羊酪，誰能長守兔

置。脱巾偏招相國，逢竹便認吾家。各在芸臺閣裏，煩君日日登車。

韓 翃

送陳明府赴淮南

年華近逼清明，落日微風送行。黃鳥綿蠻芳樹，紫騮躞蹀東城。花間一杯促膝，煙外千里含情。應渡淮南信宿，諸侯擁斾相迎。

宿甁山

山中今夜何人，門外當年近臣。青瑣應須早去，白雲何用相親。

別甁山

一身趨侍丹墀，西路翩翩去時。惆悵青山綠水，何年更是來期。

李嘉祐

白田西憶楚州使君弟

山陽郭裏無潮，野水自向新橋。魚網平鋪荷葉，鷺鷥閒步稻苗。秣陵歸人惆悵，楚地連山寂寥。却憶士龍賓閣，清琴綠竹蕭蕭。

郎士元

寄李袁州桑落酒

色比瓊漿猶嫩，香同甘露仍春。十千提攜一斗，遠送瀟湘
故人。

韋應物

三臺二首

一年一年老去，明日後日花開。未報長安平定，萬國豈得
銜杯。

冰泮寒塘始綠，雨餘百草皆生。朝來門閣無事，晚下高齋
有情。

盧 綸

送萬臣

把酒留君聽琴，誰堪歲暮離心。霜葉無風自落，秋雲不雨空
陰。人愁荒村路細，馬怯寒溪水深。望盡青山獨立，更知何處
相尋。

王 建

宮中三臺二首

池北池南草綠，殿前殿後花紅。天子千秋萬歲，未央明月
清風。

魚藻池邊射鴨，芙蓉苑裏看花。日色柘袍相似，不著紅鸞扇遮。

江南三臺四首

青草湖邊草色，飛猨嶺上猨聲。萬里湘江客到，有風有雨人行。

揚州橋邊小婦，長干市裏商人。三年不得消息，各自拜鬼求神。

樹頭花落花開，道上人去人來。朝愁暮愁即老，百年幾度三臺。

聞身彊健且爲，頭白齒落難追。准擬百年千歲，能得幾許多時。

朱　放

剡谿舟行

月在沃洲山上，人歸剡縣谿邊。漠漠黃花覆水，時時白鷺驚船。

劉禹錫

答樂天臨都驛見贈

北固山邊波浪，東都城裏風塵。世事不同心事，新人何似故人。

再贈樂天

一政政官軋軋，一年年老駸駸。身外名何足算，別来詩且同吟。

酬楊侍郎憑見寄

十年毛羽摧頹，一旦天書召回。看看瓜時欲到，故侯也好歸來。

酬令狐相公六言見寄

已嗟離別太遠，更被光陰苦催。吳苑燕辭人去，汾川雁帶書來。愁吟月落猶望，憶夢天明未回。今日便令歌者，唱兄詩送一杯。

柳宗元

六言

一生判却歸休，謂著南冠到頭。冶長雖解縲紲，無由得見東周。

白居易

臨都驛答夢得六言二首

楊子津頭月下，臨都驛裏燈前。昨日老於前日，去年春似今年。

謝守歸爲秘監，馮公老作郎官。前事不須問著，新詩且更吟看。

杜　牧

代人寄遠六言二首

河橋酒旆風軟，候館梅花雪嬌。宛陵樓上瞪目，我郎何處情饒。

繡領任垂蓬鬢，丁香閒結春梢。膩肯新年歸否，江南綠草迢迢。

温庭筠

送李億東歸

黃山遠隔秦樹，紫禁斜通渭城。別路青青柳弱，前溪漠漠苔生。和風澹蕩歸客，落月殷勤早鶯。灞上金樽未飲，讌歌已有餘聲。

皮日休

胥口即事六言二首

波光杳杳不極，霽景澹澹初斜。黑蛺蝶粘蓮蕊，紅蜻蜓裹菱花。鴛鴦一處兩處，舴艋三家五家。會把酒船偎荻，共君作箇生涯。

拂釣清風細麗，飄蓑暑雨霏微。湖雲欲散未散，嶼鳥將飛不飛。換酒峭頭把看，載蓮艇子撐歸。斯人到死還樂，誰道剛須用機。

陸龜蒙

和胥口即事

雨後山容若動，天寒樹色如消。目送迴汀隱隱，心隨挂鹿搖搖。白蔣知秋露裹，青楓欲暮煙饒。莫問吳趨行樂，酒旗竿倚河橋。

把釣絲隨浪遠，採蓮衣染香濃。綠倒紅飄欲盡，風斜雨細相逢。斷岸沉魚罛略，鄰村送客艅艎。即是清霜剖野，乘閒莫厭來重。

韓　偓

六言三首

春樓處子傾城，金陵狎客多情。朝雲暮雨會合，羅襪繡被逢迎。華山梧桐相覆，蠻江荳蔻連生。幽歡不盡告別，秋河悵望平明。

一燈前雨落夜，三月盡草青時。半寒半暖正好，花開花謝相思。惆悵空教夢見，懊惱多成酒悲。紅袖不乾誰會，揉損聯娟淡眉。

此間青草更遠，不唯空繞汀洲。那裏朝日才出，還應先照西樓。憶淚因成恨淚，夢遊常續心遊。桃源洞口來否，絳節霓旌久留。

陳允升

善權洞

山深不見人迹，林密惟聞鳥鳴。洞裏石牀丹竈，松間雲影樵聲。

春日荒村即事

晝靜寥寥犬吠，村荒寂寂春暉。雁落平蕪遠近，蝶隨花影翻飛。

李 中

落花

殘紅引動詩魔，懷古牽情奈何。半落銅臺月曉，亂飄金谷風多。悠悠旋逐流水，片片輕粘短莎。誰見長門深鎖，黃昏細雨相和。

對酒招陳昭用

花開葉落堪悲，似水年光暗移。身世都如夢役，是非空使神疲。良圖有分終在，所欲無勞妄思。幸有一壺清酒，且來閑語希夷。

寄楊先生

仙翁別後無信，應共煙霞卜鄰。莫把壺中秘訣，輕傳塵裏遊人。浮生日月自急，上境鶯花正春。安得一招琴酒，與君共泛天津。

贈東林白大師

虎溪久駐靈蹤，禪外詩魔尚濃。卷宿吟銷永日，移牀坐對千峰。蒼苔冷鎖幽徑，微風閒坐古松。自説年來老病，出門漸覺疎慵。

客中春思

又聽黃鳥綿蠻，目斷家鄉未還。春水引將客夢，悠悠遶遍關山。

所思

門掩殘花寂寂，簾垂斜月悠悠。縱有一庭萱草，何曾與我忘憂。

鶯

羽毛特異諸禽，出谷堪聽好音。薄暮欲棲何處，雨昏楊柳深深。

燕

豪家五色泥香，銜得營巢太忙。喧覺佳人晝夢，雙雙猶在雕梁。

康　駢

廣謫仙怨

晴山礙目橫天，綠疊君王馬前。鑾輅西巡蜀國，龍顔東望秦川。曲江魂斷芳草，妃子愁凝暮煙。長笛此時吹罷，何言獨爲嬋娟。

馮延巳

早朝

銅壺滴漏初盡，高閣雞鳴半空。催啓五門金鎖，猶垂三殿珠櫳。階前御柳搖綠，仗下宮花散紅。鴛瓦數行曉日，鸞旗百尺春風。侍臣蹈舞重拜，聖壽南山永同。

薛　濤

詠八十一顆

色比丹霞朝日，形如合浦箕篝。開時九九如數，見處雙雙頡頏。

魚玄機

寓言

紅桃處處春色，碧柳家家月明。樓上新妝待夜，閨中獨坐含情。芙蓉月下魚戲，螮蝀天邊雀聲。人世悲歡一夢，如何得作雙成。

塞姑

昨日盧梅塞口，整見諸人鎮守。都護三年不歸，折盡江邊楊柳。

皎　然

六言重聯句一首

清高素非宦侶，疎散從来道流。今日還輕墨綬，知君意在滄洲［晝］。浮雲任從飄蕩，寄隱也信沉浮。不似漳南地僻，道安爲我淹留［逑］。

六言秋日盧郎中使君幼平泛舟聯句一首

共載清秋客船，同瞻皂蓋朝天［盧藻］。悔使比來相得，如今欲別潛然［幼平］。漸驚徒馭分散，愁望雲山接連［晝］。魏闕馳心日日，吳城揮手年年［陸羽］。送遠已傷飛鴈，裁詩更切嘶蟬［潘述］。空懷鄠杜心醉，永望門欄胆捐［李恂］。別思無窮無限，還如秋水秋煙［鄭述誠］。

貫　休

春野作

閒步淺青平綠，流水征車自速。誰家挾彈少年，擬打紅衣啄木。

子　蘭

秋日思舊山

咸言上國繁華，豈得帝城羈旅。十點五點殘螢，千聲萬聲秋雨。白雲江上故鄉，月下風前吟處。欲去不去遲遲，未展平生所佇。

李　真

遊青城山六言

春凍曉羈露重，夜寒幽枕雲生。豈是與山無素，丈人著帽相迎。

吕　巖

六言

春暖群花半開,逍遥石上徘徊。獨攜玉律丹訣,閑踏青莎碧苔。古洞眠來九載,流霞飲幾千杯。逢人莫話他事,笑指白雲去來。

無名氏

六言詩

把酒留君聽琴,那堪歲暮離心。霜葉無風自落,秋天不雨多陰。人愁荒村路遠,馬怯寒溪水深。望盡青山猶在,不知何處相尋。

歷代六言詩選

宋人第三

宋恭宗

鸚鵡

毛羽自然可數,仙禽不受凡籠。銜得梧桐一葉,中含無限秋風。

徐　鉉

景陽臺懷古

後主忘家不悔,江南異代長春。今日景陽臺上,閑人何用傷神。

宋庠

撚鼻

一飢慣食腥腐，三嗅不分臭香。殘質心灰已久，末年鼻壅何傷。

梅堯臣

過鴈洲

船從鴈洲北去，雁背春風亦歸。但見平沙綠水，蔞蒿荻筍方肥。

雨還

雨濛濛兮欲暮，路險絕兮深泥。嗟予僕兮甚餒，畏予馬兮顛蹄。關已度兮心緩，家將至兮涉溪。喜膝前兮童稚，餉燈下兮女妻。

陳起

六言

破窗有子書鴉，杜門無客嘗茶。春事應憐幽獨，隔牆飛過楊花。

六言簡耘業

露濕螢光愈熾，月斜蛩韻尤清。微物得時若此，人生可不求名。

題玉泉畫像次來軸韻

鹿隨寒策穿雲,解後靈峰時節。含毫誰貌閒情,莫盡胸中風月。

司馬光

塞上

胡兵欲下陰山,寒烽遠過蕭關。將軍貴輕士卒,幾人回首生還。

陪張龍圖南湖暑飲

紅旆縈林却轉,瓊筵就水重開。荷香著衣不去,竹色映酒遙來。

樓船潋灔輕浪,鷗鷺繽紛滿天。清歌久之未度,畫梁塵落芳筵。

坐中呈鮮于子駿范堯夫

微雨雖妨行樂,薄寒却解留花。今日且遊小圃,明朝更向誰家。

王安石

題西太一宮壁

柳葉鳴蜩綠暗,荷花落日紅酣。三十六陂煙水,白頭相見江南。

二十年前此地，父兄持我東西。今日重來白首，欲尋陳跡
都迷。

題西太一宮樓
草際芙渠零落，水邊楊柳欹斜。日暮炊煙孤起，不知魚網
誰家。

題舒州山谷寺石牛洞
水泠泠而北去，山靡靡而旁圍。欲窮源而不得，竟悵望以
空歸。

劉季孫

和東坡送仲天貺王元直六言韻五首
誰懷二子千里，公賦五篇六言。月底飛雲西去，山頭歸鴈
雙騫。

小艇辭公晚發，高齋記客初來。耿耿不忘歸路，阻修萬折
千回。

府下莫非群儁，坐中不見三明。遠意關河馬首，靜吟筆硯
泉聲。

雖到蜀都有日，却逢謝傅何年。歷歷林蹊勝處，想君把酒
依然。

樂事無如飲酒，休官自是高人。紅帶遨頭寄與，是翁矍鑠尋春。

蘇　軾

大雨聯句六言

庭松偃蓋如醉〔程〕，夏雨新涼似秋〔楊〕。有客高吟擁鼻〔軾〕，無人共吃饅頭〔轍〕。

東坡曰：余少日，里人程建用、楊咨家，弟子由會草舍，天雨，聯句云云。詩成皆絕倒，已四十餘年矣。

和何長官六言次韻

作邑君真伯厚，去官我豈曼容。一麾願託仁政，六字難賡變風。

五噫已出東洛，三復願比南容。學道未從潘盎，草書猶似楊風。

石渠何須反顧，水驛幸足相容。長江大欲見庇，探支八月涼風。

清風初號地籟，明月自寫天容。貧家何以娛客，但知抹月批風。

青山自是絕色，無人誰與爲容。説向市朝公子，何殊馬耳東風。

過長蘆聞復禪師病甚不可不一問

亦知壺子不死，敢問老聃所遊。瑟瑟寒松露骨，耽耽病虎垂頭。

莫言西蜀萬里，且到南華一遊。扶病江邊送客，杖拏浦口回頭。

老去此生一訣，興來明日重遊。卧聞三老白事，半夜南風打頭。

自題金山畫像

心似已灰之木，身如不繫之舟。問汝平生功業，黄州惠州儋州。

次韻子由書王晉卿畫山水

老去君空見畫，夢中我亦曾遊。桃花縱落誰見，水到人間泝流。

仲元貺王元直自眉山來見余錢塘留半歲既行作絶句五首送之

仲君豈弟多學，王子清修寡言。病後空驚鶴瘦，時來或作鵬騫。

海角煩君遠訪，江源與我同來。剩作數詩相送，莫教萬里空回。

三人一旦同行，留下高齋月明。遥想扁舟京口，尚餘孤枕潮聲。

更欲留君久住，念君去國彌年。空使犀顱玉頰，長懷髯舅凄然。

爲余遠致殷勤，瑞草橋邊老人。紅帶雅宜華髮，白醪光泛新春。

奉敕祭西太一和韓川韻

聖主新除秘祝，侍臣來乞豐年。壽宮神君欲至，半夜靈風蕭然。

玉璽親題御筆，金童來侍天香。禮罷祝融參乘，前驅已過衡湘。

解劍獨行殘月，披衣困臥清風。夢蝶猶飛旅枕，粥魚已響枯桐。

陂水初含晚渌，稻花半作秋香。皂蓋却迎朝日，紅雲正繞宮牆。

馬子約送茶作六言謝之

珍重繡衣直指，遠煩白絹斜封。驚破盧仝幽夢，北窗起看雲龍。

西太一見王荊公舊詩偶次其韻二首

秋早川原净麗，雨餘風日清酣。從此歸耕劍外，何人送我池南。

但有尊中若下，何須墓上征西。聞道烏衣巷口，而今烟草萋迷。

次韻劉景文送錢蒙仲三首

誰識天閑老驥，不爭日暮長途。送盡青雲九子，歸去扁舟五湖。

寄語竹林社友，同書桂籍天倫。王郎獨爲鬼錄，世間無此玉人。

五字古原春草，千金漢殿長門。經緯尚餘三策，典刑留與諸孫。

憶江南寄純如五首

楚水別來十載，蜀山望斷千重。畢竟擬爲傖父，憑君說與吳儂。

湖目也堪供眼，木奴自足爲生。若問三吳勝事，不惟千里蒓羹。

人在畫屏中住，客依明月邊遊。未卜柴桑舊宅，須乘五湖扁舟。

生計曾無聚沫，孤踪謾有清風。治產猶嫌范蠡，攜孥頗笑梁鴻。

弱累已償俗盡，老身將伴僧居。未許季鷹高潔，秋風直爲鱸魚。

和黃魯直燒香

四句燒香偈子，隨香遍滿東南。不是聞思所及，且令鼻觀先參。

萬卷明窗小字，眼花只有斕斑。一炷煙消火冷，半生身老心閒。

再次韻和二首

置酒未逢休沐，便同越北燕南。且復歌呼相和，隔牆知是曹參。

丹青已自前世，竹石時窺一斑。五字當還靖節，數行誰似高開。

六言樂語

桃園未必無杏，銀鑛終須有鉛。荇帶豈能攔浪，藕花却解留連。

失題三首

木落沙明秋浦，雲臥煙淡瀟湘。曾學扁舟范蠡，五湖深處鳴榔。

望斷水雲千里，橫空一抹晴嵐。不見邯鄲歸路，夢中略到江南。

公子只應見畫，此中我獨知津。寫到水窮天杪，定非塵土間人。

范祖禹

和子進六言二首

夜靜碧天如水，山空明月隨人。此興庚公非淺，遠遊王子何頻。

蕭散獨遊何處，寂寥四顧無人。月露霑衣覺久，水風吹面宜頻。

郭祥正

南豐道中

前溪淡淡日落，後山靄靄雲歸。桃花不知客恨，一片飛上征衣。

春閨六言二首

夢回紅玉孤枕，日上真珠半簾。雲影陰晴不定，柳梢濃淡相兼。鴈柱怨憑曲寄，獸爐愁逐香添。更倚危樓目斷，却訴東風淚沾。

燕子舞開煙綠，杜鵑啼破花紅。滿地夕陽芳草，有時細雨斜風。錦帳尚寒夢短，彩牋雖遠情通。淚痕染在襟上，愁緒織向機中。

蘇　轍

答文與可以六言詩相示因道濟南事作十首

遠遊既爲東魯，遷居又愛南山。齒髮自知將老，心懷且欲偷安。

舜井溢流陌上，歷山近在城頭。羈旅三年忘去，故園何日歸休。

野步西湖綠縟，晴登北渚煙綿。蒲蓮自可供腹，魚蟹何嘗要錢。

飲酒方橋夜月，釣魚畫舫秋風。冉冉荷香不斷，悠悠水面無窮。

雨過山光欲溜，寒來水氣如蒸。勝處何須吳越，隨方亦有遊朋。

揚雄執戟雖久，陶令歸田未能。眼看雲山無奈，神傷簿領相仍。

終歲常親鞭扑，此生知負詩書。欲尋舊學無處，時有故人起予。

故人遠在江漢，萬里時寄聲音。聞道禪心寂寞，未廢詩人苦吟。

佳句近參風雅，微詞間發離騷。竊欲比君庾信，暮年詩賦尤高。

相思欲見無路，滿秩西歸有時。及君鈴閣少事，飲我松醪滿巵。

游師雄

過九成宮舊址二首

今古市朝已變，隋唐樓殿成空。惟有山頭明月，夜來猶照荒宮。

不見六龍駐蹕，空餘五栝陰森。當日宮前流水，潺湲直到如今。

黄庭堅

從丘十四借韓文二首

吏部文章萬世，吾求善本編窺。散帙雲窗棐几，同安得見丘遲。

中有先君手澤，丹鉛點勘書詩。莫惜借行千里，他日還君一鷗。

題馬當山魯望亭四首

元亮

馬當一曲孤煙，人物于今眇然。不見繞籬黄菊，誰收種秫圭田。

狄梁公

鯨波橫流砥柱，虎口活國宗臣。小屈絃歌百里，不誣天下歸仁。

顏魯公

不見魯公斷石，誰家爲礎爲杠。筆法錐沙屋漏，心期曉月秋霜。

陸魯望

笠澤道人高古，文章白髮蕭條。欲問勒銘遺墨，應書水府鮫綃。

題山谷石牛洞

司命無心播物,祖師有記傳衣。白雲橫而不度,高鳥倦而
猶飛。

題瀟峰閣

徐老海棠巢上,王翁主簿峰庵。梅蕊破顏冰雪,綠叢不見
黃甘。

次韻王荊公題西太一宮壁二首

風急啼烏未了,雨來戰蟻方酣。真是真非安在,人間北看
成南。

晚風池蓮香度,曉日宮槐影西。白下長干夢到,青門紫曲
塵迷。

有懷半山老人再次韻二首

短世風驚雨過,成功夢迷酒酣。草玄不妨準易,論詩終近
周南。

啜羹不如放麑,樂羊終愧巴西。欲問老翁歸處,帝鄉無路
雲迷。

有惠江南帳中香者戲贈二首

百鍊香螺沉水,寶薰近出江南。一穗黃雲繞几,深禪想對
同參。

螺甲割崑崙耳,香材屑鷓鴣斑。欲雨鳴鳩日永,下帷睡鴨

春閑。

次韻公擇舅

昨夢黃粱半熟，立談白璧一雙。驚鹿要須野草，鳴鷗本願秋江。

子瞻繼和復答二首

置酒未容虛左，論詩時要指南。迎笑天香滿袖，喜公新趁朝參。

迎燕溫風旎旎，潤花小雨班班。一炷煙中得意，九衢塵裏偷閑。

次韻韓川奉祠西太一宮四首

萬靈未對甘泉，五福間祀迎年。旂旗三遊半偃，風馬雲車闖然。

白髦下金神節，青祝攜御爐香。百禮盡修亳祀，九歌不取沉湘。

紫府侍臣鳴玉，霜臺御史生風。官燭論詩未了，知秋自屬梧桐。

泰壇下瑞雲黃，雨師灑道塵香。便面猶承墜露，金鉦半吐東牆。

和東坡送仲天貺王元直六言韻五首

仲子霣霜殺草，風流無地寄言。王君攀鱗附翼，禮義端能不騫。

不怨子堂堂去，蓋念君得得來。家藏會稽妙墨，晚歲喜識方回。

兩公六字語妙，我獨一雙眼明。書似出林鳥翼，詩如落澗泉聲。

老憶夷門老將，當年許我忘年。博學似劉子政，清詩如孟浩然。

天子文明濬哲，今年不次用人。九原埋此佳士，百草無情自春。

有聞帳中香以爲熬蝎者戲用前韻

海上有人逐臭，天生鼻孔司南。但印香嚴本寂，不必叢林遍參。

我讀蔚宗香傳，文章不減二班。誤以甲爲淺俗，却知麝要防閑。

題劉將軍鵝

箭羽不霑春水，籀文時印平沙。想見山陰書罷，舉群驅向王家。

寂住閣

莊周夢爲胡蝶，胡蝶不知莊周。當處出生隨意，急流水上不流。

深明閣

象踏恒河徹底，日行閻浮破冥。若問深明宗旨，風花時度窗櫺。

題鄭防畫夾五首

惠崇煙雨歸雁，坐我瀟湘洞庭。欲喚扁舟歸去，故人言是丹青。

能作山川遠勢，白頭惟有郭熙。欲寫李成驟雨，惜無六幅鵝溪。

徐生脱水雙魚，吹沫相看晚圖。老矣箇中得計，作書遠寄江湖。

折葦枯荷共晚，紅榴苦竹同時。睡鴨不知飄雪，寒雀四顧風枝。

子母猿嗁槲葉，山南山北危機。世故誰能樗里，轂中皆是由基。

次韻石七三七首

從來不似一物，妄欲貫穿九流。骨硬非黃閣相，眼青見白蘋洲。

生涯一九節笻，老境五十六翁。不堪上補黼黻，但可歸教兒童。

萬里草荒先壠，六年蟲蠹群經。老喜寬恩放去，心似驚波不停。

爲君試講古學，此事可餞天公。君看花梢朝露，何如松上霜風。

幽州已投斧柯，崇山更用憂何。早喜龔鄒冠豸，又聞張董上坡。

看著莊周枯槁，化爲胡蝶翩輕。人見穿花入柳，誰知有體無情。

欲行水繞山圍，但聞鯤化鵬飛。女憂鬢髮盡白，兄歎江船未歸。

贈高子勉四首

文章瑞世驚人，學行刿心潤身。沅江求九肋鼈，荆州見一角麟。

張侯海內長句，晁子廟中雅歌。高郎少加筆力，我知三傑同科。

妙在和光同塵，事須鉤深入神。聽他下虎口著，我不爲牛後人。

拾遺句中有眼，彭澤意在無絃。顧我今六十老，付公以二百年。

再用前韻贈子勉四首

胸中有度擇人，事上無心活身。只麼親情魚鳥，儼然圖畫麒麟。

行要爭光日月，詩須皆可絃歌。著鞭莫落人後，百年風轉蓬科。

句法俊逸清新，詞源廣大精神。建安數六七子，開元纔兩三人。

醉鄉閑處日月，鳥語花中管絃。有興勤來把酒，與君端欲忘年。

蟻蝶圖

胡蝶雙飛得意，偶然畢命網羅。群蟻爭收墜翼，策勳歸去南柯。

荆南簽判向和卿用予六言見惠次韻奉酬四首

仕宦初不因人，富貴方來逼身。要是出群拔萃，乃成威鳳祥麟。

向侯賦我菁莪，何敢當不類歌。顧我乃山林士，看君取將相科。

覆却萬方無準，安排一字有神。更能識詩家病，方是我眼中人。

覓句真成小技，知音定須絕絃。景公有馬千駟，伯夷垂名萬年。

謝人送栗鼠尾畫維摩二首

貂尾珍材可筆，虎頭墨妙疑神。頗知君塵外物，真是我眼中人。

丹青貌金粟影，毛物宜管城公。只今爲君落筆，他日聽我談空。

題東坡竹石

怪石岑崟當路，幽篁深不見天。此路若逢醉客，應在萬仞峰前。

戲呈田子平六言

茸割即非茸割，肥羊自是肥羊。老夫纔堪一筯，諸生贊詠甘香。却歎佳人纖手，晚來應廢紅粧。荆州衣冠千户，厚意獨有田郎。

題子瞻書詩後

詩就金聲玉振，書成蠆尾銀鉤。已作青雲直上，何時散髮滄州。

戲贈高述六言

江湖心計不淺，翰墨風流有餘。相期乃千載事，要須讀五車書。

次韻舍弟題牛氏園二首

春與園林共晚，人將蜂蝶俱來。樽前鳥歌花舞，歸路星翻漢回。

春事欲了鶯催，主人雖貧燕來。玉燭傳杯未厭，金吾静夜驚回。

詠子舟小山叢

病竹猶能冠叢，夏簟解籜忽忽。細草因依岑寂，小山紫翠嵌空。

答楊明叔送米頌

買竹爲我打籬，更送米來作飯。用此回光反照，佛事一時成辦。不須天下求佛，問取弄臭脚漢。

東坡先生真贊

眉目雲開月静，文章豹蔚虎炳。逢世愛憎怡怡，五朝公忠炯炯。

寄六祖范和尚頌

范公頭上著枷，涪翁脚上著杻。且共彌勒過冬，閑坐地爐數九。

荔支緑頌

王牆東之美酒，得妙用於六物。三危露以爲味，荔支緑以爲色。哀白頭而投裔，每傾家以繼酌。忘螭魅之躞蹀，見醉鄉之城郭。揚大夫之拓落，陶徵君之寂寞。惜此士之殊時，常生塵於尊勺。

木平和尚真贊

一尺三寸汗脚，草鞋掛龍床角。他日清涼半座，果然未忘禮樂。——漚裏木平，稽首一漚前覺。

題般若會疏頌

六祖深禪獨脚，與盲抉開眼膜。走人天下乞錢，涪翁放過一著。

效孔文舉贈柳聖功三首

武庫五兵森森，名駒萬里駸駸。英風爽氣如林，讀書鑿井欲深，學道却要無心。

妙年玉質金相，學問日月悠長。良賈故要深藏，屈體下心堂堂，灰頭土面輝光。

王良終日馳驅，曹商百乘從車。七芋鼓舞群狙，學問聖處功夫，千古與我友俱。

戲呈峨眉僧正簡之頌

普賢菩薩不來，山谷老人不去。夜來月上勝峰，說盡薩提露布。

驚起峨眉衲子，脚酸不到中路。杜鵑識甚閙忙，剛道不如歸去。

孔平仲

春閨六言

夢回紅玉孤枕，日上真珠半簾。雲彩陰晴不定，柳梢濃淡相兼。鴈柱怨憑曲寄，獸爐愁逐香添。更倚危樓目斷，却訴東風淚沾。

燕子舞開煙綠，杜鵑啼破花紅。滿地夕陽芳草，有時細雨斜風。錦帳尚寒夢短，彩牋雖遠情通。淚痕染在襟上，愁緒織向機中。

秦　觀

寧浦書事六首

揮汗讀書不已，人皆怪我何求。我豈更求聞達，日長聊以銷憂。

魚稻有如淮右，溪山宛類江南。自是遷臣多病，非干此地煙嵐。

南土四時盡熱，愁人日夜俱長。安得此身作石，一齊忘了家鄉。

洛邑太師奄謝，龍川僕射云亡。他日巋然獨在，不知誰似靈光。

身與杖藜爲二，對月和景成三。骨肉未知消息，人生到此何堪。

寒暑更拼三十，同歸滅盡無疑。縱復玉關生入，何殊死葬邊陲。

彭汝礪

擬田園樂

買田何須近郭，作屋却要依山。青松共我終始，白鳥隨人往還。

春酒家家初熟，春花處處光輝。看花更攜酒去，酒醉却插花歸。

步月溪頭置酒，野草不妨醉眠。百歲獨多暇日，萬家共樂豐年。

山色依雲黯淡，溪聲漱玉玲瓏。孤笛醉吹明月，扁舟臥釣秋風。

霜寒禾黍初熟，日落牛羊自歸。樂事須還田舍，浮名不入柴扉。

蘆花

風起蘆花散雪，紛紛故著枯槎。曉日玲瓏照處，十分認作梅花。

沙柳

沙陁祇見塵土，柳色如逢故人。憶著千條萬葉，金明馳道青春。

姚 孳

金鷄關六言

邛筰兩關壁峙，蔡蒙四面屏開。雲捧峨眉月出，江滾平羌雪來。

甘露靈根不老，爾朱丹竈空存。三十六蒙好處，倚欄役破詩魂。

李之儀

次韻子春

款步昔陪下澤，劇談今愧高流。又喜秋來相見，暫同南陌東丘。

華屋暫離星斗，滄江歸弄波濤。可得遽傳來信，便須却整還舠。

早日能詩傳喜，新來投筆從班。身世且依魏闕，煙雲休戀鍾山。

游 酢

山中即景

翠靄光風世界，青松綠竹人家。天外飛來野鳥，澗中流出桃花。

晁補之

仲夏即事

紅葵有雨長穗，青棗無風壓枝。濕礎人霑汗際，蒸林禪烈號時。

濱州道中四首

身隨符檄塞壘，家與琴書鄴都。白酒清談憶汝，黃花佳節愁予。

月墮孤村露合，日出高原霧開。道逐故河西去，人將新鴈南來。

三徑蔣生里第，再見虞君客卿。多病增予歸思，少年許子高名。

林下囊裝夙興，雲間鴻鴈悲鳴。行役正嗟予弟，言旋當復諸兄。

館宿

殘雪封條未乾，蘭臺襆被春寒。斜日房櫳吏散，鳴鳩飛下欄干。

賀　鑄

馬上重經舊遊

淺淺東流宛溪，當年罷酒分攜。認得橋邊楊柳，春風幾度鴉啼。

題惠崇畫扇二首
梅花雪雀

春雪霏霏晚梅，抱枝寒雀琶毸。隴下有人腸斷，爲銜芳信東來。

秋水蘆鴈

塞南秋水陂塘，蘆葉蕭蕭半黃。直北飛來鴻鴈，端疑箇是瀟湘。

張　耒

登山望海四首

江闊風煙易晚，山高草木先秋。獨倚闌干盡日，此身與世悠悠。

仕宦此身漫爾，功名已老茫然。山鳥不須驚客，相親此復窮年。

西望揚州何處，雲中雙塔巉屼。山外雲濤斷日，夕陽應近長安。

鳥去蒼煙古木，人歸綠野孤舟。信美雖非吾土，消憂且復登樓。

書寺中所見四首

江市樵蘇早散，山家燈火常昏。紗帽揩笻獨立，龕中佛像無言。

日出鄰僧乞食，鐘鳴老叟關門。誰見春宵淨境，娟娟霽月當軒。

叩户誰驚午睡，烹茶聽客論詩。病裏雖成禁酒，興發何妨杖藜。

閑裏光陰最好，病中談笑無多。夢幻世間種種，楞枷卷裏消磨。

讀潘郎文卷

霜鬢我猶謫宦，蝸鬚子合封侯。老拙何勞咄咄，疎慵且復悠悠。

贈廣靖上人

七十龐眉禪客，曾見天衣老人。栴檀林中香氣，悠然時有餘氳。

夜坐三首

門庭草草是客，寢室泠泠似僧。春寒猶須篝火，夜書頗復明燈。

靈通寺前老圃，畦蔬想見如雲。謀拙嗟予飄泊，歸來與爾知聞。

微寒騷屑窗竹，淡月朦朧夜天。路暗城頭傳警，漏稀更士高眠。

六言

青春要去便去，美酒得斟且斟。莫問世間蹀躞，須知老境侵尋。

乾明院門望江山懷淮陽城南步二首

危臺寺東野水，春來柳色鵝黃。江上滄波似屋，蛟龍作惡難量。

憶昨淮陽把酒，目前惟欠山林。江上雲岑千疊，何爲特地愁心。

和子瞻西太一宮祠二首

太一祥儲世世，祠宮歲事年年。絳節霓旌何處，松庭玉座蕭然。

玉斝清晨薦酒，天風静夜飄香。鳳吹管截孤竹，琴絃曲奏瀟湘。

白沙闡西艤舟亭下二首

倦客時時醉眼，津亭日日春寒。目極傷春懷抱，黃昏猶在闌干。

客恨如雲冉冉，風光似水迢迢。回首十年舊事，令人淚盡魂消。

秋園雜感二首

秋晚園林疎静，天高風日明鮮。中有搘筇病客，三杯卯酒醺然。

世事我深譖委，人生他自奔忙。刻木牽絲作技，幾回弄罷淒涼。

晁以道

立秋前六言

今日自須欣喜，明朝池上秋風。聽雨如聽古樂，得書似得良朋。

歲暮六言

臘尾豈堪北去，年頭又怯東奔。萍梗往來覆載，燕雀俯仰乾坤。

西渡

西渡幾回送客，春風今日思家。我亦歸期可數，休言此是天涯。

宗　澤

題趙園

瑤瑛夾侍梅臺，琴瑟自鳴松島。山中野服相羊，足以亡憂遣老。

鑿池智有泉源，種木胸無芥蔕。螭頭吐水涓涓，端是銀潢一派。

舊作感懷

關中黃壤黑壤，大是邦家利源。古者畝收十一，誰興歲取十千。不用府無虛月，藏之斯民裕然。

盧行者偈

休問東西南北，莫說之乎者也。直饒神秀文□，不似老盧行者。

述懷二首

憂國心如奔馬，勤王毛有奇兵。一旦立誅禍亂，千載坐視太平。

黃屋肇新巍巍。四方豪傑雲來。片言之誤天也，一見而決時哉。

謝　逸

擬峴臺六言

董奉山中種杏，玄都觀裏栽桃。清曠孰如此地，登臨況是吾曹。城下一江水碧，江邊百尺臺高。倦蝶舞酣花塢，驚鷗飛掠魚舠。客子自来如燕，世事相黏若蠔。何當有酒徑醉，涼州不博葡萄。

以水沉香寄呂居仁戲作六言二首

紙帳竹窗夜永，蒲團棐几人閑。萬籟聲沉沙界，一爐香嫋禪關。

海上人多逐臭，水沉價不論錢。自是渠無佛性，非關鼻孔寥天。

洪　芻

臨川即事

峴臺著色山水，南湖罨畫池塘。欲買浮家泛宅，箇中端坐迷藏。

覓句翻經靈運，臨池學書右軍。誰知麻源三谷，頓有一雙玉人。

廟有魯公遺像，堂餘玉茗高華。零落銀鈎欲折，摩挲螭首興嗟。

闕題二首

槐下棗花纂纂，麥秋葚子離離。不沽十千美酒，難消三百枯棋。

兩部池蛙當妓，千山飛鳥催沽。引睡直須黃妳，曲肱正要青奴。

蘇　庠

王文孺草堂

笛弄松江明月，蓑披笠澤歸雲。若話青霄快活，五侯何處如君。

洪　朋

跋山谷帖用其韻

學書右軍盡善，下筆少陵有神。無復向來金馬，可惜埋此玉人。

壓倒詩中宰相，鼓行文苑宗公。毒霧瘴氛作祟，英姿爽氣成空。

唐　庚

題瀘川縣樓
百斤黃魚鱠玉，萬戶赤酒燒霞。榆甘渡頭客艇，荔枝林下人家。

六言即事二首
幾年持鉢天外，晚歲結庵海隅。頭白親逢孔墨，眼生初識楊盧。

煙合家煨老酒，風腥船過鹹魚。丁米獨遺遷客，筒天不數僑居。

赴益昌二首
豈有登臺衮衮，謾令去國遲遲。南越纓方欲請，北山文莫相移。

樂職如含酒美，判司敢歎官卑。會待薛疎供帳，歸從朱老栽橙。

周紫芝

東窗對雪六言四首
月觀雲臺何處，瑤林玉樹誰家。幻成銀色世界，雨此天女寶花。

天净銀潢渺渺，林寒玉珮珊珊。有月時翻瑶草，無人來踏瓊田。

擁鼻駝裘不暖，澆腸蟻楪還空。助我茶甌玉雪，煎成石鼎松風。

睡起山驚堆玉，詩成研欲敲冰。飄瓦莫嫌碎點，打窗留伴孤燈。

韋深道寄苕雪舟中六言五首

畫舸一帆煙浪，薰風十里荷花。更著千巖萬壑，相隨泛宅浮家。

水繞卧沙鸂鶒，浪翻擎雨芙蕖。向晚柂樓獨倚，共誰同看跳珠。

韋郎無意剪白，次山亦漫爲官。要遣苕溪風雨，飽君筆下波瀾。

滿眼紅妝迎笑，昔年燕客經行。忽得風前麗句，似聞篷底波聲。

我作三吴短夢，小安近水茅茨。解養能言鴨子，閒看似酒鵝兒。

書淳師房三首

茗椀要看三昧，齋盂來飯伊蒲。坐對禪房花木，夢成午枕江湖。

長卿自是倦客，支郎殊復可人。懶識閒中味好，老於方外情親。

罌粟湯翻白雪，梅花句嚼春冰。助我看山老眼，借君倚壁枯藤。

雨中對竹清甚效江西作六言一首

雨色挼藍潑黛，風莖戞玉鳴珂。不復作可人語，奈此數君子何。

題徐季功畫墨梅木犀二首

夜色無人能畫，徐郎挽上寒枝。仿佛孤山盡處，黃昏月到花時。

細雨欲催秋晚，幽香已著寒枝。似我江南九月，西風馬上歸時。

題徐季功畫二古木二首

千尺龍蛇夭矯，半山風雨憑陵。誰爲梅花賦手，能回古木寒藤。

何處千年雙幹，未嫌雪虐風饕。楚士兩龔介潔，孤竹二子清高。

蠟梅六言三首

剪蠟枝橫隴月，釀花蜜滿蜂房。誰遣淩寒枝上，中含百和花香。

雲珮風侵玉冷，仙裳霧卷羅黃。家在蕊珠宮裏，衣熏鵲尾爐香。

桃花占上林薄，蘭芷擅離騷經。欲吊花中遺逸，聊尋世外林坰。

再賦三首

孤根雅宜幽處，空明宛似僧房。我作蒲團燕坐，時參鼻觀微香。

淺俗微嫌菊陋，粗疏不愛葵黃。花裏誰方高韻，人中可比黃香。

移種定從天上，世間那得此香。白髮人應羞看，鵝兒酒可爭嘗。

李　綱

六言頌六首贈安國覺老

太虛一點真氣，都盧半掬水中。堪笑鍾離散漢，付與安國禿翁。

心似蓮花疏通，身如靈龜藏蟄。三十年來住持，不曾嚼破一粒。

本來滴水滴凍，豈礙徹風徹顛。欲問東西祖意，莫嫌喫飯參禪。

不用讀書讀史，自能説西説東。若人欲了此法，一源通處皆通。

信口長吟短詠，落筆春蚓秋蛇。萬法無心契合，絲毫擬議即差。

莫問是魔是佛，休言學道學禪。若能不作聖解，便是人間散仙。

吕本中

次韻錢遜叔清江圖後二首

公但一室堅坐，我方萬里生還。共作十年清夢，同尋五嶺名山。

作清江三兩曲，勝大廈千萬間。若保此中安坐，不必中原遽還。

即事六言七首

老來與世相忘，尚喜攤書滿床。憶得少年無事，苦心更學文章。

少年與世無求，老覺心情自由。顛倒文章事業，追隨倦鳥虛舟。

不入樂天歡會，不隨淵明酒徒。看取簞瓢陋巷，十分晝夜工夫。

百壯艾能已疾，一杯酒便生春。熟睡覺時意思，罷勞歇後精神。

遊夏一辭不措，非關未究源流。直至孟軻沒後，無人會讀春秋。

養生不能延年，忘言未是安禪。聖學工夫安在，重尋曲禮三千。

畢竟學書不成，誰道能詩有聲。點檢平生交舊，幾人曾是同盟。

泗上贈楊吉老

杯中蛇去無恙，醉裏詩成有神。相逢不及世故，長年倍覺情親。

置王坦之膝上，著陳長文車中。何似維摩丈室，蕭然一榻清風。

雪

窮巷無人對雪，小詩自可逃禪。看取一年三白，喜歡共入新年。

曾　幾

李商叟秀才求齋名于王元渤以養源名之求詩

自古詞林枝葉，皆從根柢中來。萬卷須窺藏室，一塵莫點靈臺。

老杜詩家初祖，涪翁句法曹溪。尚論淵源師友，他時派列江西。

學問直須富有，文章政要深藏。玉在山中輝潤，蘭生林下芬芳。

黃嗣深尚書自仰山來惠茶及竹薰爐

茗椀中超舌界，薰爐上悟香塵。坐我集雲峰頂，對公小釋迦身。

黃嗣深尚書見訪

騎氣初占客至，履聲忽報公來。不亂空庭鳥雀，何妨滿席塵埃。

荔子六言二首

蕉葉定成嚐伍，梅花應愧盧前。金谷危樓魂斷，白州舊井名傳。

紅皺解羅襦處，清香開玉肌時。繡嶺堪憐妃子，薴蘿不數西施。

廣南韓公圭舶使致龍涎香三種數珠一串戲贈

千里傳聞陸凱，一枝遠寄梅花。虎節無煩驛使，龍涎走送寒家。

花氣薰肌郁郁，貫珠入手纍纍。想見范公和處，絶勝乃祖偷時。

李彌遜

次韻巖起緑萼梅

平生始識真梅，不數朱唇皓齒。小立寒梢注目，幽香已著人衣。

枝上未聞睍睆，杯中初薦屠蘇。誰遣雲英萼緑，臨風摇曳輕裾。

太清不著微雲，冰雪精神占春。詩老自知風格，淺紅未可驕人。

陳與義

題顔持約畫水墨梅花

未央宫裏紅杏，羯鼓三聲打開。大庾嶺頭梅萼，管城呼上屏來。

六言二首

莫賦澗松鬱鬱，但吟陂麥青青。爲婦讀劉伶傳，教兒書寧戚經。

種竹可侔千户，擁書不假百城。何必思之爛熟，熱官無用分明。

不見梅花

荆楚歲時經盡，今年不見梅花。想得蒼煙玉立，都藏江上
人家。

張元幹

次韻王性之題篠叢枯木

举确有岱華勢，輪囷無斤斧痕。我來翻君古錦，老眼洗盡
眵昏。

范　浚

冬日行蘭溪道中

雲頑欲雪不雪，梅凍將花未花。荒草狹蹊山路，斷橋流水
人家。

瑟縮鴉棲古樹，聯拳鷺立回塘。水際風低白葦，隔村時見
牛羊。

忘言示曾仲思

范叔初非辯士，曾子本同道人。歡伯解兩家難，忘言一笑
相親。

春日行蘭溪道中

遠草連雲碧積，繁花照日紅酣。信馬貪看春意，不知錯過
村南。

劉子翬

六言二首

鼎食鼎烹謀拙，山北山南興長。片夢彭殤壽夭，一枰楚漢
興亡。

黃卷篋中昆友，白醪杯裏聖賢。我願長閑足矣，人憐獨處
蕭然。

春圃六言絶二首

侯騎不侵南海，好山多近吾廬。醒歌醉眠任我，朝奏暮召
從渠。

南堂面山已勝，北檻俯澗仍幽。千巖莫非石友，萬壑總是
清流。

寄題陳良臣頤軒四首

七事疑生何晏，三爻夢感虞翻。獨養靈龜不昧，有人高臥
頤軒。

啼鵑底用流血，渴水猶貪飲河。勿謂山雷象淺，人生口禍
常多。

奇峰一疊兩疊，亂澗清流濁流。那識高人勝處，闃然心地
能幽。

道醇泮宮識面，德潤梓里知名。相從固應未晚，畏君難弟

難兄。

寄題鄭尚明煮茶軒三首

過耳颸颸未歇，裝懷憒憒俄空。它日寧逃水厄，會須一訪髯翁。

黿鼎從渠染指，轣車絕念流涎。猶有清饞未已，茶甌日食萬錢。

一點春回枯卉，萬家謰動寒墟。鳳餅龍團玉食，傷心半入穷廬。

葛立方

韓幹畫馬

刖足俄然增足，蹶蹄那害全蹄。還解追風奔雷，不妨一躍檀溪。

鄭　樵

漫興

野鳥日啼户外，涼風時入簾間。老夫夢後欹枕，稚子病中解顔。

陋巷顏回早死，柴桑陶令長生。達觀千載兒戲，厭見一時利名。

門前半畝禾苗，日午翠色可描。笑部耦耕沮溺，何勞蓑笠終朝。

今古去來有數，乾坤闔闢無涯。人生行雲流水，處世運甕搬柴。

初秋一雨新涼，子夜長吟未央。堦下花枝冷豔，堂前佛火微茫。

壺山八面蒼翠，蘭水一泓漣漪。容我放歌問渡，憑誰拄杖支頤。

空山無人堅臥，冷灶有飯晚餐。安得原憲與語，雪霜不受天寒。

花下閒傾濁酒，人前莫道清貧。殘生全無奢願，歲月徙倚竹筠。

臨水時思下釣，閉門聊學吞膻。一身苦樂無定，萬事安危有天。

鄰沽數盞微醉，坦腹北窗短眠。風送松濤聒耳，驚回夢蝶翩翩。

王十朋

出州宅

官居到處郵傳，歲月驚人電飛。惆悵同來德耀，故鄉不與同歸。

雁山僧景暹求文記本覺殿六言

筆下何曾有口，囊中更媿無錢。聊把一言讚歎，助成此段因緣。

提舶贈玉友六言詩次韻以酬

重見異鄉佳節，又成終日清齋。忽捧晉堂雙玉，飲觴澆破愁懷。

競渡爭飛畫舫，賜衣紛集丹墀。舉筆不忘規諫，玉堂誰進歐詩。

自注：歐陽公端午帖子詩云：楚國因讒逐屈原，終身無復入君門。願因角黍詢遺俗，可鑒前王惑巧言。

貢院食新荔觀雙蓮因成六言

兩郡兩逢新荔，三年三結雙蓮。酒盞莫辭在手，異時同把無緣。

元章至萬州湖灘寄六言一絕云滿目暮山平遠一池雲錦清酣忽有鐘聲林際直疑夢到江南某六月朔日登靜暉樓望西南碧遠數峰乃前日送別處也樓前荔子初丹次韻寄元章

遙碧峰尖如削，輕紅荔臉初酣。水漲江天渺渺，故人一葉西南。

韓元吉

題日出雨脚圖二首

絕壑春林映綠，半山曉霧迷紅。長憶西巖夢覺，小舟欸乃聲中。

隱隱遙分樹色，蕭蕭似聽風聲。何處江傾海墮，隔山霧白煙明。

次韻趙公直題米元暉畫軸

天際歸雲挾雨，江干亂木藏山。耳冷似聽蕭瑟，眼明驚見孱顏。

姜特立

紀恩詩

百首清詩夜上，九重溫詔晨頒。自古封侯賜璧，慷慨只立談間。

聞賦

樓臺百萬裝成，花木四時羅列。從渠眼底江山，欠我詩中風月。

六言

康樂尋山伐木，子猷愛竹扣門。我已煙霞痼疾，每逢佳處開尊。

石盆水寨

數葉玉簪敷翠，一拳水石含秋。何須坐我濠濮，自覺心清境幽。

山中

籬畔黃花翠竹，雨後青山白雲。此是山中活計，莫教俗士知聞。

扃岫爲張支使作二首

士衡招隱翠幄，長統卜居露幬。未若君家扃岫，千峰盡鎖雙扉。

老去林泉屬我，時來軒冕輸君。正好南冥運翼，未用北山移文。

元宵小飲遊人填塞殊可厭

一燈何似千燈，千燈爭如一月。雖云屋下熒煌，不若空中皎潔。笙歌萬井喧嘩，車馬九衢填咽。老子静對嬋娟，自是一般奇絶。混沌燈意略同，矯俗救奢良訣。

陸　游

大慧禪師真贊

平生嫌遮老子，説法口巴巴地。若是靈利阿師，參取畫底妙喜。

六言十三首

三巴亦有何好，萬里翩然獨尋。本意爲君説破，消磨夢境光陰。

愛馬能成一癖，結髦可忘百憂。我亦時時自笑，開編萬事俱休。

滿帽秋風入剡，半帆寒日游吳。問子行裝何在，帶間笑指葫蘆。

功名正恐不免，富貴酷非所須。鐵馬未平遼碣，釣船且醉江湖。

遇合生封萬戶，厄窮不值一錢。此是由來事爾，正須到處欣然。

噉飯一簞不盡，結廬環堵猶寬。常得奉祠玉局，不須草詔金鑾。

豪士以妾換馬，耕農賣劍買牛。我看浮名似夢，却貪山水閒遊。

烏有翁邊貰酒，無何鄉里尋花。把定東風一笑，今年別是生涯。

風細飛花相逐，林深啼鳥移時。客至旋開新茗，僧歸未拾殘棋。

不慕生爲柱國，何須死向揚州。但願此身無病，天台剡縣閒遊。

壯歲京華羈旅，暮年湖海清狂。勿倚新知可樂，笑中白刃如霜。

覓飽如籌大事，擁書似墮重圍。誤喜敲門客至，出看啄木驚飛。

香煙觸簾不散，燈焰無風自搖。獨倚蒲團寂寂，忽聞山雨蕭蕭。

六言雜興九首

世界菴摩勒果，聖賢優鉢曇華。但解折衷六藝，何須和會三家。

夢裏明明周孔，胸中歷歷唐虞。欲盡致君事業，先求養氣工夫。

語道無如孔孟，佛莊雖似非同。倘有一人領會，何須客滿坐中。

失馬詎知非福，亡羊不妨補牢。病裏正須周易，醉中却要離騷。

舉足加劉公腹，引手捋孫郎鬚。士氣日趨委靡，賴有二君掃除。

廣平作梅花賦，少陵無海棠詩。正自一時偶爾，俗人平地生疑。

瘦馬羸僮道路，清泉白石山林。常得有衣換酒，不愁無法燒金。

一夜雨來可怖，五更雲散無餘。傳舍僧窗雖異，不妨隨處觀書。

熟讀大小止觀，精思內外黃庭。直使超然有得，豈若淵源六經。

感事六言八首

老去轉無飽計，醉來暫豁憂端。雙鬢多年作雪，寸心至死無丹。

黑犢養來純白，睡蛇死後安眠。但有漉籬可賣，不妨到處隨緣。

五尺童知大義，三家市有公言。但使一眠得熟，自餘萬事寧論。

麥熟與人同喜，兵驕爲國私憂。身似五更春夢，家如一宿山郵。

早歲已歸南陌，暮年常在東籬。短衣幸能掩脛，長劍何須拄頤。

高岸眼看爲谷，寸根手種成陰。一卷楚騷細讀，數行晉帖閒臨。

李白嶔崎歷落，嵇康潦倒粗疎。生世當行所樂，巢山喜遂吾初。

有飯那思肉味，安居敢厭茅茨。未論顏淵陋巷，老農自是吾師。

愁坐忽思南鄭小益之間

當年蜀道秦關，萬里飄然往還。酒病曾留西縣，眼明初見南山。

籌筆門前芳草，回龍道上青山。萬里猶能夢到，再遊未信天慳。

舍北閒望作六字絕句

潘岳一篇秋興，李成八幅寒林。舍北偶然倚杖，盡見古人用心。

夏日

退士自應客少，幽居不厭椽低。未說盤堆玉膾，且看臼搗金虀。

醉面貪承夕露，釣竿喜近秋風。借問孤舟何處，深入芙蕖浦中。

溪漲清風拂面，月落繁星滿天。數隻船橫浦口，一聲笛起山前。

我是百年遺老，掃空一夢浮名。未到終南二華，且入天台四明。

范成大

冬祠太一六言四首

三一舊傳神呪，十神今濟時艱。願挽靈旗北指，為君直擣陰山。

月色朧明碧瓦，蠟煙浮動黃簾。罡騎飆輪欲下，一天飛霰纖纖。

雲木栖烏未動，風庭警鶴先鳴。殘夜百靈夙駕，人間鼻息雷驚。

行道羽衣縹緲，捲班玉佩冬瓏。回首金鋪獸面，步虛聲在天風。

雪後六言二首

雨聲和深巷屐，風力到短檠燈。可惜滴殘檐雪，從教漂盡河冰。

歲寒破屋萬卷，風急疎窗一燈。高卧眼生醉纈，遠遊鬢有堅冰。

二偈呈似壽老

法法刹那無住，云何見在去來。若覓三心不見，便從不見打開。

孟説所過者化，莊云相代乎前。何處安身立命，飢餐渴飲困眠。

甲辰人日病中吟六言六首以自嘲

攢眉輒作山字，揪耳惟聞水聲。人應見憐久病，我徧自厭餘生。

目慌慌蟻旋磨，頭岑岑鼇負山。筆牀久已均伏，藥鼎何時丐閒。

政爾榮枯衛澁，剛云人厄天窮。歸咎四衝臨歲，乞將九曜過宮。

復吉既忞七日，泰來惟俟三陽。歷日今頒寅正，占星更候農祥。

有日猶嫌開牖，無風不敢下簾。報國丹心何似，夢中抵掌掀髯。

壯歲喜新節物，老來惜舊年華。病後都盧不問，家人時換瓶花。

題請息齋六言十首

洞門晝挂鐵鎖，閣道秋生綠苔。著下略同蘁伏，爪中且免蠅來。

多謝紛紛雲雨，相忘渺渺江湖。坐隅但忌占鵬，屋上何煩譽烏。

灩澦年年如馬，犬行日日摧車。笑中恐有義甫，泣裏難防叔魚。

見影蟣猶鉍鉍，聞聲厖尚猎猎。問誰毛生名紙，知我角出車輪。

不惜人扶難拜，非關我醉欲眠。勞君敬枯木耳，恐汝見濕灰焉。

稅駕今吾將老，結廬此地不喧。恐妨胡蝶同夢，笑債顛當守門。

口邊一任嚘去，鼻孔慵將涕收。閉門冷落車轍，空室團欒話頭。

冷暖舊雨今雨，是非一波萬波。壁不禪枯達磨，室中病者維摩。

園丁以時白事，山客終日相陪。竹比平安報到，花依次第折來。

親戚自有情話，來往都無雜言。酒熟竟須相報，文成聊與細論。

雪復大作六言四首

奇寒擁被曉枕，噩夢披蓑晚江。遙想漫天匝地，近聽穿幔鳴窗。

釀成送臘三白，功在迎年九秋。樵指擔肩相賀，飯囊酒甕何憂。

初報折篁搶地，旋聞壓柳堆橋。寧教風過掀舞，可惜雨來半銷。

伶俜凍雀蹲晚，喋滲疏梅鎖春。有客典衣沽酒，何人增價賣薪。

立春

綵勝金旛夢裏，荼槽藥杵聲中。索莫兩年春事，小窗臥聽東風。

正月九日雪霰後大雨二首

夜霰三更碎瓦，晝冥一陣翻盆。賴是梅花已過，不然皴玉誰溫。

黃昏簷溜垂瀑，清曉屐聲滿門。湖光萬頃何似，小沼先吹縠紋。

正月十日夜大雷震二首

阿香真是健婦，夜半鼓行疾驅。直恐南山破碎，絕憐窗紙枝梧。

人言有物司鼓，春到揚桴發聲。但要蟄蟲啓户，何須一許震驚。

題黃居寀雀竹圖二首

群雀歲寒保聚，兩鶉日晏忘歸。草間豈無餘粒，刮地風號雪飛。

蔓花露下凝碧，叢竹秋來老蒼。噪雀群爭何事，么禽自囀清篁。

或勸病中不宜數親文墨醫亦歸咎題四絕以自戒末篇又以解嘲

作字腕中百斛，吟詩天外片心。習氣吹劍一吷，病軀垂堂千金。

意馬場中汗血，隙駒影裏心灰。吉鱭筆墨安用，付與蛛絲壁煤。

詩成徒能泣鬼，博塞未必亡羊。剛將妄言綺語，認作錦心繡腸。

師熠尚合餘爐，羹熱休吹冷韲。解酲縱無五斗，且復月攘一雞。

寄題筠州錢有文明府新昌小道院

忠厚平生心學，敏明隨處民功。江左幕中荒政，江西縣裏仁風。

勿雲私淑小邑，可以匹休大邦。健筆誰能後賦，向來江夏無雙。

苦寒六言

簷冰低掛闌角，隙雪斜侵坐隅。春後一寒如此，梅花有信來無。

河流滿滿更滿，簷溜垂垂又垂。皇天寧有漏處，后土豈無乾時。

不辭蛾化麥穗，叵忍秧浮浪花。兒孫汩汰護岸，翁媼扶攜上車。

折策肥梅釘坐，涎蝸鬥蟻上樑。雨工莫賈餘勇，留乖稻花半黃。

潤礎才晴又汗，濕薪未爆先煙。壯夫往往言病，病叟岑岑且眠。

已厭衣裳蒸潤，仍憐書畫斕斑。奩香尚餘幾所，盡付熏鑪博山。

枕上六言二首

寒更寂歷向曉，短夢參差屢驚。鷄鳴似喚我醒，犬吠知有人行。

獨眠被出圭角，晏起帳承隙光。一老綢繆牖戶，幾人顛倒衣裳。

次韻養正元日六言

歲踰耳順俄七，年去古稀只三。從今蓮葉巢穩，誰在槐柯戰酣。臍下丹田休想，口邊白醮罷參。渴飲飢餐困睡，是名真學瞿聃。

曉起

簾額繡波蕩漾，燭盤紅淚闌干。夢裏五更風急，愁邊一半春殘。

再游上方

僧共老花俱在，客將春鴈同回。范叔一寒如此，劉郎前度曾來。

寄題林景思雪巢六言三首

大地九冰徹底，小巢四壁俱空。只有梅花同調，雪中無限春風。

何處溫泉火井，誰家熊席狐裘。堂燕幾番炎熱，冰蠶一繭綢繆。

萬境人蹤盡絕，百圍天籟都沉。惟餘冷淡生活，時復撚髭凍吟。

題如夢堂壁

勃姑午啼喚雨，鵓鴣曉囀留春。片雲不載歸夢，兩鬢全供客塵。

宿牧馬山勝果寺

佛燈已暗還吐，旅枕纔安却驚。月色看成曉色，溪聲聽作松聲。

從聖集乞黃巖魚鮓

截玉凝膏膩白，點酥黏粟輕紅。千里來從何處，想看舶浪帆風。

再雪

銀竹方依檐住，瑤花又入簾窺。一白本憐麥瘦，重來應爲梅遲。

曉枕

煮湯聽成萬籟，添被知是五更。陸續滿城鐘動，須臾後巷雞鳴。

臥聞赤脚鼾息，樂哉栩栩蘧蘧。病夫心口相語，何日佳眠似渠。

舒卷長隨天氣，關心窗暗窗明。日晏扶頭未起，喚人先問春晴。

不寐

春宵似暖非暖，曉夢欲成未成。風竹時驚雀噪，月窗誰伴梅橫。

次韻舉老見嘲未歸石湖

半世吟客舍柳，長年憶後園花。爲報廬山莫笑，雲丘今屬誰家。

園丁折花各賦一絕

單葉御衣黃

舟前鵝羽映酒，塞上駝酥截肪。春工若與多葉，應入姚家雁行。

水晶毬輕盈嫵媚不耐風日

縹緲醉魂夢物，嬌嬈輕素輕紅。若非風細日薄，直恐雲消雪融。

壽安紅深色粉紅多葉易種且耐久

豐肌弱骨自喜，醉暈妝光總宜。獨立風前雨裏，嫣然不要人持。

疊羅紅開遲旬日始放盡

襞積剪裁千疊，深藏愛惜孤芳。若要韶華展盡，東風細細商量。

崇寧紅

勻染十分豔絕，當年欲占春風。曉起妝光沁粉，晚來醉面潮紅。

輕紅

猩唇鶴頂太赤，榴萼梅腮弄黃。帶眼一般官樣，只愁瘦損東陽。

紫中貴

沉沉色與露滴，泥泥香隨日烘。滿眼豔妝紅袖，紫綃終是
仙風。

積雨作寒

壓屋雨雲晝暗，環城霖潦夏寒。西池半沒荷柄，南蕩平沉
茨盤。

已報舟浮登岸，更憐橋踏平池。養成蛙吹無謂，掃盡蚊雷
却奇。

熨帖重尋毳衲，補苴盡護紙窗。餘生雪鬢禪榻，昨夢雲帆
漲江。

婢喜蚊僵霧帳，兒嗔蝸篆風櫺。兀坐鼻端正白，忘懷眼底
常青。

山寒禪老不下，泥滑琴僧罕來。且喚園丁閒話，喜聞湖岸
未頹。

夏至

李核垂腰祝饐，糉絲繫臂扶羸。節物競隨鄉俗，老翁閒伴
兒嬉。

石鼎聲中朝暮，紙窗影下寒溫。踰年不與廟祭，敢云孝子
慈孫。

初秋閒記園池草木五首

茙葵爛紫終陋，蒼蔔嫣黃亦香。醫俗賸延竹色，療愁催拆
萱房。

牛牽碧蔓自繞，雞聳朱冠欲爭。菱葩可泛伯雅，蓼節偏宜

麴生。

旱地蓮花嬌小，冰盆梔子幽芳。薇帳半年春豔，桂叢四季秋香。

醉憐金琖齊側，臥看玉簪對橫。腥水留灌茉利，結香旋薰素馨。

玉菡化生稚子，碧枝視現聲聞。馬齒任藏汞冷，鴻頭自勝硫溫。

書事三首

奴婢請淘酒米，園丁催算花錢。如許日生公事，誰云窮巷蕭然。

日日處方候胍，時時推筴禳災。門外誰無車轍，醫生卜叟猶來。

簡子約同湖棹，周郎許過田廬。碧雲日暮空合，多病故人遂疎。

鬼門關

天作隴頭石闕，人言要隔塵樊。百年會須作鬼，無事先穿鬼關。

劇暑

赫赫炎官張傘，啾啾赤帝騎龍。安得雷轟九地，會令雨起千峰。

荆公墓

百歲誰人巧拙，一丘底處虧成。半世青苗法意，當年雪竹詩情。

本意治功徙木，何心黨禍揚塵。報讎豈教行劫，作俑翻成害仁。

久病或勸勉强遊適吟四絶答之

風月個中老子，江湖之上散人。化爐苦靳清福，環堵閑拋好春。

鶴怨久回俗駕，鷗盟誰主載書。一丘一壑謝汝，三歲三秋望予。

捫虱即是忙事，驅蠅豈非褊心。香暖香寒功課，窗明窗暗光陰。

羸如蓐婦多忌，倦似田翁作勞。玩具僧梳剔履，歡悰丁尾龜毛。

題畫卷

秋晚黃蘆斷岸，江南野色連天。日色微明魚網，雁行飛入蒼煙。

乙巳十月朔開爐三首

石湖今日開爐，紙窗銀白新糊。童子燒紅榾柮，老翁睡暖氍毹。

石湖今日開爐，兩壁仍安畫圖。萬事篆煙曲幾，百年毳衲團蒲。

石湖今日開爐，俗家恰似精廬。擦涕雖無情緒，吟詩却有工夫。

有歎二首

春秋蘭菊殊調，南北馬牛異方。心醉井蛙海若，眼空鵬海鳩枋。

貧富交情乃見，炎涼歲序方成。越秦本異肥瘠，魯衛何曾弟兄。

楊萬里

宴客夜歸

月在荔枝梢上，人行茉莉花間。但見胸吞碧海，不知身落南蠻。

農家六言

插秧已蓋田面，疎苗猶逗水光。白鷗飛處極浦，黃犢歸時夕陽。

耕

南邨北邨雨足，十畝五畝秧齊。帶月肩犂未出，催人布穀先啼。

看笋六言

筍如滕薛爭長，竹似夷齊獨清。只愛錦綳滿地，暗林忽兩
三莖。

糟蟹六言

霜前不落第二，糟餘也復無雙。一腹金相玉質，兩螯明月
秋江。

別業拋離水國，失身墮在糟丘。莫笑草泥郭索，策勳作醉
鄉侯。

演雅六言

縠觫受田百畝，蠻觸有宅一區。蚍蜉戒之在鬥，蠅蚋實繁
有徒。

果蠃周公作誥，鵜鴂由也升堂。白鷗比德於玉，黃鸝巧言
如簧。

蠅虎六言

長有青蠅入夢，初無白額負嵎。傳業羲皇網罟，齊名鬭穀
於菟。

尤　袤

題米元暉瀟湘圖

萬里江天杳靄，一村煙樹微茫。只欠孤篷聽雨，恍如身在
瀟湘。

淡淡曉山橫霧，茫茫遠水平沙。安得綠蓑青笠，往來泛宅浮家。

周必大

廣西漕屬呂君祖平以其六世祖文靖公及
五世伯祖惠穆公帖示周某敬題其後

世臣本非喬木，故笏真是甘棠。奕葉鈞樞翰墨，寶章何愧諸王。

使臣周允寫平園老叟真於松竹龜鶴間戲贊

松可以傲霜雪，竹可以延風月。龜巢葉而養氣，鶴鳴皋而戢翼。置閑身於四物，聊竊名於五一。

英德邵守之綱記予衰顏戲題數語

使君燕頷虎頭，法當萬里封侯。宜伯蜀而之廣，繪象祠於兩州。鈴閣雖非麟閣，胡爲畫此獼猴。

使臣李汝發寫平園真求贊

人皆炎熱之畏，我愛夏日之長。耳百尺之松風，挹雙沼之荷香。髮固知其種種，容何事乎堂堂。尚從遊于留侯，免形似乎六郎。

趙山甫使君爲所部七十老叟記顏索贊

元亮無適俗韻，醉中強釋形神。置我青原臺上，不勞半道邀迎。

張孝祥

明年重過次韻六言

世事風經雨過，此身遇坎乘流。折腰不爲五斗，轍環或遍九州。

德化漪嵐堂感二林碑六言

兩林文章翰墨，只今塵土牆陰。炎涼莫作世態，是非當印吾心。

欽夫遣送箭笋日鑄甚珍用所寄伯承韻作六言

君家稚箭寶茗，賜出太官水衡。已約髯吳過我，更須君來細評。

欽夫和六言再用韻

君詩與物俱妙，鄙夫那敢抗衡。芭蕉辟君三舍，筍脯亦須改評。

遊湖山贈圓禪

素香無脂粉氣，好語諧韶濩音。有人問西來意，門前秋水沉沉。

送萬老

桑下不須再宿，囊中莫留一錢。打鼓退高臺寺，洗脚上五湖船。

朱　熹

劉氏山館壁間所畫四時景物各有深趣因爲一絕

絕壑雲浮冉冉，層巒日隱重重。釋子巖中晏坐，行人雪裏迷蹤。

觀祝孝友畫卷爲賦六言一絕

春曉雲山煙樹，炎天雨壑風林。江閣月臨静夜，溪橋雪擁寒襟。

鉛山立春

雪擁山腰洞口，春回楚尾吴頭。欲問閩天何處，明朝嶺水南流。

行盡風林雪徑，依然水館山村。却是春風有脚，今朝先到柴門。

樓　鑰

跋袁起岩所藏修襖序

悵望當時真跡，臨摹所在支分。千載但稱合作，誰能有感斯文。

定本爲世第一，此又在定武前。今日錦標玉軸，向來不直一錢。

六言問天池寶華

昔年曾賦虎丘，猶恨靈巖未遊。天池之景絕勝，寶華有水倒流。老矣不復西去，夢入陶朱扁舟。煩君爲我尋訪，能以新詩寄不。

題老融畫彌勒

乘風欲去東南，回頭此意誰參。當時蹉過足庵，却來攻愧同龕。

暝煙吹雨冥冥，兩牛半渡深情。京塵久污巾履，頗思歸濯吾纓。

題楊子元琪所藏東坡古木

東坡筆端遊戲，槎牙老氣橫秋。笑揖退廉博士，信酷似文湖州。

楊冠卿

九里松六言

風聲不斷天籟，鐘韻初知日曛。人語驚飛幽鳥，馬蹄踏破輕雲。

廖行之

方壺

閱世觚棱如許，照人冰玉淵然。箇裏可藏天地，塵中自有神仙。

半隱詩

遠引未能忘世，端居且學灰心。定自隨時隱見，應非與俗浮湛。

書陳頤剛墨梅扇

玉斧琢成明月，陳玄幻出橫枝。依舊西湖風景，素衣聊受塵緇。

寄題李筠叟主簿所居竹齋

寄傲寧須門柳，哦詩不必庭松。伴我虛心直節，領渠明月清風。

書詩隱何元仲詩卷

相馬玄黃牝牡，斲輪甘苦疾徐。元亮得琴中趣，彌明非世間書。

山居三首

鳥語喚回春夢，鷄聲叫出朝暾。一段可人晴景，幾家深處田村。

暖地池塘早綠，春和筍蕨先肥。慣作田家活計，懶隨鄽市關機。

貴賤孰欣孰戚，窮通何損何加。成毀舉同墮甑，妍媸不屬鉛華。

陸九淵

鶯

巧囀風臺急筦，清逾石澗回溪。好去枝枝驚夢，無人心到遼西。

子規

柳院竹齋茅店，雲蕪風樹煙溪。聽徹殘陽曉月，不論巴蜀東西。

張　鎡

小疾

風雨溪山數宿，歸来盡有佳晴。小疾何妨隱几，隔窗嬌聽鶯聲。

净相蘭若僧師雅持塑佛疏緣化贈山偈二首

居士賣屋爲宅，蓋成捨與瞿曇。尚自無錢結裹，何能轉施南山。

一語雅師聽取，插草已自完成。況是三間殿了，如何却欠全身。

敖陶孫

送別史友六首

中興元老堂堂，諸孫玉質金相。對殖毋忘嘉樹，愛思猶及甘棠。

諸君置膜外論，之子真箇中人。冀北何限千駟，東市初逢一麟。

過淮讀二山賦，舉世識三槐家。熊魚等所欲者，兕虎敢歟非耶。

煙霏巧濕行李，鐘鼓初分去舟。中有錦衣尚褧，旁看泥軾
垂油。

八堰三江良苦，十洲五嶠能明。歸路未誇海市，還家且饜
南烹。

冶渚餞何顏德，虎溪送陶淵明。諸人卿自卿法，今日吾用
吾情。

孫應時

題光福劉伯祥所藏東坡枯木及漁村落照圖

灑落胸中丘壑，崢嶸海外風霜。幻出小山枯木，教成千載
甘棠。

夕陽雁影江天，明月蘆花醉眠。乞我煙波一葉，伴君西塞
山邊。

十一月二十六夜夢與范石湖各賦梅花六言二絕

小齋遙夜孤坐，何處香來可人。起看一窗寒月，更憐瘦影
相親。

江路月斜霜重，野橋風峭波寒。知負天公何事，十分冷淡
相看。

姜夔

金神夜獵圖二首

夜半金神羽獵，奔走山川百靈。雲氣旂旗來下，颯然已入青冥。

自注：靈姻傳載，所牧羊皆雷雨神。

後宮嬋娟玉女，自鞚八尺飛龍。兩兩鳴鞭爭導，綠雲斜墜春風。

次韻鴛鴦梅

晴日小溪沙暖，春夢憐渠頸交。只怕笛聲驚散，費人月詠風嘲。

漠漠江南煙雨，于飛似報初春。折過女郎山下，料應愁殺佳人。

馬上值牧兒

馬背何如牛背，短衣落日空山。只麼身歸盤谷，未須名滿人間。

陳文蔚

建德道中六言

有底可人情意，盡是酒村魚市。行人忘却家鄉，沽酒買魚供醉。

裘萬頃

兀坐

息綿綿而不絕，心了了以常明。靜室我方燕坐，傍人喚作修行。

周文璞

望茅山六言三首

羽衣藥叟歡迎，手執蘭花共行。從此十年不調，可能久視長生。

昔年唱採芝歌，已老頭顱奈何。不見飆輪碾處，白雲出沒常多。

蔣家兄弟清古，著書玄相推宗。摶土劃沙戲劇，穿崗度嶺從容。

戴復古

贈萬杉老秀癡翁二首

識得慶雲和尚，不癡自號癡翁。此老端如五老，高出廬阜諸峰。

讀儒書五千卷，通禪門八萬條。宴坐萬杉林下，四旁風雨蕭蕭。

岳 珂

得陳元履家書六言四首

病骨經秋易怯，人情比日多疎。驚起打門軍將，傳來置驛家書。

老病兩無世用，謀謨百不如人。喜見東牀論事，誰言下榻生塵。

安問經時落落，邊聲鎮日搖搖。寄賀塞翁馬失，決疑天老龜焦。

窺户幾回鵲喜，繞家一夜蛩吟。痛飲正須似舊，安居且願如今。

米元章黄龍帖贊

華胄遥遥楚國，宗風的的曹溪。唤起爭名米老，奎光長照珍題。

寧宗皇帝詩卷耳篇御書贊

偉王人之典學，本天縱之多能。續六藝之絶業，環諸儒而講明。璧跗蔚其流芳，瓊宇煥其騰英。居螻濞而儲精，炳龜龍而效靈。歲嘉定之辛巳，歷九閏而時乘。旦孜孜而忘倦，志兢兢而靡矜。詩三百有五篇，沃帝心而日聆。儼露門之未竟，已雲章之滿簫。緊是詩之四章，首二南而儀刑。凡家齊而國治，本大學之爲經。自求賢而審官，見濟濟之以寧。越染翰之雖同，兹注意之實形。昔德壽之在御，嘗史漢之留情。傳復古之奇跡，亦流輝于古荆。有詞臣曰萬里，亟再拜而震驚。謂縫掖之所難，而帝王之躬行。今寶章之誕賣，知祖武之克繩。殆家法之相似，朕自檢于宮庭。眇周行之下走，方虺隤而於征。竦昭回之景光，愧抱槧之餘生。覽盈咫之昭華，想繹純于九成。得猗那而藏焉，尚廟瑟之餘聲。

張長史秋深帖贊

煒五帖兮迨今，信第一兮秋深。彼伯高兮書淫，人爭取兮千金。考步武兮可尋，付纖穠兮何心。媲關沉兮鳴琴，尚海岳兮知音。

塔燈六言四絕

金輪示現清夜，火樹高騰碧虛。說法未回坡應，册勳先到鐘魚。

七層靈燧自照，萬里劫風不吹。烽信斷無澤國，神光恰似天池。

中天半倚寥沉，大帝高居鬱蕭。已訝流鈴擲火，還疑絳節來朝。

碧落星移象緯，紅光影射蛟宮。甲煎千門初啓，明珠九曲先通。

洪咨夔

晚徑

促織聲來竹裏，凌霄花上松梢。清泉白石心領，野鶴孤雲手招。

劉克莊

讀開元天寶遺事一首

環子受兵火涴,梅姬如玉雪清。二妃未免遺恨,三郎可煞無情。

艾人六言二首

不惟寶劍沖斗,亦自高冠切雲。令祖豈非艾子,先師莫是茅君。

欹枕三彭暫去,燒船五鬼俱還。我欲膝行倒屣,君無發上沖冠。

碧溪草堂六言二首

雖無百官宗廟,薄有先人田廬。子云飯疎飲水,通也彈琴著書。

素隱非君子志,獨樂豈賢者心。邀陶陸投蓮社,放山王入竹林。

丙寅記顏六言二首

八十餘戴白老,五紀前琢玉郎。只愁雷爆丹竈,不煩月照星梁。

手無太尉玉麈,腰無鄂公羽箭。一聲喝海潮音,一隻眼岩下電。

鈔近稿六言二首

和調失黏詩句，按摸出格文章。盡可追陪黨進，不消更覓君房。

東鄰莫效西子，南窗何減北扉。一螢道我來往，焉用宮蓮送歸。

代舉人主司問答六言二首

破題得李程賦，結語取錢起詩。遂令眊瞍舉子，不滿冬烘主司。

夢裏誰無彩筆，暗中別有朱衣。蘇二得援失薦，歐九黜幾取煇。

春日即事六言

椒酒桃符改舊，麥芒菜甲司新。東皇太乙用事，不能粉飾陳人。

藻密難呼金鯽，柳疎未囀黃鸝。華髮無重黑理，燒痕有再青時。

兌女余最小孫也慧而夭悼以六言二首

性慧於靈照女，年小似善財童。急急之符奪汝，琅琅之音惱翁。

不合小時了了，可堪長夜茫茫。暮年欠汝淚債，已乾更滴數行。

芙蓉六言四首

東林百草搖落，老圃數株白紅。楚客空悲歲晏，班姬錯怨秋風。

雪白露初泣曉，酒紅日欲平西。王姬何彼穠矣，美人清揚婉兮。

月地不離人世，花城豈必仙家。且容康節向月，不羨曼卿主花。

羞作太真妃帳，寧爲屈大夫裳。帝賞此花高節，別賜一名拒霜。

即事六言四首

宦情爲虎爲鼠，世態如雲如輪。武夫駕盲宰相，醉尉呵飛將軍。

有時眼花落井，有時鼻孔撩天。工詩只是少黠，説禪莫是大顛。

骨已朽黃泉下，傳猶列青史中。猛朴時來宰相，關張運去英雄。

早詠白駒在谷，晚駕青牛出關。寧爲魚點墨退，猶勝鶴帶箭還。

寄題趙尉若鈺蘭所六言四首

平生憎鮑魚肆，何處割山麝房。試與君評花品，不如渠有國香。

屈子平章荃蕙，荀卿區別芷槐。志潔真飲露者，性惡似漸
漸來。

高標可敬難狎，幽香似有如無。世間少別花者，海上多逐
臭夫。

繞林尋香不見，對花寫貌失真。癡人鼻孔無辨，俗子毫端
有塵。

久雨六言四首

夏雨轟轟斷黴，新蟬已噪庭槐。不曉阿香何意，故將車子
頻推。

汗體方遙團扇，粟膚俄索裌衣。束縕盡驅蚊去，捲簾莫礙
燕歸。

初疑瓠子堤決，又恐媧皇石穿。已是吹翻茅屋，那堪流了
蔄田。

平陸莽爲巨浸，晴空變作漏天。明朝是小暑節，重黴必大
有年。

六言二首答陳天驥長短句

天孫機上刀尺，雪兒口裏宮商。愧我元非郢客，恨君不識
秦郎。

書裙曾累逐客，墜釵能謗醉翁。寧作經學博士，勿爲曲子相公。

攬鏡六言三首

背傴水牛汭硐，發白冰蠶吐絲。貌醜似猴行者，詩瘦于鶴何師。

天上映藜已懶，霧中看花不真。顧我七十餘老，見公三兩分人。

蚊睫優然不見，蠅頭老矣停披。盲左邱明作傳，瞎張太祝工詩。

六言二首贈月蓬道人

我與蒙俱相類，君似季咸而非。老子曾傳口訣，道人勿泄天機。

希夷所見良是，麻衣之說未然。幾人能急流退，這漢即平地仙。

六言偈四首

佛祖流傳信具，兒孫承襲付度。一個深夜攜歸，一個中路奪去。

浪雲如霧如電，又如天海一漚。金棺現兩脚板，鐵葉護死髑髏。

天帝釋宰元化，阿修羅坐道場。邀鳳翔迎骨禮，受金輪補鉢莊。

佛者別南北宗，儒家分朱陸氏。鵝湖許多公案，燒了没一些事。

六言三首

表賀赤烏白兔，韋布披襟巨題。定價堪提黿嶺，逢辰不讓龍溪。

不識平康坊裏，多在村學堂中。安得金錢買笑，只堪夏楚訓蒙。

不入城裏市裏，常在水邊月邊。蜀公有疎謝事，米老無書辨顛。

又六言三首

錦機組織尤巧，紙田收穫甚微。即今束閣藏起，多時掃閣載歸。

溪北酒旗嫋嫋，溪南社鼓冬冬。寧問餵糟漁父，懶求賦芋狙公。

南塘登極數袁，平園册後尾聯。已矣諸老絶筆，勉哉吾子著鞭。

六言五首贈李相士景春

謗東家丘如狗，譽太史儋猶龍。卿可自用卿法，吾未始出吾宗。

少年勿議宿士，阿瞞自是相師。蒙叟馘黄項槁，桓郎眼小
聲雌。

馬公帶些火色，孟生不舍山肩。爭問唐舉相法，誰贈君平
卦錢。

被人看殺叔寶，無地逃生伯喈。試問天人眉宇，何如土木
形骸。

眼有紫稜安用，眉無黄色何妨。自斷非封侯相，尚堪作牧
牛郎。

六言五首爲倉部弟壽

映青藜燈娛目，吸金莖露入碑。寧作履霜逐子，肯隨向火
乞兒。

幼道一生第五，文淵萬里建侯。假令加驃騎號，何如騎款
段遊。

天既勞我佚我，侯偶得之失之。安用爾銅魚使，且伴吾竹
馬嬉。

薄田足可躬稼，餘俸尚堪買山。家庭有箇郊疇，姬院欠他
素蠻。

丹田舊種梨棗，冰盤新摘荔蕉。年年此夜待月，年年此日
迎潮。

錄漢唐事六言五首

漁陽之鼓動地，蚩尤之旗竟天。梨園弟子按樂，竹宮方士
求仙。

群雄競起問鼎，老賊傍觀朵頤。汾陰三趾去矣，桐江一絲
擊之。

二聖已重勸了，西京無一塵飛。白衣山人辭去，青袍拾貴
步歸。

文叔親臨卧所，君房邀過台司。脚加帝腹一笑，身居鼎足
尚癡。

燕許秉筆封岱，歐虞揮翰登瀛。寧死開元貞觀，勿生天寶
廣明。

銘座六言二首

象防迹露埋齒，麝以香聞割臍。群兒爭放紙鷂，老子寧爲
木雞。

數步覺蕭娘臭，三日聞荀令香。涑水公銘衾戒，乖崖老按
劍防。

試筆六言二首

病鶴尚能孤唳，凍螢相守殘編。世間有豁達老，天上無愚

戀仙。

薰玉蕤香解穢，挽銀河水滌塵。雖非補造化筆，不似食煙火人。

題桃源圖一首
但記嬴二世爾，豈知晉太康耶。一境渾無租稅，四時長有桃花。

題放翁像二首
三百篇寂寂久，九千首句句新。譬宗門中初祖，自過江後一人。

詩倍太白子美，年高轅固伏生。却鶴膝枝身健，讀蠅頭書眼明。

題趙昌花一首
趙叟生長太平，以著色花擅名。自古良工獨苦，於今墨畫盛行。

溪庵放言十首
石槨堤防速朽，金棺妝點涅槃。說乾矢橛差勝，戀臭皮袋一般。

八斛四斗舍利，一丈六尺金身。右脅已寂已滅，雙趺是妄是真。

擬拉陶潛入社，不消王翰卜鄰。有夢通華胥國，無德薰晉鄙人。

客子相過有攜，先生爛醉如泥。暮年尚可三爵，他日不煩只雞。

辟疆驅名士出，穰侯怕說客來。樗庵無一錢事，柴門作八字開。

少而汲汲皇皇，老猶踽踽涼涼。即今歸□□□，□□起瞻四方。

蒙叟之言卓詭，尹喜之事誕誇。白雲騰上屍假，紫氣橫空眼花。

林處士功行滿，譙先生鬚眉蒼。見說兩川喪亂，不知二叟在亡。

廢陵有斧柏盜，清野無澆松人。百年幸生佛國，一點不吹戰塵。

市朝易得虛誇，鄉井難諱實年。還笏殿前已晚，飾巾牖下差賢。

谿庵種藝六言八首

且與古梅爲友，未論茯苓可仙。一寸靈根蟠地，十年黛色參天。

卿輩敗人清思，此君有歲寒心。寧許子猷借宅，莫放阿戎入林。

悟漆園自伐語，愛淮南招隱章。臭與流芳孰愈，老而彌辣何妨。

此翁見事常遲，八秩尚移荔枝。何曾無戴白老，會須有擘紅時。

功名蝴蝶夢裏，心功橐駝傳中。環合千林蒼翠，參差數株白紅。

閬苑花神妒豔，晏家園吏偷春。當時傳一二本，今日化千億身。

蟠踞祠前得地，生長石間棄才。子美詠歌不足，之罘苦招未來。

杜曲有攢眉老，漢庭無友辱人。但看靈妃啓齒，不煩里女效顰。

夜讀傳燈雜書六言八首

曾爲魔女攝入，亦被罔明喚回。錦覆陷阱可畏，鐵鑄門關勿開。

稍喜世緣漸薄，尚嫌家事相關。種子入豹林谷，龐公遁鹿門山。

達人蘧蘧夢覺，呆漢屑屑往來。剪斷郭郎綫索，送還趙老燈檠。

神秀元來得法，志公了不見幾。半夜一缽南邁，明朝只履西歸。

麟經之筆既絕，蠶室之書遂行。聃非二子同傳，齊魯兩生失名。

悠然東籬把菊，登彼西山採薇。重華去我已久，神農没矣安歸。

贈半山翁甚美，責臨淄公不輕。大蘇肯念舊惡，小宋猶有宿酲。

孫以獻公稱祖，妻以康子謚夫。何必議郎博士，千秋萬歲稱呼。

六言六首

昏主非姬不飽，內嬖廢嫡可悲。驪女逐金珙子，玉環養錦繃兒。

韶顏譬槿花爾，枵腹僅椰子如。不知作千年調，誰教盛萬卷書。

群雄走野逐鹿，一士入海騎鯨。不聽安期畫策，便知子羽無成。

寡女畫眉通好，鄰姬捧心效顰。況有黃金買賦，不羨碧玉嫁人。

貴欒大佩六印，賦侏儒俸一囊。曼倩面有飢色，蟠桃三度偷嘗。

有載書盟三友，無文章送五窮。怯懦寧出胯下，清狂羞入褌中。

予點

聲音笑貌可爲，顏色哭泣難掩。聖人無私喜怒，見於誅予與點。

余作生墳何生謙致檜十株答以六言二首

高聳心抽筆直，下蟠上銳塔圓。深入蟄龍穴處，肯傍眠牛石邊。

一奴荷鍤足矣，二客穿壙誰哉。宰上又添十檜，庭前不必三槐。

寓言

衣薰三日不歇，猶臭十年未已。寧爲蔚宗香傳，不作魏收穢史。

雜記六言五首

移了太行王屋，飛上鈞天帝居。點子盡淪鬼錄，敢兒方讀仙書。

　　五更三點待漏，一目十行讀書。圖南先生仙者，偶然睡覺月餘。

　　十月在胞胎裹，一朝出囟門外。不干靈丹九轉，且看純陽二字。

　　上界尤多官府，丹成不必飛沖。回仙一歲一度，來聽蓬萊松風。

　　曾何薰兮琴調，亦聞鏗爾瑟聲。愛清廟音倡歎，嫌玉臺體浮輕。

縱筆六言

　　賦金屋信美矣，記玉樓果如何。人間國豔難得，天上才子不多。

　　蒯酈提趨沸湯，信越狗烹弓藏。向來猛士盡矣，與誰共守四方。

　　讀過書皆遺忘，老來詩愈顛狂。不獻貴人夾袋，盡入奚奴錦囊。

　　少日才高戶大，暮年酒對詩豪。且教兒童精選，誰能奴僕命騷。

　　古調不同俗調，後儒多異先儒。美蔡中郎幼婦，呵鄭司農老奴。

學射必百發中，觀棋爭三著高。畫工一洗萬馬，巨人一釣六鼇。

雜興六言十首

羹墙如見堯在，謳歌皆之啓賢。至行冠冕萬世，通喪縞素三年。

史事十羊九牧，古音百鳥孤凰。前召南塘視草，後起秀岩提綱。

直翁壽甫逾八，叔方年不及希。即今高塚麟卧，何時華表鶴歸。

昔從西山授業，屢言後村當仁。伯紀蓋同學子，履常真對掌人。

重來已白髮老，獨斷擢紫薇郎。雅量雖慚子固，熱情不倩君房。

小臣素著狂直，先皇數獎忠嘉。叩額有厚倫疎，斷腕無起復麻。

穆陵聖學高妙，詞臣絶企清光。大典册多貼改，小字本通商量。

希夷一睡一月，惜哉肘後不傳。擁破衣裘待旦，聽殘更點如年。

一老遂開九秩，諸賢多入八哀。扶起風前玉樹，吸空月下金罍。

吾猶及見諸老，今誰可寄斯文。有傑材怕尋斧，無妙質可受斤。

贈謝子傑校勘六言三首

高比伏生轅固，熱瞞賈誼朱忠。我自號病居士，君無戲盲老翁。

喚做呆子憨子，管他火星孛星。造物小兒則劇，先生大醉未醒。

功名隨露電過，文字與星斗垂。吾評潞公五福，何如放翁萬詩。

醉鄉六言二首

戒飭長須赤腳，客來灑掃送迎。莫言老子晏起，但道先生宿醒。

古帝神遊其所，飲仙死葬是中。晉人竊往者衆，唐朝始絕不通。

醉醒一首

醉夢發於真性，醒狂或者矯情。左相飲如川吸，龍圖笑比河清。

王　邁

人日六言五首

功名朝三暮四,學問人百己千。古今無限卿相,方册惟著聖賢。

誦詩心醉六義,讀易夢吞三爻。毛鄭寸長我取,羲文千載神交。

飲食鮮能知味,巫醫各有單傳。要得胸中活法,勿求紙上空言。

六經桑麻穀粟,諸子綺縠奇珍。常常灌溉胸次,久久功用入神。

歲月滔滔流水,友朋落落疎星。載酒誰諏奇字,焚香自讀騷經。

葛長庚

呈嬾翁六首

倦子冷居姑射,居士高臥毗耶。鈍置詩盟酒約,只自焚香喫茶。

酒惡頻將花嗅,睡酣便把茶澆。秋到梧桐枝上,夜來風雨蕭蕭。

金醴青如竹葉，玉娥白似蓮花。聞君微恙脫體，杖藜欲訪君家。

蓮蕋嫌風狼藉，稻苗得雨精神。翻憶武夷九曲，去秋艤棹溪邊。

醉時枕上化蝶，睡起筆下生蛇。日長心下無事，飢來只是餐霞。

秋雨織愁成段，暮雲過眼生花。棲鳳亭中寂寞，武夷舊有仙家。

偶成

柳葉枝枝弄碧，花梢點點粘紅。尚有幾分春色，還我一半東風。

秋熱

槐窗過兩頃雨，竹榻無一張涼。風揭蓮花白起，月篩桂子黃香。

題丹晨書院壁

春晝花明日暖，夏天柳暗風涼。秋桂月中藏影，冬梅雪裏飄香。

田舍

清閒實天所惜，富貴於我何如。野馬書空咄咄，醯雞擊缶烏烏。

午睡

簟織湘筠似浪，帳垂空翠如煙。一片睡雲驚散，綠槐高處
風蟬。

冬夜巖居二首

回首青鸞何處，長空萬里蒼煙。中酒梅花月夜，懷人松籟
霜天。

孤澗月華明水，半簾梅影香風。惆悵謫仙何處，無人共倒
金鍾。

自贊三首其二

千古蓬頭跣足，一生服氣餐霞。笑指武夷山下，白雲深處
吾家。

吳　潛

題舒蓼瞻嘯圃獨吟圖二首

丹厓白雲往來，絕岸流潮吞吐。我所思兮何人，莽悠悠兮
太古。

江口寒潮自至，山間明月誰招。自可歸來坐嘯，何須世上
折腰。

謝世頌六言

夫子曳杖逍遙，曾子易簀兢戰。聖賢樂天畏天，吳子中通
一綫。

方　岳

斑竹夫人

山谷青奴娱夜，秋崖斑嫒專房。爾家婕好失笑，爾孫流落荒涼。

演雅

蠨蛸網羅遺逸，離留勸課農桑。鳴蜩吸風飲露，反舌吹笙鼓簧。

蒼鷹守株待兔，白鷺臨淵羨魚。鳲鳩婦歎於室，蝸牛亦愛吾廬。

立春

適禁樂令春啞，先辦秋治社聾。銀勝鬢毛班白，瓊絲菜縷青紅。

自注：國忌謂之啞春。

程元鳳

遊清泉寺

爲愛山房峭絕，十年兩借禪床。松聲夜半清枕，洗盡世間笙簧。

湯　漢

自儆

春秋責備賢者，造物計較好人。一點莫留餘滓，十分成就全身。

羅　椅

題向伯僑吳松雪霽圖

煖來日曬冰滑，恨極天寒竹脩。雲開梵鐸相訴，水活漁船自流。

天上清流雪片，人間名勝吳松。兩賢相乞窘甚，賴有斜陽半峰。

天隨漫解理艇，不慣雪後霜前。幸自竹篙閑著，抛來借與鄰船。

汪　薦

演雅二首

布穀不稼不穡，巧婦無褐無衣。提壺不可挹酒，絡緯匪來貿絲。

蟲羸堯舜父子，鴻雁魯衛弟兄。鬬蟻滕薛爭長，狎鷗晉鄭尋盟。

湯道亨

訣別偈

八十一年饒舌，終日化緣不歇。重陽時節歸家，一路清風明月。

舒岳祥

晚易齋

百年客鬢雙白，四海春風一青。百舌枝頭分付，黃鸝葉底丁寧。

泳道東湖聯句，正仲篆畦和篇。半世清風朗月，十年悶雨愁煙。

感興

夢與黃粱並熟，路尋白社同歸。深欲蜘蛛結網，長勤絡緯鳴機。

成石屏詩後再賦六言

蠟屐枝筇穿嶠，簑衣一笛橫江。試向屏風一攬，千山萬水秋窗。

曹　涇

代柬濟鼎同年約其早飯

小人難與作緣，惡食不妨志道。猶勝杜陵岳陽，一飯欲從人討。

劉辰翁

春歸

留春一日不可，種樹十年未成。芳草斷腸花落，綠窗攜手鶯聲。

梅

花前速到速到，月下一杯一杯。好語被人道盡，簪花步月歸來。

漁歌效陳自堂作

石頭城落淮水，劉郎浦對伍洲。越沼吳湖安在，月明人唱湖州。

程　瑞

詠古

博浪沙中力士，望仙橋下軍人。古來忠膽一概，至今裂視二秦。

文天祥

山中

兩兩漁舟搖下，雙雙紫燕飛回。流水白雲芳草，清風明月蒼苔。

鶴外竹聲簌簌，座邊松影疎疎。夜静不收棋局，日高猶臥紗厨。

風煖江鴻海燕，雨晴檐鵲林鳩。一段青山顔色，不隨江水俱流。

林景熙

六言

沙鷗對立機外，胡蝶相逢夢中。帆去帆來野水，花開花落春風。

流水獨吟花逕，好山重約雲門。茶甌疎竹孤寺，桐角斜陽遠村。

汪宗臣

新秋池上曉望

淨植香來水北，殘蟬聲度橋東。清泚金鱗漾綠，夕陽白鷺翻紅。

汪炎昶

六言二首

撼竹露喧餘滴，度荷風挾微香。醉袂拂開雲影，釣絲牽動潭光。

暮雨帶雲淒澀，歸時不脱漁蓑。鄰犬誤疑客至，數聲吠出煙蘿。

參寥子

夏日山居十首

杜宇鳴春已歇，薔薇尚有餘花。吾廬宛同彭澤，繞屋美蔭交加。

苦笋爭抽犳角，枇杷競吐驪珠。午飯松間睡足，茶甌滿泛雲腴。

紈扇輕裁孤月，竹簟冷織雙紋。呼取涼襟幽吹，拂開亂眼浮雲。

麥浪遙翻隴底，雲峰忽起空端。拄杖支頤松下，直須細細吟看。

山月明含草木，溪風暗度襟裳。寂寂簾櫳夜半，羽蟲相趁飛揚。

陰洞石床初掃，誰來共飯胡麻。鳥道新疎碧注，爲君沈李浮瓜。

古徑斜依杉竹，薰風永日無人。噪鵲鳴鳩去後，一聲幽磬南鄰。

門外溪行碧玉，林梢日墮黃金。好景莫愁吟盡，會看月出遙岑。

山雨洗開林樾，梧桐日射荆扉。傍砌榴花初吐，照人特地光輝。

遠壑尚餘殘照，飛蚊已鬧前檐。巢燕歸來何暮，呼童爲汝開簾。

與定師話別四首

客有來從東越，示余滿把瓊瑶。萬壑千巖鍾秀，故知多士翹翹。

雪解松筠振色，氣回蘭蕙含芳。興動剡谿吟客，夢先歸鳥飛翔。

出海濤雷方震，橫江雪陣如山。一葉舟輕飛燕，飄然掠水東還。

鳳味山含暮靄，西陵月破黃昏。慣作江湖離別，未應當此銷魂。

次韻聞復西湖夏日六言

山水初無今古，人間自有沉浮。試問行歌野老，桑麻用事何憂。

老葑年来席卷，吳儂舊恨彌申。昨夜馮夷鼓吹，遨嬉抵徹諸鄰。

夜深一碧萬頃，彷彿明河接天。岸曲風篁成韻，絕勝細筦危絃。

西湖清淺可泛，湍險豈類瞿塘。隨處菰蒲蓮芡，櫛風沐雨尤香。

南窗寄傲一榻，午帳風来卷舒。懶躡子雲陳迹，解嘲更續成書。

燒空火雲萬丈，氣焰信可流金。嗟爾黿魚得計，適然游泳滋深。

櫟杜侵階美蔭，鳴蟬託質初涼。熏風正被草木，莫作秋聲感傷。

柱礎爭流餘潤，油雲忽改山容。定有盲風怪雨，曉来已聽鼉龍。

湖光宛同玉鏡，堤柳闊若房櫳。六月行人過此，未輸仙客壺中。

河漢斗杓橫七，重城漏鼓傳三。露鶴一聲何許，嘎然震響空巖。

次韻聞復湖上秋日

澤畔蒹葭蕭瑟，露華落日珠浮。撫事少陵多感，萬端獨立懷憂。

禪餘偶登絕巘，據石聊爲欠申。眼界謾分畦畛，誰知大道無鄰。

處士尚餘陳迹，斷碑橫臥林塘。婉約梅花秀句，騷人萬古傳香。

江城秋至幾日，風物陡覺凄涼。鄰女機絲何有，夜聞促織悲傷。

人物年來衰謝，背繩追曲周容。嗟爾得時蝘蜓，故能嘲哂蛔龍。

涼月娟娟清媚，舒光巧入簾櫳。萬籟聲同比竹，細窺一一空中。

可怪狙公巧黜，猶迷暮四朝三。老我身如枯栟，兀然不動幽巖。

惠　洪

登控鯉亭望孤山

水面微開笑靨，山形故作橫陳。彭澤詩中圖畫，爲君點出精神。

夏日六言絕句

疎慵自分山翠，矮牆不隔荷香。睡美不知雨過，覺來一有微涼。

壁上龍虵飛動，坐中金玉鏘然。起望微雲生處，一聲相應殘蟬。

賢也嶔嵚歷落，軒然頤頰開張。松下偶然相值，立談愛子清狂。

臥聽石間流水，起尋洞口歸雲。但願一生如此，閑遊更復同君。

月在留雲峰上，人行落澗聲中。歸去殷牀鐘歇，滿庭風露濛濛。

悼黃山谷五首

蘇黃一時頓有，風流千載追還。竟作聯翩仙去，要將休歇人間。

人間識與不識，爲君折意消魂。獨入無聲三昧，同聞阿字法門。

自顧面無四目，何止心雄萬夫。和得靈源雅曲，繡繻更綰流蘇。

鬖髿滄浪夢幻，江湖厭飫平生。一旦便成千古，壞桐絃索縱橫。

平昔馭風騎氣，如今夜雨荒丘。欲慟西州華屋，空餘南浦漁舟。

戲呈師川駒父之阿牛三首

今代南州孺子，要是萬人之英。安得際天汗漫，著此海上長鯨。

風鑑晴雲霽月，衣冠紫陌黃塵。勿笑鐸馳長臥，起來便自過人。

阿牛骨相似舅，文章定能世家。差勝宗武不轐，猶作添丁畫鴉。

李端叔自金陵如姑谿寄之五首

東坡坐中醉客，讓君翰墨風流。爲作羊曇折意，暮年淚眼山丘。

老去田園可樂，秋來禾黍登場。相見雞豚社飲，誼讙曖熱谿堂。

數疊夕陽秋巘，雨餘眼力衰時。可是招要歸思，故應醞造新詩。

月下一聲風笛，尊前萬頃雲濤。玉堂他年圖畫，臥看今日魚舠。

舉世誇君筆語，霧豹渠知一斑。莫問人間非是，且看醉裏江山。

遊鍾山宿石佛峰下因上人自歸宗來贈之六首

曾共故山寒食，忽驚廬嶽重陽。想見洞庭橘柚，纍垂又出青黃。

世議嗟嗟迫隘，白頭相視如新。只有淵明似我，逢人故面成親。

君住青鸞谿上，我留石佛峰前。捉手粲然一笑，秋容□更撐天。

却度來時危徑，斷崖落照孤煙。分手更無可奈，相看只有淒然。

已是浮雲身世，更餘一鉢生涯。是處青山可老，何妨乘興爲家。

西風夜吹客夢，霜清更入鍾山。且作跳魚縱壑，會看倦鳥知還。

陳瑩中居合浦余在湘山三首寄之

心在青牛城下，身行白鶴泉西。何日相逢一笑，看君飽食蛤蜊。

海門何啻千里，行人替我生愁。遠爾妄生分別，閻浮等是一漚。

聞道希夷處士，今居訶梨仙村。要看筆端三昧，重談醫國法門。

送寶上人還東林余亦買舟東下四首

世事但堪眼見，此生何殊夢遊。未倩青山掩骨，且牽黃衲蒙頭。

有客惠然過我，疎眉秀骨嚴嚴。且復揉搓凍耳，聽君放意高談。

說盡廬山勝處，寂然相對無言。東崦峰頭月出，依約如聞白猨。

我已作成行計，喜君亦有歸期。何日虎谿松下，却說江海別時。

寄巽中三首

屋角早梅開遍，牆陰殘雪消遲。簾卷一場春夢，窗含滿眼新詩。

文章風行水上，歲月舟藏壑中。自怪頂明玉鉢，人疑筆夢春紅。

舅相決予十□，塵埃羨子清閑。孤坐定非禪病，剃頭猶有詩斑。

山居四首

深谷清泉白石，空齋棐几明窗。飯罷一甌春露，夢成風雨翻江。

鍊盡人間機巧，却能隨處安閑。雲深舊迷歸路，木落今見他山。

讀書不求甚解，偶爾會意欣然。點筆疾書窗紙，倚蒲却看鑪煙。

負日自然捫蝨，看山不覺成詩。快暖啼禽歸去，受風林影參差。

和人春日三首

冰缺涓涓嫩水，柳渦剪剪柔風。淬色盡情澄曉，游絲放意垂空。

煖壓催花小雨，晴宜到面和風。鶯舌管絃合調，蘭芽雪玉分叢。

攬衣欲起還眠，杜宇一聲春曉。家童走報新事，山茶昨夜開了。

夏日三首

鳥啼不妨意寂，日長但覺身閑。掃地要延遺照，掩扉推出青山。

軒借誰家修竹，簟留滿眼清秋。手倦抛書枕卧，一聲殿角風甌。

掩卷高眠客去，望雲乞食僧歸。秋近柳陰低瘦，年高瘴髮能稀。

和人夜坐三首

句好真堪供佛，泉幽欣更同僧。閑塵自橫涼簟，飛蚊故遠籬燈。

行道疾於轉馬，坐禪危若蹲鴟。瓜皮能作地獄，荷香解破毗尼。

忠子定應詩瘦，隆禪甘作書癡。兩客絕無消息，千峰見我棲遲。

用高僧詩沙泉帶草堂紙帳卷空床靜是眞消息吟
非俗肺腸園林坐淸影梅杏嚼紅香誰住原西寺
鐘聲送夕陽作八首

江素塵泥疎繞，泉淸晝夜澄明。氣入茅堂蕭爽，潤滋草木鮮榮。

松榻獨安枕簟，紙幃長隔埃塵。輝映夜窗明月，下藏夢蝶幽人。

煩擾自茲深隱，寂寞相與沉冥。淡泊旣諧眞性，恬頤復順生經。

風月冥搜秀句，詩家肺腑同期。自古人間俗物，此心雖死奚知。

舍後樹林深秀，日中陰影繁濃。宴坐時來有籟，炎威欲入無從。

杏實殘籠金色，楊梅爛染臙脂。氣味新鮮可口，淸甘喉舌多時。

源塢似甘西畔，精廬于此相鄰。迎接喜能忘我，住山知是
何人。

林外鳴鴉零亂，山頭落日微紅。樓臺迴然瞑色，谷幽已答
疏鐘。

即事三首
目誦自應引睡，手談聊復忘紛。一曲青林門巷，數聲白鳥
江村。

茶味尚含春意，鳩鳴忽覺村深。掃地風能施手，過門月解
論心。

妙語欲澆舌本，故人忽到眉尖。雲薄茶煙索石，浪寒竹色
侵簾。

臨清閣二首
泯泯下窺軟碧，洄洄忽作驚湍。時看稚子對浴，少陵詩眼
長寒。

邑勢自然藏勝，江空表裏含秋。夜棹近人明月，襄陽應在
漁舟。

贈珠侍者二首
我是布毛侍者，解藏陷虎鋒機。勘破諸方歸去，一藤深鎖

煙霏。

一等心華自照，不煩春色須開。安用翻瀾千偈，却輸枯木
寒灰。

誠上人試手遊方二首

隨處千巖萬壑，一鉢雲行鳥飛。歲月却還驚浪，蒙頭破衲
同歸。

迹要風蟬蛻殼，道愧泥龜六藏。面上唾痕莫拭，自然知見
含香。

拄杖寄子因二首

百節紫藤風骨，得自溈潭石門。不受雲居勾絡，定知臨濟
兒孫。

作伴經遊已遍，住山尚存典刑。寄與毗耶作戲，當場攛出
驚人。

分韻得風字

鷗寒爭浴暮雨，舟閑放縱江風。一幅花光平遠，誰藏罄節
詩中。

歸九峰道中

四五疊峰深處，歸去開荒南畝。是非不得扶犂，春曉一蓑
煙雨。

書阿慈意消室

風過淵明臥處，林間子厚来時。睡起一杯春露，壁間數句坡詩。

贈誠上人四首

煴火扶持清境，篝燈點破黃昏。凍耳欣聞軟語，冷齋忽變春温。

衝雪來尋覺範，思時山説靈源。此夕蔣陵二老，畫出韋郎五言。

覓句初聞試手，吐詞果復驚人。夜覺千巖晝永，曉看萬瓦生春。

對書只圖遮眼，題詩何必須編。且看無情説法，群山雪盡蒼然。

愿監寺自長沙遊清修依元禪師興發復入城余口占四首贈之

過江問大潙路，失脚到小廬山。慚愧没箇虜子，滿堂都是鄉關。

自笑乾陪奉漢，人誇熱肺腸僧。飯了脱剥打睡，椎門擊撼不應。

秋来又入重城，滿腹憨腮驚人。只欠一箇布袋，便是彌勒化身。

閑裏雖無白業，笑中自有丹沙。啜我同遊蓬島，笛中棗大
如瓜。

贈潙山湘書記二首

山學春愁眉黛，水如含笑花香。睡起憑高凝睇，淺紅數筆
殘陽。

住山心已老大，看雲情轉虛閒。東華軟紅縱好，無因飛到
窗間。

答慶上人三首

連日顛風斷渡，一番花信催春。殘夜華鯨吼粥，夢回窗月
窺人。

米嶺脊吞西嶽，筠谿尾插漳江。興發扁舟尋子，夜晴風揭
蓬窗。

雨後哦君佳句，華氣如川方增。石出水生微渚，雲閒山露
寒層。

偶書

屋破不至露寢，食乏不至飡氊。此身投老未死，萬事一切
隨緣。

登洪崖橋與通端三首

行盡幾重添秀，雷奔響落晴空。散坐煮茶爲別，雲間一徑
微通。

雞聲亂人語秀，山色浣我衣裳。洗盡人間熱惱，還君坐上清涼。

同到洪崖橋上，水光射著山寒。爲君更吐妙語，乞與西山老端。

湘山偶書

暖壓催花小雨，晴宜到面和風。鶯舌管絃合調，蘭芽雪玉分叢。

和人二首

玉骨解藏歲月，飢膚不受塵埃。落筆驚鴻掠紙，延僧春露浮杯。

寂寥空山獨夜，蕭條古木清秋。風月誰家搗練，江頭何處釣舟。

藝文序跋

多韻字便檢序

陳以鴻

　　語云：“人爲萬物之靈。”人之靈莫甚於文字，我漢字其尤著者也。漢字形美義豐、音純調富，溯自上古創製，以迄今兹，才智之士善用之，本正形正義、正音正調之旨，妙運睿思，恪守矩矱，構作名篇佳什，霑溉後生，累代增華，蔚爲大觀，誠國之瑰寶，世之珍藏也。顧晚近以來，風習丕變，以文字爲業者，或昧於成法，或惑於流俗，往往率爾操觚，視正形正義、正音正調若等閑。甚且弁髦博雅，嗤爲悖論；推衍庸凡，譽爲悅衆。乃至疵詞病句、訛讀畸韻，充斥於字裏行間，幾何其不使楮墨罹灾，梨棗蒙羞乎。海鹽吳定忠先生，文壇耆宿，著述浩繁，踵武前修，揚葩振藻，於聲律之正，尤三致意焉。所作韻語，胎息深厚，局度井然，令人歎服。與予同客海上，隸詩詞學會，有喎于之樂。先生懲時下之弊，特撰《多韻字便檢》，鈎稽廣洽，考證周詳。書成，經數易稿，務期臻於至善，其嘉惠士林之功豈淺鮮哉。予幸快先睹，景仰之餘，欣然敬弁數言，以爲嚆引。

　　　　公元二千又十六年歲次丙申冬日書於滬西儌舍

追懷故老小引

陳允吉

　　余數十年修學任教復旦中文系，迭蒙前輩諸師煦育栽培。既承霶澤，漸識典常；所秉覺知，恒銘方寸。雖過隙光陰，存歿造幽明之隔；穿梭歲序，睽異成代謝之遷。然縈思往事，殆暄和之象益鮮；默念逝尊，率仰慕之情尤摯。殊願鳩集談資，薈羅憶緒。懸囊草擬，捉筆沉吟。披尋個案，憑散珠以圍睹采華；纂泐雁儲，聚群哲而匣觀風範。昔杜工部衰齡飄泊西南，滯留夔府。感時傷亂，謳舊吊賢。乃至盡驅五字，啓賦詠之勝塗；奇撰八哀，泂歌詩之別致者焉。授業恩師朱東潤先生該覽中西，貫通文史。緣傾情於傳叙，久肆志乎錐探。職此參稽歐習，熟察表徵；汲討遺書，潛推踪迹。嘗謂子美之八哀詩聯綴翰章，著力摹容人物，創意紛呈，蠶徑獨闢。充之記實則功能卓躒，付之立傳則構架森嚴。誠哉斯議，向獲認同；如是我聞，適堪依傍。即今爲敷仿作若干，規模俱準少陵繩墨。語詞頓挫，篇幅恢張。驚鄰步傚，繼軌影從。用兹追懷故老，悉皆指其屐痕；歎誦清芬，要必彰其蛾術。就中分擇體裁，言詩言註；權宜刪述，或略或詳。稱揚簡歷，輯詩文而安植根本；配合小傳，援注釋而繁茂枝葉。顧全帙乃以郭紹虞、朱東潤、陳子展、吳文琪、趙景深等先生居前，又以張世禄、蔣天樞、劉大傑、劉季高、王運熙等先生靠后。夫慮乎材料編排之切當穩便，謹按衆師長出生之年月時次銓衡云爾。

二零一七年三月 記於蕉葉梅花行館

缽水齋詩詞集序

劉永翔

詩何爲而作也？虞舜曰"言志"，陸機曰"緣情"。夫志也情也，皆隨世、因事而生者也；而所謂世也事也，筆之削之，呈諸竹帛，即爲史矣。杜詩喜直道當時，後人因之譽爲詩史，然此猶謂讀之可藉見其時國之史耳，不知少陵一己之史亦在其中也。試觀後人之爲浣花作傳者，何一非據其詩以求其史耶？奚翅杜陵也，詩人蓋罔不然者。固亦有不涉時事一字者矣，而其一己之史則無不隱顯於其沉思翰藻之間也。

缽水丈少參革命，長歷抗倭，壯迎鼎革，晚陷防川，僅脱丙丁之劫，終逢更化之朝。身之所歷、目之所睹、心之所思、情之所感，一發於詩，國之興亡治亂、己之行藏遭際，盡在斯矣。然則丈之詩，蓋合上述詩史之二義而一之：丈之詩，丈之史也，亦國之史也，實與少陵之作無以異也。且丈通文史哲之郵、兼詩書畫之絶，其才之大、其思之深、其情之摯、其道之廣，俱非恒人所能及者。後之欲探藝苑、考儒林、采國之風、修邦之史者，吾知必訪其吟詠而寶之無疑也。

丈之哲嗣春生，以余嘗以詩文見賞於丈，因以詩稿理董見委。知余莫若丈，而知丈亦莫若余，是固余之責也。因窮數月之力，纂輯謄鈔，搜求排比，釐爲十集，凡四十九卷。其中《玄黃》《聽鵑》《鞭影》《婪尾》《霜笳》《歸休》《丙辰》《更新》八集爲丈所手定，余復加補苴；其《剪淞集》十六卷及《缽水齋詞》一卷則余所搜輯而成者，不能起丈於地下而問之，舛訛之聚，當在兹矣。

余少好吟詠，麗句是耽，苟其時而爲丈編詩，必擇其尤而登録，俟其成必爲選本。壯癖考據，片言是寶，至今日而爲丈纂集，必求其備而網羅，愜其意必是全書。豫才翁不云乎："倘有取舍，即非全人，再加抑揚，更離真實。"是編論全則誠不敢詡，然固嘗百計以求、多方而取，丈之全人，庶可見乎？子曰："吾無隱乎爾。"是固丈之爲人，亦余編集之意也。

至丈詩之精詣，有朱蓮垞、錢槐聚、陳兼與、吳漊齋諸公之評語在，四公之言，天下之定評也，余不敏，不能贊一辭，謹録諸評於集内，而叙編集之顛末於此云。是爲序。

丁丑元夜敬撰

夢松風閣詩文集理董小記

劉永翔

　　嘉善徐聲越震堮師既捐館，其家人擬梓其遺文，屬翔編次，乃窮十閲月之功，據先生手定詩詞稿，並捃撫遺墨、尋檢期刊，得詩凡三百四十一首，詞九十一闋，文二十四篇，略加箋識，哀成一册，題曰“夢松風閣詩文集”，從其吟稿名也。

　　先生不以一藝自限，博學而無所成名，以其胸中所蓄之富、所識之大，苟作爲文章，其書奚翅滿家已耶？惜遭以文字罪人之世，危行言孫，惟殫其精力於翻譯、校點，而無意著書，成文字者僅泰山毫芒，實未足藉窺其學。師嘗有句云：“半世游身羿彀，不中豈非天幸，中即欲誰尤？”所憂蓋不止覯閔受侮之多也。又曰：“芟盡舌端矛戟，忘却胸中涇渭，莫莫復休休。”嗚呼，使吾先師之學不得盡傳後世，是誰之過歟？

　　迨四凶既殛，國運中興，師方欲有爲，顧年事就衰，火急著書，已成虚願。而平生菁莪樂育之心，猶得以略施橫舍。戊午歲，國家初開研究生科，翔也幸，得與同試十一人入先生門下。時先師年近八十，而不辭勞瘁，身坐教筵，爲講《漢書》、唐詩、宋詞之學，義理、詞章、考據一以貫之，析骨解頤，聽者忘倦。先生更因材施教，知翔及見元之好作詩詞也，命呈其稿，傳以詩法。知佐之之好治流略也，遂與指版本目錄學之奧。又知翔及百詩、致之之好讀外文也，乃教以世界語。親授誦讀，躬批課業，一似童子師然。蓋殷望他日繼其業紹介中國文化於域外也。他六人者亦據其性之所近，各有所授。後數年，先生病，同門諸子侍疾，猶倚榻時加訓誨，爲人之道，治學之方，靡不諄諄言之。同儕相謂曰：先生擁皋比者六十餘年，門人中名士碩儒蓋不勝僂指，而吾輩中材，顧乃見愛若此，古人云：丈夫憐其少子。先生之於吾輩也，得無類是乎？痛天不憖遺，翔等侍函丈者八年，而先生逝矣。每誦東坡“從公已恨十年遲”之句，輒不知其涕之縱橫也。

先師詩詞皆擅，才與識侔。嘗謂中晚唐詩家風格各異，顧通讀其集，一而已矣，而杜陵則不然，集中諸體咸備，後世諸家皆不能出其範圍，蓋惟各取其一體連篇累牘以衍之耳。此説雖不自師始，而師則不獨能發其微，且知而能行。其於詩雖好柳州、宛陵，於詞雖喜清真、白石、夢窗，而所自作，絶不嫌姝一先生之言，皆相題緣事，惟其所宜。且學而能化，自成一格。故朱佩弦自清先生亦重其作，柳翼謀詒徵先生更許爲“格老氣蒼，卓然名家”。其文則澹乎容與，不作八家矯飾之語。“風行水上，自然成文”，此文家極詣，而先生之筆有焉。其論學諸作，則言必有徵、論不虛發，沾溉儒苑之功溥矣。

今者先生周忌將臨，遺稿理董，亦告蕆事，兹則可寄慰於吾夫子之神靈者，而師恩罔極，固未足報之於萬一也。凡所箋識，多在交游，就所知略疏姓氏、名號、生卒、里貫及其所業，於所不知，則暫付闕如。間亦旁及其他，要蘄便於讀者知人論世而已。其未完之稿，則於按語中稍事補苴，亦弟子職也。襄事者吳君致之、沈女史達偉、曹君大民。

乾隆三大家詩學比較研究序

劉永翔

　　語曰：“國士無雙。”而國士實未嘗無雙也，吾於史之齊名者徵之矣。夫士生同代，而姓名足以爲世並稱，其由來者尚矣。有勳在邦國者焉，堯之元愷、漢之三傑，咸其人也；有筆補造化者焉，漢之枚馬，唐之李杜，亦其人也。是皆所謂國士，而或二焉，或三焉。奚翅二三也，編簡所書，有多至二十餘人者焉。

　　余讀有清一代文章，齊名者亦夥矣。尤縈心於袁隨園、蔣藏園、趙甌北三賢，此余家學所傳，亦性之所近者也。三人者，於純皇帝時鼎峙詩壇，聲名相埒，人以乾隆三大家號之。而早年俱志懷匡濟，終以遭逢不偶，俱未能得君行道。“爲天强派作詩人”，此袁之自歎，亦蔣、趙心曲之憾也。

　　夫生當唐、宋、元、明暨清初諸詩人之後，而能卓立詩壇，與先士爭强，爲後賢臧否，蓋戛戛乎其難矣。而三詩人者能之，其故何耶？嘗讀其書、想見其人而略探其故焉。

　　三家之詩有同者存焉，所謂“乾嘉體”是也，此天時之所賦，不期然而然者，不獨三家之同，四海彌天之同也，未足以傳。其所以能長留天地者，端在其異耳：隨園所重者在真，所謂“赤子之心”是也；所標舉者性靈，“人居屋中，我來天外”“入人意中，出人頭地”是也。其詩“凡人心所欲出不能達者，悉爲達之”。原性靈之説，明之公安昆仲固嘗倡之矣，而其論不及簡齋之廣大圓融，其才亦不如簡齋之天機活潑也。袁之詩云：“爭名難到古人前。”而其名實遠居前之三袁之上矣。藏園雖亦主性情，而其所謂性情者，異乎袁氏之撰，乃“忠孝義烈之心，溫柔敦厚之旨”云爾。若使庸才輩爲之，豈非迂夫子之酸吟、講義語録之押韻者乎？而清容爲之，則有海立雲垂、熊咆虎嘯之氣，天性之豪固非名教之軛所能抑也。甌北則主新求變，"江山代有才人出，各領風騷數百年"，其名句也。而其詩抒感之畢傳胸臆而無礙，對屬之出人意表而至工，句式之割裂文法而彌妙，創關處有前人所未嘗夢見者。然則三家者皆各有其詩矣，不獨異乎衆，亦互爲殊也。以此視之，曰"國士無雙"，則國士固自無雙也。

三家既各有其詩而可觀，其詩學始足研摩探索，不然則空言耳，何足費吾日力以勞於是耶？而三家者實可研也。於是分而論之者紛出矣，其言亦足以發；而綜三家以論者則猶鮮，尚鎔《三家詩話》是已，而其病在膚，第言其好惡、述其賞鑒而已，未能旁搜遠紹、擘肌析理以論之也。有之，自吾弟子李然《乾隆三大家詩學比較研究》始。

李君於三家之詩則涵泳吟味之，於四部之書則爬羅抉剔之，三大家思想之所宗、詩學之祈向，師法之淵源，賞心之所在，各各探其淵源，明其主旨，較其異同，論其高下。至趙、蔣之視"性靈"，三家之視"神韻""格調"與夫"肌理"，亦一一究其然與其所以然。此好三家者所好奇，而李君亦足以饜其所期矣。然則無論就作者之名與其書之名論，均符名實相副之義也。讀者方家，取此書覽之，倘亦以爲然乎？

抑吾更有望於李君者：詩人詩學，多從吟哦中悟得，而更以佐其吟哦，然則其詩固其詩學之本也。君論三家詩學誠善矣，盍繼而論其詩乎？又三詩人者，舍詩外皆多能事，袁氏則駢古文、小說兼長，蔣氏則以詞曲名家，趙氏則以史學與錢辛楣、王西莊分席。才高者固不以一藝自限也。李君富於春秋，盍亦一一而推究之，尚友三家，不以一藝自限乎？是爲序。

屠維赤奮若皋月廿六日　序於蓬遠樓

華東師大第五屆我讀經典徵文選序

劉永翔

　　人有謂今世不復出大師者，斷爲學術衰微之徵，至爲之累唏。嘻，杞人哉！是烏足爲歎、烏足爲慮耶！學術之天固巍乎未墜也。夫學人者，譬猶果木然，大師，結實多而碩者耳；而衆人，則結實少且小者也。多而碩者不可求，少且小者則何所無之耶？多而碩者，采而食之，一樹即可療多人之飢；少且小者，彙而聚之，數株亦足以果一家之腹。人止知千金之裘非一狐之腋、臺榭之榱非一木之枝，顧於學術則不知貴衆人之得、集衆人之成，而日日翹企以望大師之降、偉人之臨，愚矣哉！

　　余嘗覽學界衆人之作矣，取其精而擇其尤，所獲何止數大師之得耶！分而論之，衆人者，猶鷽鳩、斥鷃也，搶榆決起，數仞而下，雖不若鯤鵬之九萬里而南，然亦飛之至也。合而計之，則衆鳥之飛，其程之遠，奚翅周寰宇數十匝而已耶？水擊三千，不足數也。然則大師之不見於世，固不足爲學苑恨、爲儒林憂矣。

　　吾校以華夏學術爲己任，素不縈心於巨木高樹，而每寄望於細草微花，創“我讀經典”徵文會，藉以勸學觇才，已五屆於茲矣。學子感奮自勵，爭呈其稿，佳構之多，均足起予助我也，可謂“人含其聰”“人含其明”“人有其巧”矣。濟濟多士，何必大師爲哉！今與同人等略加甄選，公諸庠序，限之於額，深憾遺珠之夥也。晦庵先生詩云：“等閑識得東風面，萬紫千紅總是春。”識東風於萬紫千紅之際，而不瞻之於參天黛色之顛，此大儒悟道之言，而吾輩踐之驗之矣。是爲序。

　　公元二千零九年十二月卅一日　撰於華東師大古籍研究所

夏雪集序

劉永翔

余少好吟詠，積有篇章，然止取以自娛，興、觀、怨已爾，固未嘗用諸群也。迨入上庠，覺斯道頗有裨於研摩，蓋此中甘苦既諳，便於得古才士之用心，庶免吾家季緒掎摭詆訶之妄耳。

後掌碩士生教筵，即思以自得者授人，殆子輿氏所謂人之患者歟？抑余別有圖焉：曩之不能群者，旁無詩人焉耳；苟有之，則吾庸不能者耶？璧可求，琢之可也；人可樹，教之可也。何必俟嚶鳴於寥廓耶？於是竊不自揆，妄設皋比，以浮聲切響爲教焉。

授之數月，初但冀諸生所作能粗就繩墨耳，不意期末呈業，咸文采斐然，上者且足以亂古人之真，誠過余所望矣。今此集所登，皆諸生平時感興所作，亦有余所命題者。雛鳳聲清，良駒足展，可藉以卜其異日之成矣。然此非余施教之功，實吾校網羅天下英才之力也。自此吾道不孤，詩可以群矣。

顧事有非預想所及者，近者余故紙勞形，吟事都廢。雖欲强爲，絕無比興。初謂能群，竟成虛願。雖然，余必有以償此志也。諸君今既能詩，宜爲之毋倦。而余退老之期，僂指亦僅餘八歲。他日徜徉林下，屏除俗冗，重理詩功，必能與賢等倡予和女，或結詩社，或遞郵筒，庶幾吾華數千年詩教足以薪傳不息、與邦同盛云。

芸窗小緻序

吳忱

　　僕嘗閱古史，至《尚書》"九族既睦，平章百姓；百姓昭明，協和萬邦"，其句法排比已整；"流共工於幽州，放驩兜於崇山"，雖聲韻未就，對偶之法已工。至《左傳》"天而既厭周德矣，吾其能與許爭乎"，則七字聯語，虛實皆愜。誠劉彥和所謂"造化賦形，支體必雙"，"高下相須，自然成對"者矣，是天籟之音，偶有所聆，固不知其然而自其然者也。

　　自是文學之士乃傾力爲之，謀之全篇，騈文之體遂漸肆於漢，至六朝而全盛。觀揚子雲《解嘲》，丘希範《與陳伯之書》，徐孝穆《玉臺新詠序》，庾子山《小園賦》諸作，其脈絡可得而按，皆稱杰構，歷百世而傳誦不衰也。寖及有唐，陸宣公奏議之言必成儷偶，音必調馬蹄，然樸實陳說，毫無浮響。李義山四六之儷偶繁縟，旨能感人，人謂其橫絶前後無儔者也。而王子安"落霞與孤鶩齊飛，秋水共長天一色"，英思壯采，如泉涌流，出青於藍矣。駱賓王"入門見嫉，蛾眉不肯讓人；掩袖工讒，狐媚偏能惑主"，"請看今日之域中，竟是誰家之天下"，義正辭嚴，足壯軍聲，可愈頭痛。豈騈體只堪輕靡之音哉！是以文體無高下，端在操觚之際存乎其人爾，而騈句朗朗上口，雖歷久遠不忘焉。

　　然騈體至宋明而少衰，入清則衰而復起，其時文家輩出，名作迭見。固未必軼漢邁唐，咸能斟酌前修，擺落凡近。遂有曾賓谷《國朝騈體正宗》、李申耆《騈體文鈔》、王益吾《騈文類纂》之選相繼問世，而騈文之能事畢矣。至清社既屋，遺老遺少，猶得揚其餘波，風雅未歇。晚近則滔滔天下，尠有問津者。

　　白話施行，文言云廢；皮之不存，毛將焉附。"古調雖自愛，今人多不彈”，駢文之不講也久矣，非不爲，不知、不能耳。

梁溪陳公允吉先生夙諳斯道，治學之暇，出其餘緒。芸窗晨夕，水流雲在，含毫沉潛，研墨吐芬。今蓄稿有年，裒次成帙，署曰“小綴”。聞鑄版，將以行，公諸同好。乃先生幸不我棄，凡三十餘首，屬爲序。僕本陋質，何敢弄斧於大匠前，先睹爲快已爾。

因念四十年前閱於市肆，見新刊《稼軒長短句》，時值書荒，大喜，持之歸。知經先生手訂，而執教復旦，爲之神往。後三十四年，承胡君中行先生雅意，忝列《詩鐸》編務，先生以名宿而顧問，竊喜請益有時。年餘，首輯出，時會於邯鄲，群賢畢至，始識荊，爲語及稼軒。而後知先生學植深邃，治唐詩而溯先秦，精佛學而涉百家。通義理，長考據，兼擅辭章。學界稱譽，卓著聲名。既爲顧問，殫精竭力，籌劃建言，其多貢獻，令人肅敬。先生胸羅掌故，每聆其儁言緒論，輒河決東注，滔滔不已，或顧盼左右，信步閑庭。又於吟誦之道，獨樹一幟。某日就此題講演，如臨舊時書塾授受情景，又如嘉朋滿座，相與晤言。其聲則淙淙活活，隨意流淌，高下徐疾，若符詩律，若契詩情。其詩境亦隨聲之高下徐疾，揭發無餘。聽之者太息感奮，以天下之所爲吟誦也故當如先生者始可，知能者固無所不能也。

今而誦先生之所爲文也，若見其人矣：古樸爾雅，奧義紛呈，抽蕊得華，絕去塵俗。其辭也必己出，其意也忌剿襲。偶對則妥帖，描摹則細膩。如現所傳之人，如讀所序之著。已故蛻園老人論駢文作法，略曰：“自魏晉以還，駢文已然定型。然一流作者其爲文如雲行水止，文氣之緩急，聲調之平仄，辭句之儷偶，則不盡拘束；而專注立意之精警，描寫之深刻也。”善乎斯言。蓋世代愈降，文愈繁縟，百家森起，鬱乎奇觀。西漢訓詁，東京排偶。魏晉六朝，文筆遂判。齊梁以下，四六漸興，以聲色相矜，以藻繪相飾。至唐人琢句，時有六朝餘習，則兩宋四六駢文之所從流衍而出也。

嗣後作法愈形苛細，而獺祭之風爲盛。宜乎《書録解題》之論義山四六文，至有"當時以爲工，今未見其工也"之慨。是知此體非儉學枵腹之徒所可得而爲，故白話興而騈文貶，良有以也。然吾觀先生之作，釋教与文學、人物、考據比翼高舉；詩意共聲色、律動、藻繪馴馬並驅。豈惟小綴也已！

荷公高誼，三謝勿能，敬爲叙。

乙未端午　書於滬瀆利西傳舍

盆葵藏頭集叙

吳忱

　　蓋聞伯喈之題曹娥，才人隱語；阿瞞之令雞肋，智者寓言。離合建除，藏頭始於鮑照；循環往復，回文溯乎陳王。遂有若蘭錦織相思，圖成春色；伯虎風懷綺遇，我爲秋香。或載史傳，洵閨媛之多藝；或著説部，亦文士之矜能。若蘇長公書作象形，短景長亭之句；萬紅友製爲機巧，同心結帶之吟。固心智之別裁，文章之游藝者也。

　　吾友鎮海中行先生義高若輩，道出中行。臨水登山，聲依歌詠；良辰嘉會，韻驗尖叉。滬瀆迓迎之忱，情添世博；静安文化之薈，譽滿書林。且夫贈答賡揚，豈獨紅顏弟子；傳承光大，無分白髮媪翁。談笑寒儒，斯稱陋室；提攜新秀，命曰藕蓬。先生詩好藏頭，珠聯璧合；語兼巧思，意厚辭醇。挾雙美以駢馳，允一時之豪俊焉。今兹瓊華鸞集，既蔚爲大觀；朋舊竽吹，但聊充小叙云爾。

　　　　　　　　癸巳五月　叙於鋇沙高行新高苑

盆葵集自序

胡中行

　　余之愛詩，不知自何時始；余之學詩，亦起於恍惚朦朧間。猶憶乙巳十月嘗作一文言小詩，名曰"國慶抒懷"，刊於學校壁報，不外乎爆竹奔天、有燈如珠之類。汪師塹俊見而謬贊曰：粗得其味。此或余作詩之始歟。

　　初，余之作詩務先得韻味而後就聲律，蓋詩者，韻味爲體，聲律爲用。無聲律，猶可充古體；無韻味，則不成其爲詩矣。以是觀之，余學詩之途不亦正乎。後作詩漸多，乃求韻律之交融；於韻味，務求詳辨五七之言律絕之別。樂府歌行乃至小令長調，各有其韻，宜細加涵泳，久而稍得之。於聲律，則力求正格，如七言多首句入韻，五言則反之；而於詩家之忌如孤平三平調之屬，則避之如恐不及也。竊以爲，凡作文言詩，循此道則詩之古近二體於韻於律皆備矣。今有所謂求新聲者，余不以爲然也。

　　余之性鈍而實，此可以余治印一事證之。治印者就藝術言，當以治石治閑章爲上，而余則多治骨牙角玉之屬，多治姓名之章，趨實用之道，終非家而匠矣。緣此，余之詩亦多爲事而作。事者實也，非巧言虛情也；又適也，宜乎吟詠者也。余觀今人編集，或無注，或遇典偶注，似不欲讀者洞知其詩意，輒引以爲憾。詩既言志，宜明以示人。詩意不明，則作注以明之。示人而不欲明者，藏於篋可也。故余編是集，每記緣起，明詩意、釋難句也。此無他，示人以明耳。

　　詩又尚推敲，余亦常以此爲樂。騎車之時，推之敲之，猶浪仙長吉之吟於驢背也。更有幸者，余之遇允吉如二子之遇昌黎。陳師允吉，通儒也，治唐詩而溯先秦，精佛學而涉百家，義理考據固佳，而詞章尤有可道者。余嘗作贈比丘尼詩，中有"慧眼通儒佛，誠心一海天"之句，然誠字未穩，以叩陳師，亦久而未果。中夜入寢，忽接師電曰：澄字佳。余頓悟而披衣起，嘻！允吉先生吾終身師，亦一字師也。

余非詩人，余詩之作，偶一爲之爾。自乙巳至今，積四十年矣，而詩僅得四百篇，月均一詩，其可稱詩人乎！余之於詩，猶梨園票友，而非以此爲業者也。故往往隨興而發，隨意而止。觀余之詩，閑時輒多，而忙時輒少，信乎！然余之作雖非嘔心瀝血，亦自盡心焉爾，或亦有可觀者乎？

劉師衍文，學澤醇厚，爲滬上大家。好交友，又善提掖晚進，故其宅學子比踵，門庭若市，余亦常過而受教，得益多矣。師治學之暇，雅好術數命理，尤精於四柱。嘗爲余批四字，曰："盆葵向日。"葵之向日，幸矣；盆而栽之，小矣。盆葵也者，是謂小康。余知命矣，亦知足矣，故命余之詩曰："盆葵集"。

時在甲申　書於滬瀆盆葵精舍

陳洪法新作序

胡中行

　　陳洪法先生邀我爲他的新書《陳洪法詩詞八百首示例》寫個序，作爲新交的好朋友，我義不容辭地欣然受命。後來得知他也邀請了褚水敖兄爲這本書寫序，爲了防止內容上的重複撞車，便與水敖商量，以他爲主，我來個拾遺補闕。

　　日前拜讀了水敖剛完成的序，洋洋四千餘言，把洪法的作品分析得精準到位、入木三分。居然使我無遺可拾、無闕可補。如果硬要加床疊被地進行藝術上的分析，必然會遭遇"狗尾貂續"的尷尬。於是我鄭重地説，我完全贊同水敖先生對陳洪法這本新書所作的藝術評價，他既説出了我想説的話，又説出了我不曾想到的話。

　　好在洪法這本書是古典詩詞的創作集，且在書名的最後加上了"示例"二字，説明他出版這本書的意圖不僅僅是供人欣賞，而是還有一個更深層的目的，便是教人怎樣寫古典詩詞，這就爲我留下了另外一個評價空間。

　　我一向認爲，古典詩詞是目前唯一設有門檻的文學樣式，其他的文學樣式如新詩、散文、小説之類，通常只有優劣之分，拿起筆來誰都可以寫，那是沒有門檻的。而要寫古典詩詞，除了優劣之外，還有一個真偽之別。這裏所説的真偽就是"門檻"，而這個"門檻"，便是格律。可以説，一切不遵守格律而自稱爲"七絶""五律"之類的所謂詩詞作品都是偽詩詞。當前大量偽詩詞的存在，是不利於我們對傳統文化的傳承與弘揚的。我欣喜地看到，陳洪法正是一位旨在與偽詩詞作堅決鬥爭的戰士。而他的這本書，就是學習古典詩詞創作的"破門"之旅。

通讀洪法的這本新書，給我留下最深刻印象的，便是他對傳統的詩詞格律所懷有的那份執著與敬畏，書中的八百首詩詞無一不是嚴格意義上的格律詩詞，而正是這份執著與敬畏，使這本書具有了"教科書"的意義。可以說，舊體詩詞中的所有格律的規則，都能從洪法的這些作品中得到展現，從而成爲欲學者與初學者學寫詩詞的教材。

首先，洪法的這本書具有"各體兼備"的特點，他的創作幾乎涵蓋了古代詩詞的所有體裁。要而言之，除了詩經楚辭漢樂府而外，五七言的絕、律、古，各體各式，在書中應有盡有，並且中規中矩，絕無濫竽之作。至於長短句，書中總共用了一百五十多個詞牌，長調小令，涉獵甚廣，比清代的詞學入門教材《白香詞譜》的詞牌總數還多了不少，完全是"教科書"式的體量。

其次，有一點很值得討論，那就是創作古典詩詞時的用韻問題，洪法在這本書中，律詩絕句嚴格地用"平水韻"，古體與詞則用"詞林正韻"，從來不用所謂的新韻。我很贊同他的這種做法，大家知道，押韻是中國古典詩詞的基本法則之一，這是必須毫無疑義地遵守的。從某種意義上說，押韻比平仄對粘等其他格律更爲重要。問題在於，現代人寫古典詩詞，應該用什麼韻？也就是用普通話的新韻，還是用古人的舊韻。可以說，新韻舊韻之爭是當今古典詩詞創作的一個焦點問題，對此，洪法的觀點是明確的：寫古典詩詞應該用舊韻。理由充分而簡單，古典詩詞經歷了"生老病死"，已經成爲一個歷史範疇。在形式上無需也無法創新發展。如果一定要在古典詩詞上搞什麼創新發展，就必然會把古典詩詞異化成爲另一種東西。打個比方，古典詩詞就像古玩，你要玩古玩，到底是玩真的呢，還是玩假的？答案當然是不言而喻的。

再次，還有一個問題值得一提，那就是這本書中的作品數量足够多。原本想建議他精簡一些的，但閱讀了全書，尤其是明白了洪法編這本書的意圖之後，我改變了想法，覺得八百首之數是恰到好處的。我曾經編過教科書，知道教科書是要講"復現率"的。縱覽全書，洪法正是注意到了這一點。以書中的七律爲例：

平起首句入韻格式得三十四首；仄起首句入韻格式得二十九首；平起首句不入韻格式得二十六首；仄起首句不入韻格式得二十七首。四種格式分佈合理，這樣的"復現率"也是經過精心策劃，符合教科書的要求的。

上面講的是七言律詩的四種格式，五言律詩和五七言絕句亦復如是。這樣，總共就有了十六種格式，洪法用了四百六十二首詩來加以詮釋示範，平均復現率達到每種格式二十八首之多，相信這對欲學者與初學者熟悉古典詩詞的體式格律是大有裨益的。

在閱讀書中的律詩過程中，我特別注意到洪法所寫律詩中的對仗。對仗是律詩作法中的重點和難點，而洪法於此却是得心應手，屢屢把它變成了亮點。玆舉二例略作分析：

其一

開脣能舔月，側耳可聽泉。

織女銀河盼，牛郎笑語牽。

從結構分析，上聯"開脣"對"側耳"，都是動賓結構；"能"與"可"，均爲助動詞；"舔月"和"聽泉"也都是動賓結構。下聯"織女"對"牛郎"，本是絕配；"銀河"對"笑語"，似不工而工；最後以"盼"與"牽"兩個動詞作結。上下聯結構不同，顯得錯落有致，這便是高手所爲，可供學習的。

其二

跨越南疆千迭水，

騰飛北國萬條溝。

經風有愛心胸闊，

處世無猜意氣投。

這兩聯也是工整中有變化，節奏明快而有力，可稱對仗之佳構。

更值得注意的是，洪法在五七言律絕之外，又特設"長律"一目，向讀者展示了他的這類作品。長律就是排律，"排"就是排偶。這種體裁技術要求更高，因爲它除首尾兩聯外，不管多長，都必須對仗。唐代詩賦取士，考的就是十二句或十六句的五言排律。比如現存唯一的唐代"狀元詩"，便是一首上佳的十二句排律：

省試湘靈鼓瑟

錢　起

善鼓雲和瑟，常聞帝子靈。

馮夷空自舞，楚客不堪聽。

苦調淒金石，清音入杳冥。

蒼梧來怨慕，白芷動芳馨。

流水傳瀟浦，悲風過洞庭。

曲終人不見，江上數峰青。

洪法的排律，技巧上十分嫻熟，是頗見功力的。尤其是那首題爲《十韻錢國梁上將》的七排，因爲七排這種體裁自古以來寫者最少，所以更爲難得。特錄於下：

風雲歲月驚天夢，戎馬生涯屢建功。少壯出征當勇士，退休搭舍作田翁。沙場奮戰擒窮寇，荒漠點兵揪毒熊。昂首

江山成典範，投身革命是英雄。多觀商海皆圖利，獨數將軍
未屈躬。觸摸傷痕回舊事，緬懷英烈慕高風。蓄將白髮垂青
史，記取丹心耀碧空。

　　但盼東洋波浪息，仍看南海硝煙逢。磨拳擦掌槍朝靶，
拍案揚眉箭上弓。鐵劍鋼刀還不鏽，情關家國夕陽紅。

　　整首詩對仗工整，用詞平實，氣脈流暢，所詠之事亦頗有意
義，故不失爲一首七排佳作。

　　現在的詩詞創作界存在一種傾向，似乎古典詩詞就是平平仄
仄的律絕，其實那是對古典詩詞的嚴重誤解。古典詩詞實際上包
括近體和古體兩大類，所謂平平仄仄指的只是近體。但如果認爲
不講平平仄仄的古體就是不講格律的，那又是另一種誤解。因爲
古體詩同樣要講格律，只不過格律的重點在押韻。古體詩押韻的
規則是將聲調歸爲三大類，即平聲、入聲、上去聲。三者不能互
押。另有一個特點是可以換韻。我注意到，洪法在這本書中有不
少古體詩寫得非常好，我尤喜他的五言古絕，如：

寺桃

紅雨飄山寺，禪鐘傳情意。
香火催桃熟，醍醐密汁賜。

薔薇

院外香撩人，可觀不可戲。
蔓延豔麗爭，須防溫柔刺。

漁夫

行舟趕夜人，竹篙水中攪。

疑我孫大聖，龍王獻水寶。

實踐出真知

未在水中顛，不識浪滔天。

不嘗螃蟹肉，怎知水中鮮。

鴻雁

風展鴻雁翼，蘆花舞動時，

風雨迴圈裏，轉身苦誰知？

寫得或如摩詰，或如梵志，頗有發人深思、啓人心智的濃濃禪味。

他的五古長詩與七言歌行也頗有特點，讀者應該細細研讀，不可輕易放過。讀時尤應領會古體的押韻規則與變化，以及這些規則變化與内容的關係，從中學習把握古體詩的作法。

最後，正如前面所說，洪法的長短句部分對初學者來說也同樣具有"教科書"式的意義。他把所寫的三百多首詞作分爲平韻格、仄韻格、平仄韻轉換格、平仄韻通葉格、平仄韻錯葉格幾個部分，以押韻法分類，也是從示範角度考慮的。講詞牌以"定格"爲主，儘量不涉"別格"，也同樣是爲了體現示範的原則。洪法的詞作兼豪放婉約而有之，且多有奇出新之處，這是需要讀者慢慢體會的。我比較仔細地看了洪法的詞作，按詞譜校對一過，發現極少有不協平仄之處，因此作爲"教材"也是非常合適的。這裏補充一點，今人寫詞只需按照詞譜的規定來寫，一個詞牌包含着特定的字數、句法、調式和押韻等規則。這與唐宋詞人尤其是婉約派的作法是不同的，正如李清照所說："蓋詩文分平側(仄)，而歌詞分五音，又分五聲，又分六律，又分清濁輕重。"如今詞的音樂演唱功能已經喪失，不可恢復，所以今人所作，皆是"句讀不葺之詩爾"，這是必須明白的一個道理。在這點上，洪法與我有着充分的共識。

與洪法交往的日子不長，但却給我帶來了不少的驚訝。驚訝於他的多才多藝，驚訝於他的天資聰慧，驚訝於他的待人真率。比如，他別出心裁地把玉石收藏與詩詞創作、郵票發行巧妙地結合起來，出版了《品石吟風》詩集與郵册系列，被某些媒體驚呼爲"開了歷史先河"；再比如，他寫新舊體詩、創小説歌詞、藏奇石郵册，幾個"頻道"自由切換，而且都能弄出大動静來，這在文化圈内也是很少見的；又比如，他用小楷書寫的這八百首詩詞，其書法水準也達到相當高的層面。他的小楷淵源有自，頗具法度，是足供觀賞把玩的。

對於陳洪法，我一直在揣摩這麽一個問題：他首先是個企業家，還是首先是個文化人？換言之，他到底是"儒商"還是"商儒"？按照漢語構詞"重點在後"的原則，儒商本色在商，商儒本色在儒。儘管洪法先前就有中國作協會員、上海詩詞學會常務理事等等一大批文化頭銜，但我還是在仔細看了他的這本書之後，找到答案的。

圖書在版編目（CIP）數據

覺群詩鐸. 第一輯 / 陳思和, 胡中行主編. -- 上海：
上海書店出版社, 2024.12. -- ISBN 978-7-5458-2427
-8

Ⅰ. I227；I207.2

中國國家版本館CIP數據核字第2024JU3430號

封面題簽　覺　醒

責任編輯　楊柏偉 何人越 李譽欣
裝幀設計　汪　昊

覺群詩鐸（第一輯）
陳思和　胡中行　主編

出　　版　上海書店出版社
　　　　　（201101　上海市閔行區號景路159號C座）
發　　行　上海人民出版社發行中心
印　　刷　蘇州市越洋印刷有限公司
開　　本　710×1000　1/16
印　　張　27
字　　數　270,000
版　　次　2024年12月第1版
印　　次　2024年12月第1次印刷
ISBN 978-7-5458-2427-8/I・589
定　　價　128.00元